Pour l'amour de Mike

R.D. Lawrence

Pour l'amour de Mike

Traduit de l'américain par Christelle Bécant

Médium poche
11, rue de Sèvres, Paris 6e

Titre original : « For the love of Mike »
Composition : Sereg, Paris (Bembo 11/13)
Loi numéro 49 956 du 16 juillet 1949 sur les publications
destinées à la jeunesse : mars 1992
Dépôt légal : mai 1993
Imprimé en France par la Société Nouvelle Firmin-Didot Mesnil-sur-l'Estrée (23672)

Chapitre 1

Par un après-midi ensoleillé du début du mois de mai, une ourse noire s'arrêta à la lisière de la forêt pour observer un petit pré verdoyant et repérer des signes de danger éventuel. Quand elle fut convaincue que la clairière sauvage était paisible, elle appela ses jumeaux en grognant doucement et leur fit quitter le sous-bois.

La mère se mit à manger en broutant la tendre herbe printanière, tout comme l'aurait fait une vache. Ses jumeaux, un mâle et une femelle qui n'avaient pas encore quatre mois, s'amusaient. Ils commencèrent par se bagarrer un moment, puis un bourdon approcha et ils se séparèrent pour se lancer à sa poursuite. L'insecte, qui furetait dans le pré à la recherche de fleurs précoces, semblait ne pas remarquer l'intérêt qu'ils lui portaient ; il voletait assez vite et ses tours et détours fréquents obligeaient les oursons à trottiner de tous côtés pour suivre leur proie. Tout à coup, alors qu'ils se trouvaient à une vingtaine de mètres de leur mère, la détonation bruyante et retentissante d'un coup de feu déchira le calme de la clairière. Le bruit effraya les petits. Ils se tournèrent vers leur mère et remarquèrent aussitôt qu'elle avait un comportement très étrange. L'ourse se roulait dans l'herbe, ses pattes fouettaient l'air et une tache rouge marquait son flanc droit, à l'arrière d'une de ses pattes de devant. Les petits la rejoignirent en courant, le mâle légèrement en retrait de sa sœur ; mais les jumeaux avaient à peine parcouru cinq mètres qu'un autre coup de feu retentissait et que la petite femelle s'écroulait en hurlant. À son tour, elle se roula par terre. Du sang coulait de son pied avant gauche; il avait failli être emporté par une balle de plomb qui avait cisaillé l'articulation en traversant la peau, les tendons et les artères.

La maman ourse s'était relevée. Elle se mit à grogner comme une folle pour avertir ses petits du danger et les conduisit vers la forêt. Elle courait encore plus lentement que d'habitude, et le sang, jaillissant de la blessure qui lui trouait le flanc, rougissait l'herbe comme l'aurait fait un arroseur de jardin.

Le petit mâle ne tarda pas à rattraper sa mère. Mais sa sœur, blessée, restait à la traîne. Elle courait, mais son pied à présent inutile l'obligeait à se servir du genou de sa patte blessée pour avancer, et elle se déplaçait en crabe en hurlant de douleur.

Trois autres coups de feu partirent en direction de la famille avant qu'ils ne se soient mis à couvert. La mère fut de nouveau touchée, mais cette fois la balle rida à peine la fourrure de son dos.

À l'abri des arbres, la mère attendit que sa fille l'ait rejointe. La petite femelle ne criait plus mais elle gémissait. Elle boitillait, sa blessure saignait et elle faisait des mouvements gauches, car elle se servait toujours de son genou afin de ne pas poser le pied. Quand elle eut rejoint sa mère et son frère, elle s'arrêta, et la grande ourse lui lécha le museau, puis, malgré les blessures sérieuses dont elle-même souffrait, la mère lécha les blessures de sa fille, ce qui eut pour effet de ralentir l'épanchement du sang. Après quoi elle se tourna vers son fils et lui lécha aussi le museau pour tenter de le réconforter avant de les conduire, sa sœur et lui, dans les profondeurs sauvages de la forêt.

Tout en avançant lentement, elle continuait à laisser des traces de sang sur le sol de la forêt et toussait souvent. À chaque quinte de toux, le sang coulait plus abondamment de sa bouche et des ses narines, signe évident que la première balle avait touché l'un des poumons.

Pendant ce temps, de l'autre côté de la clairière, sur une hauteur rocheuse d'où l'on apercevait le pré, deux chasseurs se querellaient. L'un d'eux avait mis une casquette de base-ball orange dont la visière portait un écusson sur lequel on pouvait lire: *Chasseurs au pouvoir.* C'était un individu trapu d'une quarantaine d'années, au ventre bedonnant retenu par une grosse ceinture de cuir. L'autre était plus jeune. Il avait un chapeau de cow-boy, et son visage disparaissait presque entièrement derrière une énorme barbe broussailleuse et une moustache tombante. Tous deux portaient des carabines très puissantes munies de viseurs télescopiques.

Le plus âgé des deux se tourna vers son compagnon.

«Ça ne rime à rien d'aller chercher ces ours maintenant, Mort. On les a perdus pour de bon», dit-il. Mort fronça les sourcils et hocha la tête, puis il se mit à parler, le regard perdu sur l'étendue de la forêt.

«Tu sais, Dave, tu n'aurais pas dû tirer sur ces ours. Normalement, on n'a pas le droit de chasser les femelles et les petits pendant la saison de chasse du printemps. En tout cas, maintenant que tu les as blessés, on devrait aller les chercher. Au moins essayer de les retrouver pour les achever.»

Dave sortit une flasque de whisky de la poche arrière de son pantalon. Avant de répondre, il dévissa le capuchon et avala quelques gorgées, puis referma le bouchon et remit la bouteille en place.

«Attends, en ce qui me concerne, un ours est un ours. Je me fiche qu'ils soient gros ou petits, ou que ce soit un mâle ou une femelle. On a lâché du fric pour chasser les ours et c'est ce que j'ai l'intention de faire. Et si tu crois que je vais m'enfoncer dans la forêt pour poursuivre une ourse blessée, t'es cinglé ! Elle pourrait nous tuer si on lui tombait dessus dans ce fouillis d'arbres et de taillis !»

Mort haussa les épaules. Il fronça de nouveau les sourcils.

«Tu as peut-être raison pour ce qui est d'essayer de retrouver ces ours, mais j'ai un truc à te dire, c'est la dernière fois que je vais chasser avec toi ! Tu sais que tu ne devrais pas boire quand tu as un fusil, et tu sais fichtrement bien que si le garde-chasse nous prenait à tirer sur une femelle et un de ses petits, on aurait de sérieux ennuis. C'est comme ça que je vois les choses. Je me tire d'ici et je rentre chez moi !»

*
* *

La maman ourse poursuivait son chemin, mais son allure se ralentissait de plus en plus. Elle voulait conduire ses petits en lieu sûr le plus vite possible mais, même si elle avait été capable de se déplacer à une cadence plus rapide, elle aurait dû s'arrêter souvent pour que sa fille, blessée, puisse la rattraper.

La famille continua à marcher dans la forêt. Au bout d'un moment, les blessures de la mère cessèrent de saigner, mais le sang sortait toujours de sa bouche et de ses narines. À chacune de ses respirations, on entendait une espèce de gargouillement. La petite femelle saignait toujours. Elle s'était calmée, mais marchait très lentement, et la longue estafilade que la balle avait faite à son articulation était couverte par endroits d'une croûte de poussière, de morceaux de feuilles et de brindilles.

Au terme de deux heures d'une marche pénible, les ours atteignirent un endroit où, des millions d'années auparavant, des volcans et des séismes, surgis des profondeurs de la terre, avaient explosé avec une telle fureur que le paysage préhistorique en avait été complètement transformé et que les roches avaient littéralement fondu sous l'effet de la terrible chaleur. Nombre d'années plus tard, quand la terre s'était refroidie, les roches s'étaient agglomérées en granit, un minéral qui allait former par la suite un ensemble de collines et de crêtes auxquelles on donnerait le nom de Bouclier canadien. Par endroits, le Bouclier est parsemé de grosses boules rocheuses et de rochers plus petits qui fournissent de merveilleux abris aux animaux sauvages. C'était vers l'un de ces sites d'éboulis que la mère emmenait ses petits.

Après une ascension harassante qu'elle dut fréquemment interrompre pour attendre sa fille blessée, l'ourse parvint enfin à l'endroit qu'elle voulait atteindre. C'était une sorte de plateau abrité des regards et situé à une dizaine de mètres du sol de la forêt. En arrivant, elle s'allongea et lécha un peu sa blessure, tandis que sa fille rampait vers elle, mais quand la petite femelle l'eut rejointe, l'ourse s'occupa de son épouvantable blessure. Pendant ce temps, tremblant de peur, le petit mâle se recroquevilla tout contre le dos de sa mère.

Deux jours plus tard, la petite femelle mourut des effets cumulés de l'hémorragie, de l'infection et de la faim, car l'ourse ne pouvait plus nourrir sa progéniture. Le petit mâle essayait sans cesse de téter le lait de ses mamelles, mais il n'en sortait pas. Tenaillé par la faim, il partit dans les parages mâchonner des mousses et des feuilles et attraper des insectes, mais il était affamé et affaibli.

Sa mère était gravement malade. Elle survécut deux jours de plus, mais mourut au petit matin, cinq jours après que le chasseur l'eut touchée. Le petit mâle était à présent tout seul. Il était incapable de comprendre ce qui s'était passé. Il allait encore chercher de la nourriture de temps en temps, mais il revenait toujours aux côtés de sa mère et se serrait contre son cadavre comme s'il la croyait endormie et qu'elle allait se réveiller bientôt pour s'occuper de lui. Parfois, quand il se promenait dans les environs, il s'approchait du corps de sa sœur et le poussait du bout du museau. Comme elle ne bougeait pas, il grognait doucement et repartait en chancelant vers la grande ourse. Il s'affaiblissait, même s'il continuait à chercher de la nourriture ; il trouvait parfois un scarabée ou une phalène, bien qu'il dût le plus souvent s'accommoder de mousses et de brindilles vertes, aliments qu'il ne pouvait digérer et qui le rendaient souvent malade et le forçaient à vomir tout ce qu'il avait avalé.

Le sixième jour, les corps de sa mère et de sa sœur commencèrent à gonfler. Les mouches avaient pondu des œufs dans leurs blessures, et des vers entraient maintenant en frétillant à l'intérieur des animaux. En outre, une odeur effroyable se dégageait des corps en décomposition.

L'ourson esaya de manger quelques-uns des asticots blancs qu'il trouva au bord de la blessure de sa mère, mais il les recracha à chaque fois, écœuré par leur goût. De plus, son propre corps avait à présent une odeur de chair putréfiée, car il continuait à se serrer tout contre sa mère et s'était couvert des liquides nauséabonds qui suintaient de son cadavre.

Sept jours s'étaient écoulés, et l'ourson était si faible qu'il ne trouvait plus la force de chercher de quoi se nourrir. Il se recroquevillait contre le corps de sa mère et attendait la mort en frémissant de peur.

Les vautours arrivèrent. Les charognards, énormes et noirs, furent attirés par l'odeur de pourriture. Il y en avait huit. Ils se ressemblaient tous. Ils avaient des têtes rouges sur lesquelles aucune plume ne poussait, des ailes qui, déployées, mesuraient plus de deux mètres de bout en bout et d'énormes becs taillés pour déchiqueter les cadavres des animaux dont tous les vautours se nourrissent. Tour à tour, ils descendirent en piqué au-dessus de l'ourson et des cadavres de sa mère et de sa sœur, et leurs ombres ondoyantes se dessinèrent sur le sol. Ces ombres qui voltigeaient terrifièrent l'animal. Il se mit à crier. Il poussait des cris stridents assez semblables à ceux d'un veau qui cherche sa mère.

Les vautours décrivaient toujours des cercles au-dessus de lui et scrutaient de leurs yeux perçants le sol et les ours morts autant que l'ourson survivant. Ils volaient, de plus en plus bas. Leurs ombres grandissaient et s'agitaient au-dessus de l'ourson effrayé. Celui-ci resta blotti tout contre le dos de sa mère. Il continua à crier.

* * *

Bob Hanson était assis sur un rocher moussu qui surplombait la clairière où les ours avaient été touchés. En grand ornithologue amateur, il était parti de chez lui de bonne heure ce samedi après-midi et avait parcouru trois kilomètres pour rejoindre son poste d'observation favori. L'endroit dominait la petite clairière naturelle dans laquelle il lui était souvent arrivé, au cours de ses précédentes excursions, d'observer une grande variété d'oiseaux chanteurs, de faucons et, s'il était vraiment chanceux, les canards huppés aux couleurs merveilleuses qui nichaient dans les arbres avoisinants et emmenaient leurs canardeaux jaunes au bord d'un ruisseau invisible de la clairière, mais que l'on apercevait depuis la hauteur où Bob allait toujours s'asseoir.

Le garçon était assis sur le rocher depuis près d'une heure quand les vautours arrivèrent. Tout d'abord, les oiseaux volèrent très haut dans le ciel, mais en les observant, il vit qu'ils planaient toujours plus bas au-dessus d'une région boisée située à quatre kilomètres de là. Dès qu'ils furent à la verticale de l'endroit, ils se mirent à tournoyer en descendant presque au niveau des frondaisons.

À quatorze ans, Bob était déjà très expert en matière d'oiseaux. Il savait, par exemple, que lorsque les vautours rôdent au-dessus d'un endroit précis, cela signifie généralement qu'ils ont vu un animal mort dont ils finiront par se nourrir, car les vautours font partie des plus importants «ramasseurs d'ordures» de la nature.

S'emparant de ses jumelles, le garçon les observa et remarqua que le soleil qui luisait sur leurs ailes donnait à leurs plumes un violet sombre vernissé qui contrastait avec le bleu du ciel et les têtes rouges plutôt affreuses des oiseaux. Bob avait vu très peu de vautours de près, et il les avait toujours imaginés comme des bêtes affreuses, en particulier quand ils étaient perchés sur un arbre ou un rocher. Mais dans le ciel, ils avaient une magnifique façon de voler. Ils avaient une telle grâce! C'était étrange de se dire qu'un animal affreux puisse subitement devenir beau lorsqu'il s'élançait dans le ciel.

Car, en vol, les vautours étaient réellement magnifiques. La plupart du temps, ils glissaient, tirant parti de l'air tiède qui s'élevait du sol pour prolonger leur envol; ils déployaient leurs ailes immenses, dont les toutes dernières plumes s'étalaient un peu comme les doigts d'une main ouverte ; ils déviaient la queue dans un sens ou dans l'autre pour changer de direction ; ils grimpaient ou se laissaient tomber et balançaient légèrement leur corps d'un flanc sur l'autre pour maîtriser les vents.

De l'avis de Bob, les vautours étaient les as volants du monde des oiseaux. Ils avaient vraiment du style ! Quelques années auparavant, quand il était plus jeune, il lui arrivait souvent de rêver qu'il pouvait se transformer en vautour s'il le voulait. Pas en permanence, bien entendu. Et jamais en hiver, lorsqu'il faisait trop froid pour voler. Mais l'été, les jours de grand soleil, il rêvait tout éveillé que de garçon il pouvait se changer en vautour. Mais le plus souvent il faisait ce rêve la nuit.

C'était toujours le même genre de rêve. Il faisait sombre et Bob était au lit, mais malgré cela, il se voyait, perché sur le bord de sa fenêtre par une journée inondée de soleil. Alors, il étalait ses grandes ailes et se lançait aussitôt dans l'espace. Il s'élevait et le paysage rapetissait à vue d'œil tandis qu'il prenait son envol, toujours plus haut dans le ciel. Très bientôt, d'autres enfants changés en vautours le rejoignaient.

Le souvenir de ces fantaisies de son imagination le faisait un peu sourire à présent, et il rougit en se rappelant la rédaction qu'il avait consacrée à ses rêves de vautour en cinquième. La maîtresse, Mme Magnus, lui avait donné vingt sur vingt et lui avait demandé de lire son devoir devant toute la classe. Mais quand il l'avait fait, certains s'étaient moqués de lui. Par la suite, ils le taquinèrent beaucoup en l'appelant Cervelle d'Oiseau et Tête de Vautour, surtout quand il rougissait et que son visage s'empourprait. Cependant, ses amis aimèrent sa rédaction; ils fondèrent un Club des Vautours et partirent en observer pendant les grandes vacances.

Tout en y pensant, Bob baissa ses jumelles. Il avait décidé d'aller jusqu'à l'endroit où les oiseaux tournoyaient pour voir ce qui avait attiré ces charognards. Il se levait quand il entendit un cri étrange. C'était un cri faible, mais très net; pourtant il fut incapable de l'identifier.

À présent, l'enfant était très intrigué. Il se dépêcha de courir vers la clairière et la traversa au pas de course sans savoir qu'il passait en réalité là où la mère ourse et sa fille avaient été blessées. Dans la forêt, il fut obligé de ralentir et de se remettre à marcher à cause des inégalités du terrain et des nombreux obstacles qui encombraient son chemin. De temps en temps, il s'arrêtait pour regarder le ciel et se guider grâce aux vautours. Comme il approchait, le cri se répéta. Il était beaucoup plus prononcé maintenant, et Bob réalisa qu'il s'agissait du cri de détresse d'un ourson, pareil à tous ceux qu'il avait eu l'occasion de voir et d'entendre lors des randonnées qu'il avait faites avec son père dans la nature. En effet, le docteur Hanson, qui enseignait la biologie dans une grande université, consacrait également beaucoup de temps à étudier les animaux sur le terrain afin d'élaborer des programmes de préservation de l'environnement pour ses étudiants de licence.

Les cris de l'ourson laissaient supposer qu'il était effrayé, ou peut-être blessé. En tout cas, ils provenaient exactement de l'endroit que survolaient les vautours et, comme ils n'étaient jamais ni plus lointains, ni plus proches, Bob conclut que l'animal ne bougeait pas.

Bob éprouvait un grand intérêt pour tous les animaux. Il avait beaucoup appris de son père à leur sujet, et il leur témoignait un amour qu'il partageait avec l'un et l'autre de ses parents. Ainsi, en entendant les cris angoissés de l'ourson, il eut de la peine pour cet animal et hâta le pas.

Tandis qu'il s'en rapprochait, l'ourson se mit à appeler plus souvent. Il paraissait réellement fou d'inquiétude.

Bob s'arrêta subitement. Il venait de se rappeler que les mères ourses défendent leurs petits avec férocité et qu'elles ne tardent jamais à venir à leur secours. Fallait-il continuer ? Il savait qu'il serait insensé de se risquer à affronter une mère ourse furieuse qui pouvait surgir pour protéger son petit. Elle pouvait le tuer aisément d'un revers de son énorme patte. À cette seule pensée, il sentit un frisson lui parcourir la nuque ; il frémit de frayeur. «Je ferais mieux de repartir, je ferais bien mieux», se dit-il en silence. Mais l'ourson continuait à crier, et Bob fut pris de pitié pour le petit animal. Surmontant ses craintes, il continua, même s'il marchait plus lentement à présent et s'arrêtait souvent pour guetter les bruits qu'une grande ourse pouvait faire si elle revenait à la charge à l'appel des cris de détresse de son petit.

Plus Bob approchait de l'endroit d'où venaient les cris, plus il était sur ses gardes. Il repérait tous les arbres susceptibles de supporter son poids et assez petits pour être faciles d'accès, mais trop frêles pour porter un ours noir de cent soixante-quinze kilos. Il se tenait même parfois prêt à courir dès qu'il entendait les craquements des arbres qui se frôlaient les uns les autres sous la brise agitant leurs cimes. En vérité, comme il le reconnaissait lui-même, il était absolument effrayé.

Finalement, Bob arriva au bord d'un ravin semblable à une douve assez large et encombré d'énormes boules de granit. Le flanc le plus proche descendait en pente douce, mais le versant opposé de la cuvette où s'amoncelaient les plus gros rochers montait en abrupt. Les cris de l'ourson provenaient d'en haut, derrière les rochers.

Quand il fut au fond du ravin, Bob s'immobilisa un moment. Il écouta attentivement. La mère ourse allait-elle arriver ? Il ne percevait pourtant rien d'autre que les cris de l'ourson et les innombrables petits bruits qu'on entend toujours en forêt. De temps à autre, il entendait un vautour qui descendait en piqué et faisait cliqueter les pennes de ses ailes dans un froissement semblable au bruit que font des brindilles de bois sec lorsqu'on les frotte les unes contre les autres. Convaincu qu'il n'allait pas être poursuivi par une ourse en colère, il commença à gravir les rochers. Mais il s'arrêta bientôt de nouveau, très vivement cette fois, car son nez venait de déceler une odeur vraiment désagréable. Il reconnut sur-le-champ l'effluve qui s'échappe de la chair en putréfaction et qu'il avait pu sentir à plusieurs reprises quand il avait trouvé des animaux morts en se promenant dans des régions reculées de la nature. C'était une odeur reconnaissable entre toutes les autres !

Bob reprit son ascension. Mais plus il grimpait, plus la puanteur empirait, une odeur forte qui rendait la respiration difficile et menaçait de lui soulever le cœur. Au même moment, cependant, les cris de l'ourson s'amplifièrent et avertirent Bob que le petit animal se terrait de l'autre côté des rochers. D'après les indices qu'il avait rassemblés, Bob pouvait maintenant imaginer ce qu'il allait bientôt trouver : le vol bas des vautours, les cris de détresse de l'ourson et l'épouvantable puanteur de la chair en décomposition, tout cela lui signalait que la mère de l'ourson était morte et que le petit se trouvait près de son corps putréfié.

Quand le garçon téméraire se hissa sur le dernier rocher, l'ourson se tut. En baissant la tête, Bob ne réussit tout d'abord pas à voir le petit ours, ni sa mère. Mais lorsque ses yeux s'accoutumèrent à la pénombre, il réussit à distinguer le contour d'une grande forme noire en partie dissimulée par les buissons. Il n'y avait plus de doute à présent. C'était un ours adulte qu'il avait sous les yeux. Et il était mort. L'affreuse odeur provenait de son corps. Il descendit du rocher et se dirigea lentement vers la mère ourse, mais s'arrêta aussitôt et se retourna quand il repéra une autre masse inerte sur sa gauche. C'était un ourson mort, une femelle, à ce qu'il put noter. Elle était étendue sur le dos et, à voir les grappes de mouches qui se trouvaient sur son corps, Bob comprit que l'odeur désagréable provenait également d'elle. Il continua à avancer vers les buissons, et les mouches, de plus en plus nombreuses, s'élevèrent alors en nuées; elles s'étaient régalées du cadavre de l'ourse. Un instant plus tard, il vit quelque chose bouger. C'était l'ourson orphelin.

Le petit animal était recroquevillé tout contre le dos de sa mère, mais il observait Bob avec de grands yeux ronds qui reflétaient la crainte et la détresse. Bob se mit à lui parler doucement, car il se rappelait que son père lui avait raconté que les animaux réagissent bien à une voix humaine paisible. L'ourson gardait les yeux fixés sur lui, mais il tentait de se presser encore davantage contre la carcasse putréfiée de sa mère.

Lentement, Bob s'approcha du petit en continuant à parler à l'animal terrifié. Quand il fut à un mètre environ, l'orphelin se mit à gronder et retroussa les lèvres pour montrer ses petits crocs. Il se tenait prêt à se défendre de son mieux ! Il était tellement petit, et pourtant si courageux !

Bien que Bob ait manipulé bon nombre de jeunes animaux sauvages, il s'agissait d'espèces inoffensives, des petits lièvres américains, des oisillons et une marmotte qu'il avait trouvée un jour, coincée après qu'une averse eut emporté le terrier de sa mère. Mais il ne savait pas vraiment comment manipuler un ours !

Aussi petit et faible qu'il fût, l'ourson avait l'air féroce. Cela fit hésiter Bob. Il s'approcha d'un demi-pas. Il se trouvait maintenant juste au-dessus du petit. Celui-ci cessa de grogner et essaya de cacher sa tête.

L'enfant se pencha et saisit vivement le cou du petit ours en s'arrangeant pour attraper le pli de peau situé sur sa nuque. Il empoigna la peau et la fourrure et souleva l'ourson, surpris de sa légèreté. L'ours grogna, puis se mit à crier, mais Bob avait confiance en lui à présent. Il prit le petit animal gesticulant contre lui, il le pressa sur son flanc et l'entoura de ses deux bras.

L'ourson se calma aussitôt. Il passa ses pattes décharnées autour de Bob et posa l'une contre sa poitrine, l'autre dans son dos. Le garçon se souvint alors avoir lu dans un livre sur la vie sauvage que les jeunes animaux ont le même besoin de réconfort que les jeunes enfants et qu'ils se montrent reconnaissants envers leurs bienfaiteurs si on les traite avec douceur. Bob caressa la tête crasseuse du petit ours. Mais il ne put s'empêcher de froncer les narines et de se détourner de l'odeur de pourriture qui imprégnait le corps de l'ourson. En déplaçant délicatement l'animal pour l'installer plus confortablement, le garçon découvrit qu'il s'agissait d'un mâle. Il se demanda si la mère avait mis d'autres petits au monde, car il savait, d'après les conversations qu'il avait eues avec son père, que certaines ourses noires ont jusqu'à quatre petits à la fois. Un autre orphelin se cachait-il dans les environs? Avant de s'en aller, Bob jeta un rapide coup d'œil aux alentours sans trouver trace d'autre petit. La mère, décida-t-il, n'avait probablement eu que deux bébés. En tout cas, si celui-ci devait survivre, il devait le ramener chez lui aussi vite que possible; et Bob savait qu'il lui fallait pour cela parcourir quatre kilomètres à pied en terrain difficile.

Sans perdre plus de temps, Bob tourna les talons et commença à se frayer un chemin à travers les éboulis de roches. Cette fois, il dut contourner les rochers, parce qu'il lui était impossible de les escalader avec l'ourson dans les bras. Quand il bougea, l'ours se cramponna davantage à lui. Il sentit d'ailleurs ses griffes pointues lui piquer la peau, et il s'inquiéta un peu en pensant que les égratignures qu'il était sûr d'avoir sur les deux côtés de son corps pouvaient s'infecter. Mais il devait prendre ce risque et supporter l'aiguillon des griffes, car il était déterminé à sauver l'ourson: c'est-à-dire à le ramener chez lui et à en prendre soin jusqu'à ce qu'il soit assez grand pour retourner à une vie sauvage indépendante. À la pensée de cet aspect des choses, Bob en vint à se demander si l'ourson survivrait. Il était très maigre, et léger; il pesait peut-être à peine trois kilos. Pourtant, d'après les livres qu'il avait lus sur les animaux, et d'après ses conversations avec son père, l'enfant savait que les jeunes oursons devaient peser cinq ou six kilos à cette époque de l'année.

Tandis qu'il faisait route avec son triste petit protégé vers le domaine de cent quarante hectares sur lequel vivait la famille Hanson, le garçon réalisa que l'ourson devait avoir soif aussi, et faim, mais il avait l'impression que l'ours prendrait peur s'il se mettait à courir pour arriver plus tôt. Il poursuivit son chemin aussi vite qu'il l'osait et continua à parler calmement à l'ourson pour le rassurer, tout en caressant son petit corps d'une saleté vraiment répugnante. La réaction de l'ourson fut de fourrer sa tête sous le bras gauche de son sauveur pour se blottir tout contre lui. Ce comportement fit plaisir à Bob, mais il l'inquiéta également, car au bout d'une dizaine de minutes, l'orphelin ne bougea plus. Il respirait lentement, et Bob sentait son cœur battre très vite et irrégulièrement.

Il fallut à peu près deux heures pour que Bob arrive en vue des limites nord de la propriété familiale. Il avait les bras endoloris d'avoir gardé la même position si longtemps, et il transpirait tellement que sa chemise et le léger coupe-vent qu'il portait étaient trempés. Cependant, il atteignit enfin la maison et les dépendances. Ces dernières comportaient une vaste grange en rondins de cèdre, car les propriétaires d'origine étaient des fermiers, des pionniers qui avaient colonisé le pays plus de cent ans auparavant. Les parents de Bob n'étaient pas fermiers, mais les dépendances, la grange en particulier, avaient souvent servi à héberger les petits animaux que le garçon avait sauvés au cours des trois dernières années, peu après le début de sa fascination pour la nature. Il se dirigea donc directement vers la grange, pénétra dans le corps principal du bâtiment et transporta l'ourson dans une partie de plus petites dimensions où il avait entreposé du foin et un certain nombre de nichoirs en bois. D'une main, il mit du foin dans le plus grand nichoir, puis il déposa l'ours dans la caisse et ferma le couvercle avant de se précipiter chez lui pour parler de l'ourson à ses parents.

Le père de Bob, John Hanson, était sorti, mais sa mère était là.

Peintre de fleurs sauvages de talent, Mary Hanson était

assise à son chevalet et travaillait à son dernier sujet, un groupe d'ancolies écarlates, quand Bob fit irruption dans son petit atelier qui se trouvait dans une pièce jouxtant la cuisine. Dès qu'elle leva les yeux, elle se rendit compte que quelque chose l'agitait.

«Que se passe-t-il, Bob?»

Son fils secoua la tête, sourit, respira profondément et s'approcha.

«Maman, j'ai un ours!»

Mary Hanson fut peut-être très surprise par cette nouvelle, mais elle n'en laissa cependant pas paraître plus qu'un haussement des sourcils. En paisible femme qui connaissait l'intérêt de son fils pour la nature, elle approuvait son amour des animaux; mais elle n'était pas certaine que son approbation aille jusqu'à avoir un ours à la maison. Elle décida de laisser Bob s'expliquer davantage.

«Oui... tu as un ours. Et...?»

«C'est un petit ours, Maman. Et je ne suis pas sûr qu'il vive. Sa mère est morte. Je crois qu'on lui a tiré dessus, mais elle sentait tellement mauvais que je n'ai pas vraiment regardé de très près... Et il y avait un autre petit, une fille, qui est morte aussi. Il restait ce petit, qui était vivant. Il était vraiment terrorisé... Les vautours volaient au-dessus de lui et je les ai vus, alors je suis allé sur place et je l'ai trouvé. J'ai décidé de l'appeler Mike. S'il vit, enfin...»

Bob n'était pas exactement du genre silencieux, mais en général il ne parlait pas aussi vite, et ses phrases n'étaient jamais aussi longues. Sa mère l'écouta jusqu'au bout, elle réfléchit un instant, puis lui suggéra de l'emmener voir Mike, qu'elle puisse le regarder et décider ce qui valait le mieux pour lui.

Alors qu'ils quittaient la maison pour aller dans la grange, Bob se tourna vers sa mère.

« S'il réussit à vivre, est-ce que je peux le garder ? S'il te plaît, Maman ! Je peux le garder ? »

« Allons d'abord le voir », répliqua sa mère. « Je ne peux vraiment pas te répondre maintenant. Mike est peut-être malade, tu sais ? Les animaux sauvages ont beaucoup de maladies. En tout cas, nous devrons en discuter avec ton père. »

Ils étaient arrivés à la grange. Mary Hanson jeta un œil sur le pauvre petit ours et éprouva immédiatement une grande pitié pour lui. Elle se baissa et examina son corps maigre en se contentant de froncer légèrement le nez quand elle sentit son odeur. Elle se redressa, se dirigea vers la porte et dit à son fils de rester avec l'ours pendant qu'elle allait préparer une bouteille de lait en poudre.

« Je vais prendre le même que pour tous les autres animaux perdus que vous avez ramenés à la maison, ton père et toi. Mais il faut que je me dépêche, il a l'air d'être vraiment mal en point. »

Bob resta près de la caisse, les yeux fixés sur Mike. Il n'avait pas pensé au nom qu'il donnerait à l'ours avant d'expliquer à sa mère comment il l'avait trouvé ; et il ne savait toujours pas pourquoi il avait choisi Mike. Ce nom s'était tout simplement imposé à son esprit.

Mme Hanson fut bientôt de retour. Elle apportait un rouleau de serviettes en papier, une cuvette d'eau chaude dans laquelle flottait une éponge et un biberon plein de lait chaud. Elle déposa son attirail sur une caisse et se tourna vers Bob.

« Puisque tu l'as déjà touché, ce serait mieux que tu lui

donnes à manger. Je retourne préparer un autre biberon au cas où il lui en faudrait encore.»

Resté seul avec Mike, Bob prit la bouteille et s'accroupit à côté de la caisse. L'ourson n'avait pas bougé depuis qu'il l'avait installé, mais dès que Bob pencha la bouteille vers lui, son nez se mit à frémir. Puis il s'assit et tendit les deux pattes de devant pour agripper la main de Bob. Un instant plus tard, il avait mis la tétine dans sa bouche et tétait avec une telle fureur que le lait gicla sur le bord de ses lèvres noires en écumant avant de dégouliner des deux côtés de son menton. Mike continua à boire à grand bruit.

Le lait fut avalé en quelques minutes, mais lorsque Bob tenta d'enlever la bouteille vide de la bouche de l'ourson, celui-ci serra les dents autour de la tétine et agrippa si fortement la main de l'enfant de ses deux pattes qu'il lui fit plusieurs égratignures qui se mirent à saigner. Bob essayait de se libérer lorsque Mme Hanson revint avec une seconde bouteille. Dès que Mike eut reniflé celle-ci, il cracha la vieille tétine, lâcha la main de Bob pour attraper celle de Mme Hanson. Il ferma sa gueule sur la nouvelle tétine en faisant claquer ses lèvres et se mit à téter avec la même avidité.

Mme Hanson avait eu une idée judicieuse, comme le remarqua son fils. Elle avait enfilé une paire de gants de jardinage en cuir qui la protégèrent des griffes acérées de Mike. Après avoir examiné ses égratignures, Bob dit à sa mère qu'il allait se laver les mains et passer de l'alcool iodé sur ses blessures, puis qu'il reviendrait dans la grange... avec une paire de gants cette fois!

L'enfant ne s'absenta pas longtemps, mais quand il revint, il constata que l'ourson avait sombré dans un profond sommeil. Mme Hanson était à côté du nichoir. Elle paraissait soucieuse.

« Il a fini la deuxième bouteille, puis il est tombé sur le dos et s'est endormi tout de suite. J'espère que ça va aller ! »

Bob regarda Mike. Le petit ours s'était roulé en une petite boule et respirait lentement.

« Il FAUT qu'il survive, Maman ! Papa rentre quand ? »

« Pas avant ce soir, Bob. Il devait assister à un séminaire à l'université. Mais ne nous inquiétons pas pour le moment, d'accord ? Mike a bien mangé et il en avait besoin. Il était terrorisé, affamé et sous le choc. Je suppose que le mieux est qu'il dorme. Rentrons à la maison. »

« Non, Maman. Je crois que je vais rester pour le veiller. »

Mme Hanson fit un sourire à son fils et lui répondit par un hochement de tête. En partant, elle lui passa la main dans les cheveux, puis lui tapota l'épaule.

*
* *

Quand John Hanson arriva chez lui ce soir-là, sa femme avait presque terminé de préparer le dîner, mais avant de mettre la dernière main au repas, elle lui parla de l'ourson. Comme elle achevait son explication, elle ajouta :

« Bob est resté assis près de lui tout le temps. Ça le touche tellement que, quand je suis allée le voir quelques minutes avant ton arrivée pour lui dire qu'il ferait mieux de venir se préparer pour le dîner, il a répondu qu'il n'avait pas faim et qu'il voulait continuer à surveiller Mike. C'est le nom qu'il a déjà donné à cet ourson. »

« Bien, je ferais mieux d'aller parler avec Bob et de jeter un coup d'œil sur cet animal. Tu sais, Mary, ce garçon est très passionné par les animaux. Je suppose que nous sommes tous les deux responsables de cet intérêt. La semaine dernière, il m'a dit qu'il voulait faire des études pour devenir biologiste, et c'est peut-être la carrière qu'il va choisir, même s'il est plutôt jeune pour prendre une quelconque décision dans l'immédiat.»

Il marqua une pause alors qu'il allait quitter la pièce.

«Pour ce qui me concerne, si l'ours est en bonne santé, et si Bob est prêt à en accepter la pleine responsabilité jusqu'à ce que l'animal soit capable de se prendre en charge tout seul, je soutiendrai ce projet si tu es d'accord. Penses-y pendant que je discute avec lui», conclut-il en partant.

Dans la grange, Bob leva les yeux quand son père entra, mais il ne s'éloigna pas du nichoir de Mike.

Le biologiste s'approcha de son fils et regarda l'ourson. Mike était toujours roulé en boule. Il respirait lentement, mais ronflait un peu de temps en temps. Doucement, le docteur Hanson plongea la main dans la caisse et palpa l'oreille de l'ourson un moment. Mike ne bougea pas. En se redressant, le docteur Hanson se tourna vers Bob.

«Son oreille est fraîche, et même si je ne peux être sûr de rien sans prendre effectivement sa température, je ne crois pas qu'il ait de la fièvre. Le fait qu'il dorme aussi profondément peut simplement signifier qu'il est exténué et que maintenant qu'il a bien mangé, il va se contenter de dormir.»

Sans cesser d'observer Mike, Bob répondit calmement à son père, de peur de déranger l'ourson.

«Je peux le garder, Papa?»

«Ça marche pour moi, fiston. C'est ce que j'ai dit à ta mère. Mais c'est elle qui aura le dernier mot. Si elle est d'accord, tu pourras t'en occuper jusqu'à ce qu'il soit assez grand pour se débrouiller tout seul. Mais je compte sur toi pour être responsable. Pas de relâchement dans les devoirs, et pas de relâchement dans les corvées domestiques. Marché conclu ?»

Bob eut un sourire qui menaçait de lui fendre la figure en deux !

«Merci, Papa ! Ouais, marché conclu, bien sûr !»

Son père sourit.

«Tu ferais mieux de venir dîner maintenant, mon vieux. Après, nous parlerons à ta mère.»

Le sourire de Bob s'évanouit. Il plissa le front, regarda son père et regarda de nouveau Mike.

«Je voudrais rester ici, Papa. Je n'ai pas faim... Vraiment pas ! Et si Mike se réveille pendant que je ne suis pas là ?»

«Écoute, fiston, à mon avis, cet ourson va dormir toute la nuit. Il faut que tu manges quelque chose. Mais attends... Ta mère et moi nous allons dîner d'abord, puis je reviendrai surveiller l'ours pendant que tu iras manger. D'accord ?»

Avant de partir, John Hanson demanda à son fils pouquoi il avait choisi d'appeler l'ourson Mike.

«Je ne savais pas très bien pourquoi au début, Papa. Mais maintenant je sais. C'est à cause de ce que tu dis tout le temps.»

«Qu'est-ce que tu veux dire... ce que moi je dis tout le temps ? Je ne me promène certainement pas en répétant Mike, Mike, Mike à longueur de temps», répondit son père.

Bob sourit.

«Non, ce n'est pas ce que tu fais, mais quand tu es surpris, ou quand quelque chose t'énerve, tu dis : «Bon... Pour l'amour de Mike !»

«Bon... Pour l'amour de Mike!» répondit John Hanson avec un sourire. «Puisque c'est moi qui le dis...»

*
* *

Après le dîner, Bob retourna à la grange pour prendre la relève de son père. Mike dormait toujours.

Plus tard, lorsque son père revint, il était dix heures et demie. Le docteur Hanson rappela à son fils qu'il était bientôt temps d'aller dormir, mais ce dernier le supplia de le laisser rester avec Mike.

«Je vais aller chercher mon sac de couchage et je vais dormir à côté de la caisse de Mike, comme ça, s'il se réveille, je l'entendrai... D'accord, Papa?»

John Hanson donna son assentiment, encore que, lorsqu'il parla de ce projet à Mary Hanson, celle-ci s'y opposa, jusqu'au moment où son mari lui rappela que le garçon allait avoir quinze ans au mois de juillet suivant et qu'il avait déjà fait beaucoup de camping.

Il s'avéra par la suite que Mike et Bob dormirent paisiblement toute la nuit. En fait, Mike continua à dormir jusqu'au dimanche après-midi, puis il se réveilla et se mit immédiatement à réclamer à grands cris un nouveau biberon de lait.

Chapitre 2

L'existence de Mike et de sa sœur commença en fait un jour de début juillet, un an avant que Bob ne sauve l'ourson, car ce fut à cette époque que leur mère rencontra un ours noir avec lequel elle s'accoupla. Ils restèrent ensemble un mois environ avant de se séparer pour mener leur vie chacun de son côté, comme tous les ours en ont l'habitude. En effet, à l'exception des mères et de leurs petits, les ours adultes sont solitaires, et chacun d'entre eux s'approprie un territoire dans la nature et y passe son temps à manger, dormir et engraisser en prévision du moment où il devra trouver une tanière douillette dans laquelle dormir jusqu'à la fin de l'hiver.

Quoi qu'il en soit, avant que leurs parents ne se séparent, Mike et sa sœur grandissaient déjà à l'intérieur de leur mère, même s'ils étaient si minuscules qu'il aurait fallu un microscope pour les voir, encore qu'ils n'auraient pas ressemblé aux oursons qui allaient naître un jour. Au départ, il s'agissait simplement de deux minuscules balluchons remuants qui grandissaient très lentement en développant progressivement tous les éléments qui, une fois parvenus à terme deux cent vingt jours plus tard, donneraient à chaque petit sa forme, sa couleur et sa personnalité.

Pendant ce temps, leur mère menait une vie plaisante. Elle se nourrissait de jeunes pousses, de baies sucrées, d'insectes et même des restes d'animaux morts de maladie, de vieillesse ou que d'autres bêtes avaient tués. Parfois, l'ourse réussissait à tuer elle-même un daim, mais cela n'arrivait pas souvent, parce que les daims et la plupart des autres proies sont trop rapides et agiles pour que les ours puissent les attraper.

Au cours de ses vagabondages dans un périmètre couvrant environ cent vingt-cinq kilomètres carrés sur lesquels vivaient une multitude d'animaux d'espèces différentes, dont d'autres ours noirs, la mère de Mike trouvait toujours de quoi se nourrir et quantité d'endroits confortables où se reposer. Quelquefois, elle choisissait d'escalader un grand épicéa et de s'installer sur ses branches, à quelque quinze mètres du sol. Là, elle se laissait bercer quand le vent faisait osciller l'arbre et elle se reposait de la chaleur, cachée à l'ombre du feuillage. D'autres fois, elle allait dormir sous un arbre déraciné, ou dans un fourré d'arbustes touffus. De plus, elle se baignait souvent longuement dans les lacs ou les torrents.

Quand les mouches voraces la harcelaient trop, elle partait à la recherche d'une flaque de boue pour s'y rouler et couvrir sa fourrure et sa peau d'une épaisse couche de matière brune visqueuse qui empêchait les moustiques, les mouches et les taons de lui sucer le sang et de la démanger. La boue finissait par sécher, bien sûr, mais à ce moment-là le soir arrivait, et les mouches et les taons se réfugiaient sous les feuilles et les brins d'herbe pour laisser place aux moustiques qui avaient beaucoup de peine à traverser le pelage épais d'un ours.

Pour se débarrasser de la boue séchée, l'ourse s'ébrouait longuement et faisait voler d'énormes nuages de poussière dans toutes les directions. Puis elle s'adossait contre un arbre ou un rocher afin de lécher sa fourrure et frotter les endroits que sa langue ne pouvait atteindre. Ensuite, lorsqu'elle était propre et qu'elle s'était bien peignée à coups de langue et de griffes, elle s'ébrouait de nouveau pour remettre son pelage en ordre et lisser sa pelisse noire et brillante. À ce moment, le crépuscule s'était installé sur la forêt. C'est l'heure où les huards se mettent à lancer des cris perçants et des gloussements auxquels les loups et les coyotes répondent par des hurlements et des glapissements provoquant parfois les hululements des grands ducs.

À la fin du mois de juillet, la mère de Mike avait déjà quitté son compagnon. Un soir, au cours de l'un de ces concerts sauvages, elle suivit à pas feutrés un sentier forestier qui gravissait la pente d'une arête granitique sur laquelle poussaient de nombreux buissons de mûriers aux fruits sucrés d'un violet foncé. L'ourse se mit à manger. Elle se servait de sa bouche comme elle l'aurait fait d'une main et rassemblait les fruits en refermant ses énormes mâchoires sur une poignée de tiges qu'elle tirait pour arracher les baies qu'elle avalait sans distinction avec les feuilles et les brindilles. Les mûres faisaient un mets délicieux et nourrissant, mais les feuilles et les tiges, bien qu'elles n'aient pas beaucoup de goût, constituaient également un aliment que le corps de l'animal transformerait en graisse.

L'ourse avait déjà mangé avant d'arriver aux mûriers. Aussi, lorsqu'elle eut l'estomac si rempli qu'elle fut incapable d'avaler une autre bouchée, elle s'éloigna et se roula en boule pour faire une sieste à l'abri des arbres à feuilles persistantes.

L'ourse dormait depuis deux heures lorsqu'elle fut réveillée par des pas pesants. Elle se dressa, ses petites oreilles rondes tendues, les narines frémissantes pour guetter les indices qui lui permettraient d'identifier l'intrus. En quelques secondes, elle comprit. Un ours venait dans sa direction. Elle se leva, mais ne bougea pas, car elle ne craignait rien d'un de ses semblables, prête cependant à chasser l'étranger si il ou elle approchait trop.

Une nouvelle lune était apparue dans le ciel. La lueur des innombrables étoiles vertes qui clignotaient dans le ciel, ajoutée à celle du croissant de lune, suffisait à ce que l'ourse voie assez clair. L'intrus approchait. Bientôt, la mère de Mike vit une grande silhouette émerger d'une partie touffue de la forêt. C'était bien un ours. Il s'arrêta, flaira l'odeur de la femelle et poussa un cri pour la saluer, convaincu, sans doute, qu'elle était disposée à s'accoupler avec lui. Mais la mère de Mike ne serait pas prête à vivre en compagnie d'un mâle avant deux ans, lorsque ses petits auraient grandi et l'auraient quittée pour aller vivre leur vie dans la nature. Ainsi, au lieu de répondre à son salut, elle grogna pour signifier au visiteur de rester à l'écart. Mais il s'agissait d'un jeune mâle qui n'avait que quatre ans et manquait d'expérience. Il continua à s'approcher de la femelle.

La mère de Mike s'arc-bouta, gronda de nouveau, ouvrit la gueule pour montrer ses crocs et chargea le mâle insolent. Elle le frappa de la poitrine d'un coup violent à l'épaule qui l'envoya rouler plus loin. Le mâle se releva rapidement, rugissant de colère, et chargea la femelle, mais elle se déroba et lui mordit le flanc lorsqu'il passa à côté d'elle. Au bout de quelques secondes, les deux ours se battaient. Ils se dressaient sur leurs pattes de derrière pour se donner d'énormes coups de patte. Ils s'étreignaient, se mordaient et roulaient par terre. Ils lâchaient des rugissements assourdissants et remplissaient la nature des bruits terrifiants de leur colère. Soudain, la lutte cessa. Le mâle, bien qu'un peu plus grand que la mère de Mike, en avait assez. Elle l'avait mordu jusqu'au sang et était dans une telle fureur qu'il se rendit compte de sa méprise. Il avait cru qu'il pourrait la contraindre à l'accompagner s'il se battait un peu avec elle, mais il ne s'attendait pas à la sauvagerie de son attaque. Il partit en courant. Mais la mère de Mike était réellement en colère à présent, et elle le pourchassa sur plusieurs kilomètres jusqu'au moment où elle sentit la fatigue. Le mâle continua à courir. Il n'importunerait plus la femelle ; il n'en ferait rien, enfin, à moins de la rencontrer deux ans plus tard, quand elle serait d'humeur plus amicale.

Après cette aventure, la femelle prit pour règle d'éviter ses semblables, même s'il lui arriva de temps en temps de rencontrer un mâle ou une femelle au cours de ses promenades en forêt. Lorsque cela se produisait, ils s'ignoraient la plupart du temps, car ces animaux sont de nature pacifique et évitent les ennuis dans la mesure du possible.

*
* *

À la fin du mois de septembre, lorsque la couleur des feuilles commença à changer et annonça l'arrivée de l'automne, la mère de Mike consacrait la plupart de ses heures de veille à manger et à engraisser. Quand elle s'était réveillée de son sommeil hivernal au printemps précédent, elle pesait un peu plus de cent kilos, mais depuis lors, elle avait accumulé tellement de graisse qu'elle en pesait près de trois cents. Elle était énorme ! Quand elle marchait, sa peau et sa fourrure tremblaient à chaque pas, car sa graisse ballottait en tous sens. Elle continuait pourtant à manger et grossissait chaque jour davantage.

À la mi-octobre, l'ourse se mit enfin à la diète. Elle mangeait encore quelques-uns de ses aliments favoris quand elle en trouvait, des canneberges, des champignons d'automne et des phalènes, mais elle passait le plus clair de son temps à chercher une tanière confortable. Il gelait chaque nuit à présent, et il neigeait parfois au petit matin, même si la neige fondait généralement vers midi. En outre, la plupart des oiseaux migrateurs étaient déjà partis vers le sud, même si des canards et des oies robustes nageaient encore en groupes dispersés sur certains lacs et sur les bassins construits par des castors. Mais ceux-là aussi s'envoleraient bientôt et laisseraient les oiseaux nordiques, tels que les corbeaux, les grimpereaux, les mésanges à tête noire, les geais gris et les pics, affronter l'hiver canadien.

La mère de Mike pensait à la tanière qui lui avait servi l'hiver précédent, une petite caverne très éloignée de l'endroit où elle se trouvait. Elle aurait pu y retourner, mais elle était devenue plutôt paresseuse, et la perspective d'une marche de quarante ou cinquante kilomètres la décida à chercher un nouvel abri dans les environs. C'était fatigant de porter tant de graisse. De toute façon, tout son être s'engourdissait, et il lui était difficile de résister au désir de s'endormir. Elle marchait lentement et passait le nez dans tous les coins et recoins qu'elle rencontrait.

Un soir, assez tard, l'ourse trouva enfin un abri convenable sous un enchevêtrement de gros rochers en forme de dalles dont certains avaient formé, en tombant sur les autres, une caverne confortable. L'entrée de la tanière était basse, plutôt étroite et abritée par une quantité de buissons, de fougères et de mousses. L'ourse passa la tête dans l'ouverture pour s'assurer qu'aucun ours ne dormait déjà à l'intérieur. Son nez lui apprit presque immédiatement que la tanière était vide. Elle rampa à l'intérieur, obligée de se serrer pour passer la petite entrée. Après exploration, elle découvrit un abri spacieux et agréable auquel on parvenait par un petit passage. C'était un endroit de repos idéal qui serait protégé du vent au début de l'hiver, avant que la neige soit tombée en quantité suffisante pour bloquer l'entrée et rendre la tanière à peu près imperméable aux courants d'air.

L'ourse ressortit en rampant et ratissa des monceaux de fougères, d'herbes et de feuilles séchées qu'elle transporta dans sa gueule à l'intérieur de son nid. Il lui fallut en tout quatorze voyages pour entasser des matériaux secs emplissant pratiquement toute la cavité. Elle aplatit alors le tas, puis se roula au milieu de sa couche pour la creuser et obtenir un nid en forme de cuvette. Satisfaite, elle s'y lova et s'endormit presque aussitôt.

L'hiver arriva peu après que l'ourse se fut endormie. Non loin de sa tanière, des élans vivaient dans une plaine dissimulée par un écran de jeunes peupliers qui avaient perdu toutes leurs feuillles. Ils se nourrissaient de rameaux et de bourgeons et se dressaient parfois sur leurs pattes de derrière pour brouter des rameaux qui se trouvaient à trois mètres du sol. À deux kilomètres des élans, une trentaine de caribous s'étaient mis à couvert dans la profonde forêt d'épicéas où ils étaient à l'abri du froid et des vents violents qui soufflaient depuis l'Arctique et faisaient parfois chuter la température à quarante ou cinquante degrés au-dessous de zéro.

Des loups vivaient également dans les environs. Ils vagabondaient sur un territoire étendu, chassant le daim, l'élan et de plus petits animaux, tels que le castor, le rat musqué, le lièvre américain et les gélinottes huppées, ces oiseaux potelés au plumage boisé auxquels poussent chaque automne de petits éperons de chaque côté des doigts, ce qui leur permet de marcher sur la neige exactement comme s'ils portaient de minuscules raquettes. Dans la mesure du possible, tous ces animaux évitaient les loups. Mais les chiens sauvages sont bons chasseurs, et ils réussissent généralement à se procurer suffisamment de nourriture tout en effectuant la tâche que la nature attend d'eux : s'assurer que les différentes espèces d'animaux ne surpeuplent pas leur univers, car si tel était le cas, elles épuiseraient toute la nourriture et mourraient de faim.

L'hiver est rude dans la nature et, de même que les loups et les autres prédateurs, la rigueur du climat qui saisit les forêts septentrionales de la mi-novembre au début du mois d'avril contribue également à contrôler la répartition des animaux. Ceux qui sont vieux, ou malades, meurent souvent de froid si les prédateurs ne les tuent pas avant. Mais les ours, en raison de leur capacité à dormir jusqu'au retour des beaux jours, souffrent très peu des grands froids.

Trois semaines après que la mère de Mike se fut endormie, les grands froids arrivèrent du nord, poussés par un vent vigoureux. Les feuilles mortes furent arrachées et tournoyèrent dans les airs. On aurait dit une danse vertigineuse de papillons multicolores. Mais les nuages couvrirent bientôt le ciel, et la neige se mit à tomber. Le paysage blanchit. À la place des feuilles, de gros flocons voltigeaient dans la forêt, et leurs déplacements rapides formaient un rideau scintillant et changeant à travers lequel les arbres apparaissaient comme les fantômes d'un être disparu, dont les branches dénudées s'étendaient comme pour attraper une feuille qui aurait pu planer encore dans l'air glacial.

Peu à peu, la neige s'entassa dans l'écorce des chênes verts, dans les crevasses des rochers et dans l'ouverture de la tanière de l'ourse, où elle s'amoncela assez pour en combler l'accès. De l'aube du premier jour de la tempête jusqu'à la fin de la soirée du lendemain, la neige continua à tomber et couvrit la nature d'un manteau blanc qui atteignait un mètre d'épaisseur lorsque les nuages s'enfuirent et laissèrent la pleine lune briller sur la forêt. Au clair de lune, le paysage prit l'allure d'un lieu enchanté rempli d'innombrables reflets rouges et verts. Des pointes d'épingles colorées jouaient sur les flocons de neige qui apparaissaient et disparaissaient avec des miroitements de joyaux au gré des rayons de lune qui balayaient lentement le paysage.

Le silence régnait à présent sur la nature. Autour de la lune, une multitude d'étoiles parsemaient le ciel. Plus bas, les lumières boréales accentuaient la luminosité du firmament. Ces lumières, connues aussi sous le nom d'aurore boréale, se déplaçaient en permanence. Parfois, elles prenaient l'aspect de lances vertes qui se fondaient subitement en drapés irréguliers et ondulaient sur le ciel nocturne.

L'obscurité de la tanière de l'ourse contrastait avec les lumières qui brillaient sur la nature. La mère de Mike ne savait même pas qu'il neigeait depuis plusieurs heures ; et quand bien même elle l'aurait su, elle ne s'en serait pas souciée, car elle était au chaud et douillettement installée, lovée sur elle-même, le nez dans la queue, comme une énorme boule de poils noirs.

*
* *

Dans la pénombre de la tanière, l'ourse fut tirée de son sommeil par les premières alertes de la naissance, tandis qu'une tempête terrible se déchaînait dehors. On était au milieu du mois de janvier, le mois le plus froid de l'année dans le nord du Canada, et l'un de ceux au cours desquels les blizzards les plus rudes prennent le pays d'assaut.

L'ourse resta tout d'abord roulée sur elle-même et prêta

l'oreille à la tempête dont les bruits atteignaient l'intérieur de la tanière malgré l'isolation des couches de neige qui avaient comblé l'entrée. La température extérieure était de moins quarante-cinq degrés, mais à l'intérieur il faisait dix degrés au-dessus de zéro. Protégée par sa graisse et l'épaisseur de sa chaude pelisse, une telle température était presque excessive pour l'ourse, mais pour les oursons qui allaient bientôt naître, dix degrés au-dessus de zéro pouvaient suffire à les faire mourir de froid s'ils ne trouvaient pas rapidement refuge contre la fourrure de leur mère.

Ce fut Mike qui naquit le premier. Le temps que sa mère le nettoie à coups de langue et qu'elle enlève une bonne partie du liquide amniotique dont sa peau nue était imprégnée, la petite femelle était née. Quand celle-ci arriva, la mère attira Mike contre elle du bout de son museau afin de le tenir au chaud pendant qu'elle s'occupait de sa sœur qu'elle nettoya aussi soigneusement qu'elle avait lavé son frère, avant de la pousser elle aussi contre elle. Ensuite, l'ourse fit sa toilette. Lorsqu'elle eut terminé, elle se lova autour de ses bébés. Dix minutes plus tard, elle sombrait de nouveau dans le sommeil.

Pendant ce temps, Mike et sa sœur s'étaient tous deux trouvé une mamelle gonflée de lait et goûtaient la première nourriture de leurs toutes jeunes existences. Pour l'heure, les petits ne ressemblaient pas beaucoup à des ours. Mike pesait trois cents grammes; sa sœur en pesait deux cent quatre-vingts. Ils étaient en fait à peu près cinq cents fois plus petits que leur mère et tout juste aussi grands qu'un écureuil roux. Ils étaient parfaitement imberbes et roses, aveugles, sourds, et n'avaient guère plus, en fait de pattes, que de petits moignons au bout desquels les pieds n'étaient pas encore vraiment formés. La seule chose que les oursons étaient capables de faire correctement à ce moment-là, c'était de téter le lait de leur mère. S'ils devaient se déplacer, ils rampaient lentement et avec beaucoup de difficultés en se traînant sur leurs pattes et leurs pieds courtauds. Ils arrivaient à sentir la chaleur qui provenait du corps de leur mère; ils pouvaient en outre détecter son odeur, mais ils n'avaient par ailleurs aucun sens de l'orientation. En fait, ils étaient effectivement en danger, car il arrive que des oursons meurent de s'être exposés au froid en s'éloignant par mégarde de leur mère après leur naissance, sans parvenir à la rejoindre. La mère dort généralement d'un sommeil profond et n'est donc d'aucun secours pour son petit dans de telles circonstances.

Quoi qu'il en soit, Mike et sa sœur ne bougèrent pas, et restèrent confortablement serrés contre la chaude fourrure de leur mère. Ils tétèrent presque continûment son lait en poussant de petits cris perçants de temps à autre, et ils dormirent beaucoup.

Durant trois jours au cours desquels les oursons prirent des forces et réussirent même à grandir un peu, le blizzard fit rage sur la nature gelée. La neige se tassa et durcit, des arbres furent déracinés, d'autres se cassèrent à mi-tronc, et des animaux et des oiseaux moururent gelés. D'autres habitants de la forêt furent incapables de se dégager de congères profondes et durent jeûner. Certains d'entre eux moururent de faim.

Aucun animal n'osait se déplacer dans la forêt. Même les élans, pourtant pourvus de longues pattes, et les loups robustes aux énormes pattes restèrent dans leurs abris.

Enfin, juste avant l'aube du quatrième jour, la tempête prit fin aussi soudainement qu'elle avait commencé. Le violent vent du nord cessa de souffler; le ciel s'éclaircit.

Bientôt le soleil répandit à l'est et sur les frondaisons lointaines des teintes orange, jaunes et mauves, mais une heure s'écoula avant que son masque embrasé ne se montre au-dessus de l'horizon.

Comme au signal de l'apparition du soleil, la vie de la nature reprit. Les mésanges à tête noire, ces oiseaux minuscules mais audacieux qui bravent toujours les hivers rigoureux du Nord, quittèrent leurs refuges et sautillèrent dans les arbres à feuilles persistantes pour manger les petites graines nichées à l'intérieur des pommes de pin mûres, tout en cherchant dans les craquelures de leur écorce des insectes endormis qu'elles s'empressaient d'engloutir dès qu'elles les découvraient. Des corbeaux énormes et affamés survolèrent la forêt à la recherche de charognes ou de restes d'animaux tués par des prédateurs, ou même de souris qui avaient quitté leurs abris pour aller chercher des graines.

Soudain, le silence se fit parmi les animaux et les oiseaux de petite taille, lorsque le hurlement prolongé et plaintif d'un loup retentit dans la forêt. Le cri se répéta. D'autres loups se joignirent à la voix solitaire.

La meute qui vivait à proximité de la tanière de l'ourse se préparait pour la chasse.

Rassemblés sur une crête granitique où poussaient de grands pins, les neuf loups hurlaient de concert en agitant la queue. Puis ils cessèrent de crier et s'affairèrent autour de leur chef, un gros mâle gris. Comme ils n'avaient pas trouvé de nourriture depuis cinq jours, les loups avaient très faim et étaient impatients de partir à la chasse. Mais pour se préparer à cette épreuve, ils devaient tout d'abord se retrouver pour hurler et se lamenter. C'est une pratique fréquente qu'observent tous les loups. Elle est supposée les exciter avant qu'ils ne se lancent à la poursuite d'animaux de grande taille, et elle s'apparente assez au comportement des athlètes qui s'échauffent avant une compétition.

Le père de Bob étudiait cette meute depuis plusieurs années. Il avait baptisé leur chef *Lobo*, ce qui signifie loup en espagnol, et il avait observé les loups à maintes reprises, sur le terrain ou depuis un avion volant à basse altitude. Le docteur Hanson était particulièrement intéressé par l'étude des relations existant entre les animaux qui doivent chasser pour se nourrir et ceux qu'ils chassent. En observant les loups, les élans et les daims, le père de Bob avait appris que, même s'il arrive qu'une meute ait la chance d'attraper une grosse proie au cours de la première chasse à laquelle elle se livre, il arrive plus fréquemment que les loups se lancent dans treize chasses avant de réussir à tuer un élan. Pendant ce temps, ils sont obligés de jeûner, souvent cinq ou six jours durant.

* * *

Comme le reste des animaux et des oiseaux l'avaient fait, les élans quittèrent le bosquet de peupliers qui les avait abrités de la tempête. Grâce à leurs pattes aussi longues que des échasses, ils traversèrent les profondes congères en pataugeant et se frayèrent un chemin vers une zone plus dégagée où croissaient de jeunes arbres, des bouleaux, des saules et des aulnes. La bande comptait quatorze animaux. Dix d'entre eux étaient des femelles pleines des petits qui naîtraient au printemps. Les autres étaient des mâles. Deux de ces derniers étaient jeunes, peut-être âgés d'à peine deux ans. Le troisième était un énorme mâle d'une couleur chocolat foncé. Une «cloche» allongée et poilue pendait sous son menton, cette poche de peau assez curieuse qu'ont tous les élans et qui est particulièrement développée chez les mâles adultes. Le quatrième mâle était vieux. À sa façon de boitiller, il était évident qu'il souffrait d'arthrite, maladie qui provoque un gonflement douloureux des articulations et affecte les élans et les daims vieillissants, tout comme elle affecte les humains.

Les élans se déployèrent entre les jeunes arbres et commencèrent à brouter. Dix minutes plus tard, les loups arrivaient.

Lobo courait en tête de sa meute et l'amena au beau milieu des élans dispersés, dont la plupart cessèrent de manger sans manifester cependant d'autre signe de leur peur. Seul le grand mâle se retourna pour faire face à l'avancée des chasseurs. Il releva la tête. Ses énormes narines s'élargissaient chaque fois qu'il expirait et lâchaient deux jets d'haleine tiède que le froid transformait immédiatement en vapeur. Il fulminait et laissait échapper de brefs grognements de colère. Par cette attitude, le mâle signifiait à Lobo qu'il attaquerait le premier loup qui s'approcherait de lui.

Le chef des loups avait une certaine expérience des coutumes des élans. Il tourna le dos, suivi par la plus grande partie de sa meute. Mais un jeune mâle, trop impatient et novice pour prêter attention à son chef, chargea l'énorme élan. Celui-ci attendit que le loup irréfléchi approche, puis se cabra subitement, levant très haut ses longues pattes de devant. Lorsque le loup essaya d'attaquer, l'élan le frappa de ses sabots larges et pointus, dont l'un atteignit l'agresseur à la poitrine et lui brisa plusieurs côtes en s'enfonçant profondément dans sa cage thoracique. Un poumon était perforé, le cœur coupé en deux. Le jeune loup intrépide mourut sur-le-champ. Mais l'élan continua à le piétiner, cette fois de ses quatre sabots. Il ne s'arrêta pas avant que le corps du loup n'eût été réduit en une bouillie sanguinolente mêlée de poils. Satisfait, l'élan s'ébroua et tourna les talons. Il recommença à manger exactement comme s'il ne s'était rien passé.

Les femelles et les deux jeunes mâles avaient observé la courte bataille avec curiosité, mais l'élan arthritique s'était mis à courir dès qu'il avait aperçu les loups. Il galopait lourdement et trébuchait souvent, gêné par le mal dont il souffrait.

Lobo entraîna la meute à sa poursuite, conscient que le vieil élan serait le plus facile à tuer, tout comme il avait immédiatement réalisé que tous les autres, forts et robustes, tiendraient bon. Les loups sont des chasseurs tenaces et experts, mais ils ne sont pas de taille à lutter contre un élan lorsque le grand cerf est aux abois. Ce n'est que lorsqu'un élan prend peur et se met à courir que les loups peuvent l'attaquer. Tout d'abord, ils courent aux côtés du fuyard, ils le mordent quand ils le peuvent et le mettent finalement à terre. La meute entière s'entasse alors sur la bête blessée et la met rapidement à mort. C'est ce qui arriva au vieil élan.

Lobo le rattrapa rapidement. Fonçant de plus belle, le grand loup se plaça à hauteur de l'épaule de sa proie. Soudain, il bondit et referma ses crocs sur le cou de l'animal. Presque au même moment, les autres loups assurèrent leurs propres prises.

La bête malade chancela et tomba. Lobo déplaça aussitôt sa prise du cou à la gorge. Arc-boutant ses énormes pattes avant sur le sol enneigé, le loup se souleva. Il secoua la tête et arracha littéralement la vie de l'élan dont ses énormes crocs déchirèrent la peau, les muscles et les veines. Le sang jaillit en tous sens. L'élan rua à deux ou trois reprises;

son corps frissonna, ses yeux se fermèrent. Il était mort.

Lobo et sa compagne, chef femelle de la meute, se mirent aussitôt à manger et montrèrent les dents en grondant aux autres loups qui essayaient d'approcher de la carcasse. C'est la coutume chez les loups. Ce sont presque toujours les chefs qui commencent à manger, non parce qu'ils sont rapaces ou égoïstes, mais parce qu'ils ont la charge du bien-être de la meute et qu'ils doivent fournir un travail plus ardu qu'aucun autre de leurs compagnons. Les chefs affrontent toujours davantage le danger, ils préservent la paix dans la famille, ils servent de parents aux nouveau-nés et sont chargés de l'initiation des jeunes loups. Pour toutes ces raisons, il importe que les chefs se maintiennent en forme. C'est pourquoi ils mangent les premiers. Mais dès qu'ils sont rassasiés, au moins en partie, les autres loups ont le droit de se joindre à eux.

Au bout d'une heure environ, chaque loup avait mangé à sa faim et dévoré entre cinq et sept kilos de viande. Mais il en restait encore pas mal sur l'élan lorsque les loups repus s'éloignèrent l'un après l'autre. Ils entrèrent dans la forêt afin de s'y reposer, jusqu'au moment où ils auraient de nouveau faim et retourneraient manger les restes de la carcasse. En fait, les loups resteraient près du cadavre de l'élan jusqu'à ce qu'il soit dépouillé de toute sa chair ; ce n'est qu'ensuite qu'ils partiraient en bondissant dans la nature, à la recherche d'un autre animal sur lequel satisfaire leur faim.

*
* *

Dans la tanière de l'ourse, Mike et sa sœur passaient leur temps à téter et à dormir à peu près aussi profondément que leur mère, même s'il leur arrivait de ramper un peu pour essayer leurs forces et développer leurs petites pattes encore faibles. Mais ils ne s'éloignaient jamais de leur mère.

Le temps passait. Pour les ours, chaque jour ressemblait beaucoup au précédent. À l'extérieur de la tanière plongée dans l'obscurité, l'hiver commençait à s'épuiser. Janvier prit fin. Vers la mi-février, le temps s'adoucit, la neige fondit un peu dans la forêt et celle qui encombrait l'entrée de la tanière s'écoula à l'intérieur. Mais avant que l'ouverture de la caverne soit dégagée du manteau blanc qui l'avait recouverte pendant tant de semaines, le froid revint. L'entrée se couvrit alors d'une couche de glace assez semblable à une vitre couverte de givre qui laissait la lumière du jour pénétrer dans le nid, mais empêchait de distinguer quoi que ce soit de l'intérieur ou de l'extérieur.

La fenêtre de glace se forma dans la pénombre. Mike et sa sœur avaient alors quarante jours, et leurs yeux commençaient à s'ouvrir pour la toute première fois. Quelques jours plus tôt, les oursons avaient commencé à faire leurs dents, de minuscules pointes qui émergeaient lentement de leurs gencives roses. À ce stade, Mike pesait légèrement plus d'un kilo et sa sœur un kilo exactement. Ils avaient tous les deux grandi et s'étaient couverts d'une douce fourrure bleu-gris. Leurs pattes et leurs pieds s'étaient également développés : à présent, ils ressemblaient à des membres et à des pieds véritables et permettaient à leurs propriétaires de ramper sur le sol de la tanière et même de se livrer à des jeux dans lesquels ils faisaient mine de se battre, de se débattre et de dégringoler dans tous les coins.

Petit à petit, les paupières des oursons se décollèrent, mais comme il faisait nuit, ils étaient incapables de voir quoi que ce soit dans la tanière noire comme un four. Le matin, les choses furent différentes. Dès que le soleil éclaira la cime des arbres et jeta des rayons sur la vitre de glace, de faibles rais de lumière pénétrèrent dans le nid.

Mike était réveillé lorsque la lumière le toucha. Il fut terrifié, car il n'avait encore jamais fait l'expérience de la vue. Il cria tellement fort qu'il réveilla sa mère et sa sœur. Elles soulevèrent la tête, mais la maman ourse ne remarqua rien d'inquiétant et se rendormit aussitôt. Ce ne fut pas le cas de la sœur de Mike. Expérimentant elle aussi la vue pour la première fois, elle hurla aussi fort que son frère et la mère se dressa sur son séant. Cette fois, elle renifla et jeta un regard circulaire dans la caverne pour s'assurer que tout était en ordre. Lorsqu'elle en fut convaincue, elle rassura ses petits d'un grognement et se rendormit une fois de plus.

Les oursons furent quelque peu réconfortés par la voix de leur mère. Ils cessèrent leurs hurlements, mais se cachèrent la tête dans sa fourrure. Comme rien ne se passait, leur curiosité prit le pas.

Mike fut le premier à risquer un coup d'œil. Il tourna la tête sur le côté et regarda vers la fenêtre de glace. La lumière blessa ses yeux tout neufs et il se mit à pleurer en se cachant de nouveau. Mais la curiosité eut raison de la peur, et quelques minutes plus tard, il regarda de nouveau et laissa cette fois son regard s'attarder sur le sol de la tanière, loin de la lumière la plus forte. La vision lui parut alors extrêmement intrigante, surtout lorsqu'il aperçut une feuille de fougère séchée, non loin du bout de son nez. Il la renifla et reconnut son odeur, car il s'était familiarisé avec le parfum de tous les matériaux de la litière que sa mère avait transportés dans la tanière.

Dès que Mike eut identifié la fougère, il s'en approcha

en rampant et la prit dans sa bouche. Il inventa un jeu. Il se roula sur le dos, enleva la feuille de sa bouche avec ses pattes de devant et la tint au-dessus de lui. Il la regarda avec une vive attention, puis se mit à la tortiller dans un sens, puis dans l'autre, ravi de ses mouvements. Ensuite, gardant la fougère entre ses pattes de devant, il ramena ses pattes arrière et s'en servit pour l'agripper. Toujours renversé sur le dos, il se mit à bouger les pattes arrière, de haut en bas, de gauche à droite. Il observa la fougère ainsi que ses pieds, puis il reprit la feuille entre ses pattes antérieures. Il répétait ce mouvement, quand sa sœur risqua à son tour un œil sur son petit univers.

Mike était tout près lorsque sa sœur le regarda. Ses yeux ne le reconnurent pas, bien sûr, car elle ne l'avait jamais vu auparavant. Elle fut donc effrayée par cette masse et gronda comme s'il s'était agi d'une sorte d'animal malfaisant. Mike la regarda et grogna à son tour. Cela rassura sa sœur, car elle reconnut sa voix, de même que son odeur. En clignant des yeux, elle regarda furtivement son frère avant de le rejoindre en vacillant. Elle essaya de prendre la fougère qu'il tenait entre les pattes.

Mike lança un grognement hargneux. Sa sœur recula tout d'abord, mais elle se mit elle aussi à grogner. En quelques secondes, les oursons se livraient leur première bagarre de frère et sœur. Heureusement, comme leurs dents étaient trop petites pour causer aucun dommage, ils ne se firent pas très mal et se contentèrent de glapir lorsqu'une griffe s'enfonçait trop profondément dans leur fourrure. Mais ils faisaient beaucoup de bruit, et leur mère se réveilla une fois de plus.

La mère ourse n'était pas encore prête à se lever; elle somnolait et était contrariée parce que les oursons l'avaient réveillée trois fois de suite en quelques minutes à peine. Après s'être redressée pour s'asseoir, elle se pencha, happa ses petits d'une patte gigantesque et les reposa dans le nid en proférant des grognements bruyants. Jusqu'alors, les oursons n'avaient pas entendu leur mère gronder de colère. Le bruit de sa voix les effraya tellement qu'ils en oublièrent tout à fait leur querelle. Dissimulant leur tête sous l'une des énormes cuisses, ils se blottirent l'un contre l'autre, de nouveau les meilleurs amis du monde. Bientôt, ils s'endormirent.

Le printemps fut précoce cette année-là. Au cours de la première quinzaine de mars, il y eut quelques chutes de neige, mais entre chacune d'elles le temps se réchauffait et faisait fondre la neige qui était tombée. À la fin du mois, toute la neige avait disparu. De jeunes herbes tendres apparurent, les bourgeons se formèrent sur les rameaux des arbres et des buissons, et les fleurs sauvages précoces pointèrent hors de terre, dans les fentes des écorces d'arbre et sur les rondins de bois pourri.

La mère ourse se réveilla tout à fait le deuxième jour d'avril, au moment précis où Mike et sa sœur se dirigeaient tout seuls vers l'entrée de la tanière. Lorsque la mère vit ce que ses petits faisaient, elle lança un grognement redoutable qui les fit accourir auprès d'elle. Elle les soumit alors à une toilette minutieuse et les lécha de la tête aux pieds jusqu'à ce que leur fourrure soit lisse et brillante. Mike pesait à présent trois kilos et sa sœur deux kilos et demi. Ils marchaient assez bien, mais titubaient encore sur les irrégularités du sol et avaient tendance à trébucher plus souvent qu'à leur tour lorsqu'ils tentaient de courir.

L'ourse s'étira et bâilla longuement quand elle eut achevé la toilette de ses petits qui étaient assis sur l'arrière-train et la regardaient très attentivement, comme impatients de quitter la tanière pour commencer à explorer le monde extérieur. Leur mère retomba sur ses quatre pattes; elle se dirigeait vers l'entrée quand une forte démangeaison l'obligea à s'arrêter pour se gratter l'épaule avec sa patte arrière. Pendant qu'elle était occupée, Mike partit en gambadant; sa sœur ne tarda pas à le suivre. Le temps que leur mère réalise qu'ils avaient quitté la tanière, ils étaient déjà dehors et contemplaient la forêt pour la première fois. L'ourse gronda bruyamment pour les appeler. Pourtant, les oursons ne l'entendirent pas, ou ils choisirent de ne pas obéir. Ils préférèrent entreprendre l'escalade des rochers qui s'entassaient dehors.

La mère quitta rapidement la tanière et arriva juste à temps pour voir Mike dégringoler du haut d'un rocher. En tombant, l'ourson hurla de frayeur, mais il atterrit sans se faire mal sur un carré de mousse épaisse. Sa mère était en colère. Elle se précipita sur lui et lui donna une forte claque de la patte avant droite. Le coup envoya Mike rouler au bas d'une pente assez abrupte. Évidemment, Mike glapit à grands cris, même si son âme fut de loin plus blessée que son petit corps grassouillet. Lorsque sa mère l'appela en grognant, il courut vers elle aussi vite que possible, et lorsqu'il l'eut rejointe, il essaya de lui lécher la tête pour lui montrer qu'il était confus. Sa sœur, pendant ce temps, avait trouvé refuge entre les pattes avant de sa mère et restait là à observer son frère à la dérobée. Après avoir attendu que ses petits se soient assagis, convaincue qu'elle avait déjà donné à Mike sa première leçon de discipline, l'ourse les emmena dans la forêt.

En dépit du fait qu'elle n'avait rien mangé depuis qu'elle s'était endormie à l'automne, l'ourse n'avait pas spécialement faim lorsqu'elle sortit de la tanière. C'est généralement le cas de tous les ours, car leur corps se nourrit des réserves de graisse qu'ils ont encore. Néanmoins, tout en emmenant Mike et sa sœur dans la forêt, l'ourse s'arrêtait de temps en temps pour grignoter de jeunes herbes ou manger quelques cônes de cèdre, deux aliments végétaux contenant certaines vitamines vitales.

Les oursons furent d'abord nerveux de marcher entre les grands arbres, mais quand ils acquirent plus de forces et de coordination dans leurs mouvements, ils commencèrent à s'amuser, surtout lorsqu'ils découvrirent qu'ils pouvaient facilement grimper au sommet des plus grands, car ils étaient plus agiles et sûrs d'eux en grimpant qu'en courant sur la terre ferme.

*
* *

Deux semaines après avoir quitté leur tanière, les oursons avaient grandi et grossi. Mike pesait six kilos ; sa sœur en pesait cinq. Ils étaient aussi devenus très agiles et ne trébuchaient plus lorsqu'ils couraient, ce qu'ils faisaient souvent pour jouer à chat, se pourchasser autour des arbres et dans les buissons, jusqu'au moment où, fatigués, ils allaient tirer un peu de lait à la mamelle de leur mère.

L'ourse entreprit alors d'apprendre à ses petits quels aliments sauvages leur seraient nécessaires lorsqu'ils n'auraient plus besoin d'un régime lacté. Tout en cheminant dans la forêt d'un pas pesant, elle s'arrêtait souvent pour manger et appelait toujours les oursons pour leur montrer que tout ce qu'elle absorbait était également bon pour eux. Souvent, d'un revers de patte, elle retournait des rochers et même de lourdes boules de granit, afin d'atteindre les insectes qui s'y réfugient. Les fourmis étaient ses friandises favorites et, bien que les oursons ne soient pas tout à fait habitués à leur acidité, ils suivaient l'exemple de leur mère et en léchaient quelques-unes à chaque fois qu'un nid était mis à découvert.

La mère, comme tous ses semblables, était très friande de fourmis. Elle s'en régalait aussi souvent que possible et engloutissait en même temps les limaces, les salamandres et les scarabées qu'elle trouvait presque immanquablement dès qu'elle déplaçait un rocher. Les oursons essayaient d'y goûter eux aussi, mais à leur âge, ils étaient bien plus intéressés par leurs jeux et par la chasse des fourmis solitaires séparées de leurs colonies qui détalaient dans une course folle.

Dans leur précipitation à attraper les fugitives, les oursons se bousculaient sans cesse. En outre, ils poussaient de grands glapissements dès qu'une grosse fourmi leur pinçait le nez ! Les morsures n'étaient pourtant pas très douloureuses, et les petits ours semblaient ravis de cette expérience, même s'ils hurlaient dès qu'ils sentaient le pincement d'une mâchoire de fourmi. Généralement, l'ourson qui avait une fourmi accrochée au bout du nez, ou même à sa langue, commençait à hurler, puis, au comble de l'excitation, se mettait à bondir dans tous les sens avant de se rouler par terre. L'autre ourson se jetait alors sur le malheureux, et ils commençaient à lutter. La fourmi, si elle n'était pas aplatie pendant la mêlée, n'était que trop contente de lâcher prise pour tenter d'échapper aux yeux de lynx de la mère ourse qui savait apparemment avec précision où se trouvaient toutes les fourmis de la colonie.

Les oursons goûtèrent une grande variété d'aliments au cours des trois premières semaines de leur vie en forêt, mais leur mère paraissait déterminée à toujours en trouver de nouveaux à leur faire goûter. Un jour, elle les initia aux champignons, et les oursons s'en délectèrent réellement. Plus tard, elle les emmena dans un carré de *leaks* sauvages, une sorte d'oignon au goût très prononcé. Lorsque la petite ourse croqua un leak, elle s'empressa de le recracher. Elle détesta vraiment cette ignoble chose ! Mais Mike adora les oignons dès la première bouchée, même si ses yeux se mirent à pleurer et s'il ne cessa de renifler. Livré à lui-même, il en aurait mangé des quantités, mais sa mère et sa sœur se remirent en route, et il courut à leur suite, de peur de rester seul.

Quand ils n'étaient pas en train de dormir ou de se faire câliner par leur mère, Mike et sa sœur se promenaient d'un endroit à un autre, mangeaient, jouaient et grimpaient aux arbres. Ils étaient trop heureux pour se rendre compte qu'ils faisaient leur éducation et qu'ils avaient été « embrigadés » dans l'école de la nature dès l'instant où ils étaient sortis de la tanière. Comme tous les jeunes animaux, ils apprenaient de leur mère des rudiments destinés à les préparer à l'avenir. Les oursons ne recevaient pas de notes, ils ne restaient pas non plus très longtemps dans une « classe », mais ils semblaient comprendre qu'ils devaient apprendre, car en ne le faisant pas ils s'exposaient à la mort, qui sanctionne généralement toute défaillance dans la nature. En fait, Mike et sa sœur s'amusaient en permanence, de sorte que, même s'ils avaient été conscients de faire leur éducation, ils ne s'en seraient pas souciés.

Le mois de mai arriva. Le temps était ensoleillé et tiède, et les oursons s'amusaient à chasser les bourdons à travers les prairies. Mais la mort n'était pas loin et elle attendait le moment où elle réclamerait les vies de la mère et de la sœur de Mike.

Chapitre 3

Aux premiers cris que Mike poussa pour réclamer à manger quand il se réveilla après sa première nuit dans la famille Hanson, Bob se rua chez lui afin d'aider sa mère à préparer deux biberons de lait. Cela ne lui prit que quelques minutes, mais le temps qu'il retourne au pas de course jusqu'à la grange, il trouva Mike en train d'escalader maladroitement l'un des murs de rondins. L'ourson était affamé et effrayé.

Bob ferma la porte de la grange afin qu'il ne s'échappe pas. Puis il s'approcha de Mike qui s'était accroché à une planche clouée à deux mètres du sol. Il parla à l'ourson sur un ton apaisant, mais Mike se contenta de regarder fixement son sauveur de ses grands yeux bruns écarquillés.

Bob ne savait pas très bien quoi faire. Comme l'ourson essayait de grimper plus haut, le garçon tendit un biberon en plastique en l'air et le pressa fermement pour envoyer un jet de lait en direction de l'ours. Quelques gouttes touchèrent la patte de l'ourson qui s'agita dès que l'odeur du liquide tiède eut atteint ses narines. Il entreprit de redescendre avec un empressement manifeste pour atteindre la source de cette odeur agréable qui venait d'assaillir ses narines. En fait, il descendit tellement vite qu'il glissa à un mètre du sol. Il atterrit en roulant comme une boule de poils noirs mais se remit sur pied, se précipita vers Bob et grimpa le long de sa jambe. Les pointes de ses griffes acérées se plantèrent dans le jean et dans la peau du garçon qui esquissa une petite danse sous l'effet de cette sensation douloureuse mais anodine. Toujours est-il qu'avant que Bob ait eu le temps de faire quoi que ce soit, Mike avait atteint son épaule gauche et enroulé ses pattes autour de la tête de son sauveur.

Une bouteille dans chaque main, près de hurler à cause des griffes qui lui égratignaient le cuir chevelu et le haut de la joue, Bob se dépêcha de s'asseoir contre le mur de la grange. Il brandit alors une bouteille pour que Mike puisse bien renifler la nourriture. L'ourson lâcha la tête de Bob et tendit une patte vers la tétine, mais sa patte arrière glissa de l'épaule du garçon. Il se retrouva encore une fois par terre, pendu cette fois à la bouteille et à la main de Bob qu'il égratigna de nouveau jusqu'au sang.

Bob serra les dents et posa une bouteille par terre pour libérer sa main gauche. Il tenta alors de faire glisser l'ours sur ses genoux, mais Mike, persuadé qu'on allait lui confisquer le biberon, grommela et essaya de mordre en refermant ses mâchoires sur le pouce du garçon. Les dents de l'ourson étaient petites mais pointues comme des aiguilles. Bob laissa échapper un grand cri et se leva d'un bond, lâchant la bouteille et l'ours.

Mike tenait pourtant toujours la tétine qu'il n'avait lâchée que le temps de mordre le pouce de Bob. Le biberon pendu à la bouche, l'ourson se précipita là où il avait déjà grimpé et se lança dans une escalade hasardeuse. Mais dans sa hâte à monter plus haut, il frôla le mur avec le biberon. La tétine se détacha du goulot et le récipient tomba en faisant gicler le lait.

Au beau milieu de ce remue-ménage, Mme Hanson entra dans la grange. Elle s'arrêta sur-le-champ et regarda son fils. Il suçait son pouce blessé, et le sang coulait des petites coupures qui avaient entaillé le dos de sa main. Mike dégringola de nouveau au pied du mur. Avant que Mme Hanson ait eu le temps d'ouvrir la bouche, l'ourson accourait vers elle et se mettait à grimper le long de ses jambes en enfonçant ses griffes à travers la toile de son blue-jean.

Mme Hanson n'était pas le genre de personne à s'effrayer facilement. En fait, elle avait un tempérament placide et se laissait rarement troubler, mais comme l'ourson affolé continuait à escalader sa jambe en l'égratignant de plus belle, elle lâcha un grand cri. Ses hurlements parvinrent aux oreilles de son mari qui venait de sortir de la maison pour aller voir Bob et son ourson.

Le père de Bob ne sut tout d'abord pas très bien si le cri venait de sa femme, de son fils ou de l'ourson, mais il se rendit dans la grange sans perdre de temps. Il entra au moment où Mike essayait d'agripper la tête de Mme Hanson de la même façon qu'il s'était accroché à celle de Bob.

Habitué à côtoyer les animaux, John Hanson comprit immédiatement que l'ourson était mort de faim et de peur. À pas lents, il s'approcha de sa femme tout en parlant doucement à Mike, puis il leva les bras et empoigna l'ours par les flancs, juste à côté des omoplates. Il souleva l'ourson et le reposa à terre. Pendant ce temps, Bob avait ramassé la bouteille pleine et la tendit à Mike, qui décela l'odeur de nourriture avec la même rapidité. Quelques secondes plus tard, l'ours s'était emparé de la tétine et, planté sur ses quatre pattes, il se mit à téter avidement avec de petits grognements de plaisir, les lèvres éclaboussées d'écume blanche.

Les adultes laissèrent Bob et Mike et rentrèrent à la maison. Mary Hanson ne disait rien. John Hanson faisait quant à lui de gros efforts pour ne pas sourire. Il savait que s'il se laissait aller, sa femme lui en voudrait, et à juste titre ! Le biologiste savait pertinemment que l'ours n'avait pas sérieusement blessé sa femme ni son fils, et même s'il avait eu un moment d'inquiétude en voyant ce qui se passait quand il était entré dans la grange, sa femme lui avait paru si drôle à se tortiller et à danser dans tous les sens, aiguillonnée par les griffes de l'ourson, qu'il avait failli éclater de rire, plus amusé encore lorsqu'il avait vu Bob, par terre, en train de sucer son pouce, les cheveux dressés dans tous les sens après le coup de « peigne » que Mike lui avait donné avec ses griffes. Cependant, John Hanson eut la sagesse de maîtriser son amusement : en premier lieu, parce qu'il trouvait que c'était faire preuve d'insensibilité que de rire de l'infortune d'autrui, et en second lieu, parce qu'il était persuadé que sa femme n'était pas d'humeur pour le moment à considérer l'aspect amusant de son aventure ! Plus tard, ils riraient tous de ces événements, mais en raccompagnant Mary chez eux, le père de Bob garda un visage impassible.

Grâce à cet incident, Bob et sa mère apprirent pas mal de choses à propos du petit ours. Ils se rendirent compte que Mike était encore sous le choc des aventures terrifiantes qu'il avait vécues et qu'il n'était en outre pas encore accoutumé à la présence humaine. Pour ces raisons, il était facile de l'effrayer. Ils avaient pris conscience que l'ourson, aussi petit qu'il fût, se battrait s'il pensait être attaqué ou s'il croyait qu'on lui confisquait sa nourriture, d'autant plus qu'il traversait une période où il avait éperdument besoin de s'alimenter.

Peu après que les parents de Bob eurent quitté la grange, Mike termina le lait et se mit aussitôt à en réclamer davantage, à grands cris, comme à son habitude! Le garçon se leva. Comme il se redressait, l'ours commença à grimper le long de sa jambe. Plus avisé depuis qu'il avait vu comment son père avait manipulé l'ourson, Bob se baissa pour prendre Mike dans ses bras et le pressa contre lui en le caressant. Ce faisant, il remarqua que l'ourson était couvert de poux, dont certains commençaient à courir sur ses mains. De plus, l'animal avait un tas de tiques; certaines d'entre elles avaient déjà sucé tellement de sang qu'elles étaient pratiquement de la taille d'un grain de raisin.

Bob avait l'habitude de ce genre de parasites. Il est fréquent de trouver des poux sur les animaux sauvages, en particulier sur les jeunes; quant aux tiques, elles vivent dans de nombreuses régions d'Amérique du Nord. Bob avait lui-même fait l'expérience des effets de ces tiques suceuses de sang, et il savait qu'on ne pouvait les arracher de la peau, car on risquait alors l'infection ou même la maladie. Plutôt que de les arracher, on pouvait, pour les extraire en toute sécurité, les étouffer dans un corps gras, de façon à recouvrir leurs organes respiratoires. Ce traitement fait suffoquer les tiques et les force à sortir de l'épiderme de leurs victimes lorsqu'elles se débattent pour s'échapper de la vaseline ou du beurre utilisé pour les étouffer.

Cependant, le problème le plus urgent pour le garçon était de trouver le moyen de laisser Mike dans la grange, le temps d'aller chercher une autre bouteille de lait. Dès qu'il essayait de le poser par terre, l'ourson hurlait et s'agrippait à la chemise de Bob tout en lui reniflant les doigts dans l'espoir d'y trouver une nouvelle tétine.

Après avoir considéré un moment cette situation inextricable, Bob décida d'emmener l'ours à la maison et de demander à sa mère si elle voulait bien préparer une autre ration de lait pendant qu'il tiendrait Mike.

Lorsque son fils et son protégé entrèrent dans la cuisine, Mme Hanson, tout à fait remise de son aventure, était justement en train de verser une nouvelle dose de lait dans une bouteille propre. Elle s'était rendu compte que l'ourson n'avait avalé qu'un seul biberon et avait prévu qu'il lui en faudrait davantage. Elle tourna le dos à l'évier et s'adressa à son fils.

« Assieds-toi par terre, Bob. Là, sur le carrelage, qu'on puisse nettoyer facilement si Mike renverse du lait. Empêche-le d'aller sur les tapis ! »

Bob obéit, et sa mère lui tendit le biberon. Mike s'empara aussitôt de la bouteille de ses deux pattes avant et prit la tétine entre les lèvres, les yeux brillants de plaisir dès qu'il se mit à téter goulûment. Mme Hanson resta à côté d'eux pour le regarder ; elle ne tarda pas à remarquer la vermine qui rampait sur la main de son fils. En observant de plus près, elle vit deux tiques bien grasses.

« Bob ! Il grouille de poux et de tiques ! Fais-le sortir de la maison. TOUT DE SUITE ! »

Mary Hanson aimait les animaux. Mais elle ne pouvait supporter les poux, les puces, les tiques, ou toute autre espèce d'animal suceur de sang.

Avant que Bob ait pu répondre à sa mère, John Hanson entra dans la cuisine. Assis dans le salon, il avait écouté les paroles de sa femme et de son fils. En entendant la remarque de Mme Hanson sur les poux et les tiques, il décida d'examiner l'ourson. S'approchant de Bob, il se baissa et caressa lentement Mike, qui n'accorda qu'un bref regard au nouvel arrivant et continua à téter. Doucement, le biologiste ébouriffa la fourrure emmêlée de l'ours du bout de son index, d'abord sur le dos, puis sur le flanc. Sa femme avait raison! Il ne faisait aucun doute que Mike était bourré de parasites et qu'il fallait le soigner. Il se tourna vers sa femme.

«Bob peut nourrir l'ourson ici, tout va bien. On le nettoiera après, et on s'assurera qu'il ne reste aucune de ces sales bestioles dans la maison. Si on dérange Mike encore une fois après le tapage que vous avez fait dans la grange, il va probablement s'affoler. Il pourrait s'enfuir et aller traîner partout dans la maison. Ce serait pire que de le laisser là où il est, car les poux envahiraient tout.»

Mme Hanson s'éloigna de Bob et de Mike.

«Entendu. Mais, dès qu'il a fini de manger, vous l'emmenez dans la grange et vous vous débarrassez de ces choses répugnantes!»

Mme Hanson quitta la cuisine sur cet ordre et partit à la salle de bains dans l'intention d'enlever tous ses vêtements et de s'examiner de près pour être sûre qu'aucun pou ni aucune tique ne lui suçaient le sang. Après quoi, elle enfila des vêtements propres, puis elle vaporisa un désinfectant sur les autres, qu'elle mit dans la machine à laver avec de l'eau de Javel.

Contrairement à Mary Hanson, le père et le fils ne se souciaient pas tellement de ce genre de choses. John Hanson, en tant que biologiste, étudiait les insectes parasites et en prélevait souvent des échantillons qu'il gardait dans du formaldéhyde, un conservateur liquide à base de méthanol. Il n'était pas entomologiste – c'est-à-dire spécialiste des insectes – car il avait préféré se spécialiser dans la biologie des mammifères. Mais en raison de la gravité des effets que les parasites ont souvent sur les mammifères sauvages, il s'était consacré pendant plusieurs années à l'étude des animaux parasitaires. Il était en effet convaincu que la bonne compréhension d'une espèce nécessite de rassembler le plus de connaissances possible sur la totalité de son environnement et, en particulier, sur tous les autres organismes vivants avec lesquels elle entre en contact. Comme il savait par ailleurs que les insectes se comptent littéralement par *centaines de milliers* d'espèces que les scientifiques doivent encore identifier, John Hanson avait recueilli les insectes locaux et en avait identifié le plus grand nombre dans le but de les répertorier dans un catalogue.

Bob éprouvait le même intérêt que son père à l'égard de ce genre de choses, et au cours des quatre années précédentes, il avait aidé le biologiste à collecter tous les insectes rares qu'il trouvait. Mme Hanson apportait également son aide en faisant des dessins et des peintures de la collection de son mari qu'elle projetait de publier un jour sous forme de guide illustré. Elle s'occupait même des espèces suceuses de sang... mais uniquement lorsqu'elles étaient mortes.

Comme la suite le révéla, il n'y eut pas de difficulté à débarrasser Mike de ses passagers clandestins. La fourrure de l'ourson était tellement sale et emmêlée qu'un peu de bouillie supplémentaire, ainsi que Bob appelait le mélange de vaseline et de poudre antipoux, ne l'indisposerait pas outre mesure. En fait, John Hanson mélangea une bonne dose de graisse à une dose équivalente de poudre, puis il en frictionna tout le corps de Mike à qui ce traitement parut plaire. Il ne fallut pas longtemps pour que les tiques tombent de l'ourson et soient examinées sous une puissante loupe pour vérifier à quelle espèce elles appartenaient. Après quoi, elles furent tuées. Les poux étant trop petits et trop nombreux pour qu'on les ôte de la fourrure de l'ourson, on les laissa mourir sur lui.

Quand ces soins furent achevés, Mike, l'estomac rebondi des deux biberons de lait qu'il avait bus, était prêt à aller dormir. Il ne fit aucune difficulté lorsque Bob, accompagné du docteur Hanson, le tranporta dans la grange. Dès qu'il fut installé dans son nid de paille, ou presque, il s'endormit.

Le père et le fils rentrèrent à la maison. Comme Mary Hanson, ils vérifièrent eux aussi qu'ils ne portaient pas de poux ni de tiques. Après quoi, la famille tint un conseil au cours duquel on décida de l'avenir proche de Mike.

Ce fut Mary Hanson qui lança la discussion. Un sourire aux lèvres, elle regarda son fils droit dans les yeux.

«Le premier article de la liste des usages de cette famille concerne la propreté. Il *faut* baigner Mike dès que possible. En dehors de la poussière dont il est couvert, et je ne parle pas de son odeur, maintenant qu'il est enduit de vaseline et de poudre antipoux, il est tout simplement trop poisseux pour qu'on puisse le toucher. Donc, je décide que pas plus tard que demain après-midi, dès que tu seras rentré de l'école, Mike devra prendre un bain. C'est toi qui t'en chargeras, Bob. Je t'aiderai, mais la propreté de l'ours est un travail qui t'incombe à partir de maintenant. D'accord?»

Bob acquiesça immédiatement, de même que son père. Mais John Hanson attira l'attention sur le fait qu'il faudrait garder l'ours au chaud et au sec après son bain, parce que le shampooing ferait disparaître les huiles dont sa fourrure est naturellement enduite. Sans ces huiles, l'ourson pouvait tomber malade s'il se mouillait ou prenait froid.

«Pour la première nuit, il sera peut-être nécessaire de

le faire dormir dans ta chambre, Bob. Mais il vaudrait mieux que tu vérifies que sa caisse est parfaitement propre et désinfectée avant de l'apporter dans la maison. Nous ne voulons pas que Mike – ni notre maison – ne soit contaminé par les poux.»

«D'accord, Papa. J'ai déjà une caisse propre. Je peux le mettre dans celle-là et désinfecter l'ancienne», dit Bob.

Mary Hanson reprit la parole.

«Autre chose, Bob... Cela ne me dérange pas de t'aider à préparer le lait, mais à mon avis, tu devrais te charger de cette corvée aussi. Si tu ne peux pas être à la maison pour une raison ou pour une autre, je serais ravie de m'occuper de Mike, sinon, c'est à toi de te préoccuper de lui. Pour commencer, ce serait une bonne idée de préparer le mélange de lait nécessaire pour vingt-quatre heures. Tu peux l'entreposer dans le réfrigérateur du sous-sol.»

Bob acquiesça de nouveau. Puis ce fut à son père de reprendre la parole.

«Je ne pense pas que tu seras obligé de le nourrir au biberon encore très longtemps, mon petit. En fait, dès qu'il se sera bien reposé et qu'il aura bu assez de lait pour reconstituer ses forces et remettre son estomac en place, tu pourras commencer à lui donner d'autres choses, des fruits, de la nourriture pour chien et des restes. Comme tu le sais, les ours mangent volontiers n'importe quoi, et ils ne sont donc pas difficiles à nourrir. Je pense que ta mère sera d'accord avec moi sur le fait que, même si elle et moi nous t'aidons à acheter la nourriture, il faudra également que tu apportes ta contribution. En fait, je pense que tu devrais payer un tiers du prix. C'est juste, tu ne penses pas?»

Bob et sa mère hochèrent la tête en signe d'approbation.

«Bien», dit John Hanson, «à présent que ces aspects de la question sont réglés, il reste un point à discuter. Mais cette fois, tu es directement concerné, Bob. Ça n'a rien à voir avec Mike.»

Bob fut subitement pris d'inquiétude. Son père avait employé un timbre de voix qu'il réservait habituellement aux sujets déplaisants.

«Qu'est-ce que c'est, Papa? Tu ne veux pas te débarrasser de Mike, si?»

«Non, Bob, Mike peut rester. Je te l'ai dit, cela te concerne toi, pas l'ours. Il faut qu'on parle de la rage. Ta mère et moi, comme tu le sais, nous nous sommes fait vacciner contre la rage à titre préventif, parce que nous manipulons tous les deux des animaux sauvages. Mais toi, tu n'as pas été vacciné. Et Mike t'a mordu et égratigné.»

L'estomac de Bob chavira. La rage? Toutes ces aiguilles? Est-ce que son père voulait dire que Mike avait la rage?

«Hein?! Tu crois que Mike a la rage, Papa?» Bob était vraiment affolé à présent.

«Non. Je l'ai bien examiné et il n'a pas l'air malade, et je n'ai pas trouvé non plus de traces de blessures. En tout cas pas de morsures. Je dirais que je suis certain à quatre-vingt-dix-neuf pour cent que cet ours n'a pas la rage. Mais tu sais que la rage est une maladie incurable. Dès que quelqu'un, une personne ou un animal, la contracte, il est voué à une mort effroyable. Il est donc raisonnable de prendre des précautions contre la maladie», expliqua le docteur Hanson. «Quoi qu'il en soit, ta mère et moi, nous pensons depuis un bon moment maintenant à te faire protéger. Tu manipules pas mal de petits animaux sauvages, et je suis sûr que tu continueras à le faire. La santé de Mike est sans doute tout à fait satisfaisante aujourd'hui. Mais comment pouvons-nous être sûrs que, lorsqu'il se promènera seul, plus tard, il ne rencontrera pas un renard ou une mouffette enragés et qu'il ne se fera pas mordre? Ensuite, il reviendra certainement te voir. Voilà, Bob. Demain je te prends un rendez-vous chez le docteur Anderson pour commencer le programme d'inoculation.»

«Aah, Papa! Je suis vraiment obligé? Ça rend malade... En plus, il faut faire quatorze piqûres dans le ventre avec des aiguilles très longues. Et ça fait vachement mal...»

Bob cessa de parler en entendant ses parents éclater de rire. Le garçon ne voyait pourtant pas ce que les piqûres antirabiques avaient de drôle. Il s'apprêtait à protester de plus belle quand son père, réprimant son rire, reprit la parole.

«Écoute, fiston, je ne sais pas où tu as été chercher qu'on appliquait encore le traitement à l'ancienne mode, mais, de nos jours, on ne fait que cinq injections, avec de *petites* aiguilles. La première, après un contact avec un animal. Ce jour-là s'appelle le Jour Un. On fait la seconde, le Jour Trois, la troisième, le Jour Sept, la quatrième, le Jour Quatorze et la dernière, le Jour Vingt-Huit. On les fait au bras, ou, si le médecin choisit de procéder de cette façon, à la fesse. Ça ne fait pas mal! La piqûre de l'aiguille est à peine décelable, et quand le sérum pénètre dans le muscle, on ne sent rien d'autre qu'une très légère brûlure qui dure tout au plus cinq secondes. Laisse-moi te dire que je me fais plus mal quand je m'entaille la peau tous les matins avec mon rasoir!»

Bob sentait encore son estomac chavirer, mais moins

qu'auparavant. Malgré lui, il s'intéressait à ce que son père lui avait dit.

«Je crois que je n'ai jamais vu d'animal enragé, Papa. Comment je le saurai si j'en vois un un jour ?»

«Si la maladie a atteint sa dernière phase, celle dans laquelle l'animal est le plus infectieux, il boitera probablement. Il peut traîner la patte et s'arrêter souvent pour se mordre les orteils et les ongles. Il peut même lui arriver parfois de s'arracher l'orteil ou le pied d'un coup de dent. Souvent, mais ce n'est pas systématique, il bave aussi. En général, les animaux sauvages enragés ont l'air malades, leur poil est en fâcheux état, et ils s'approchent apparemment sans crainte, ce qui, bien sûr, est très inhabituel, car les animaux sont toujours intimidés par les humains.»

«Pourquoi les animaux enragés bavent-ils ?» demanda Bob, maintenant captivé.

«Comme je le disais, ils ne bavent pas toujours, mais quand ils le font, c'est parce que le virus responsable de la maladie a atteint la partie du cerveau qui contrôle les muscles de la gorge. Ceux-ci se paralysent et empêchent l'animal de déglutir. La salive – la bave, si tu préfères – dégouline de la gueule de l'animal. C'est elle qui représente le plus grand danger. Elle transporte le virus. Même si l'animal ne mord pas quelqu'un, mais que sa peau entre en contact avec la salive, cette personne peut être contaminée, parce que même une minuscule égratignure peut permettre au virus d'entrer dans le sang. Aussi, la meilleure protection contre la rage est de se faire faire les cinq piqûres dès que l'on redoute d'avoir été en contact avec un animal enragé. Bien entendu, si un animal sauvage mord quelqu'un, alors il vaut mieux faire les cinq injections, surtout si l'animal s'échappe. S'il ne s'enfuit pas et qu'il est tué, on lui coupe la tête et on l'envoie au laboratoire. Quelques jours plus tard, on connaît les résultats. Si les tests révèlent la présence de la rage, la vaccination est faite sur-le-champ. Si la rage n'est pas présente, les piqûres ne sont pas nécessaires. Mais les vétérinaires, les biologistes et ceux qui sont susceptibles d'avoir à manipuler des animaux sauvages devraient se faire vacciner afin d'être protégés à l'avance.»

En regardant son fils, John Hanson eut l'impression que Bob n'était pas encore convaincu de la nécessité de subir ces injections redoutées.

«Voilà, Bob. Préfères-tu te faire vacciner, ou est-ce que j'abats Mike et je lui coupe la tête pour l'envoyer au laboratoire?» dit John Hanson.

«Oh, c'est immonde! Non, je vais me faire vacciner! Je t'interdis de penser que tu pourrais tuer Mike et lui couper la tête!» répondit Bob, au bord des larmes.

Blême et bouleversé, le garçon sortit pour aller dans la grange voir si Mike allait bien.

Mary Hanson regarda son mari.

«Tu n'avais pas besoin de dire des choses pareilles, John! Quelle idée! Menacer de couper la tête de l'ours... C'était juste une plaisanterie, n'est-ce pas?»

Son mari secoua la tête.

«Non, je ne plaisantais absolument pas. Je voulais que Bob se rende compte de la gravité de cette affaire. Il est assez grand à présent pour comprendre qu'il est nécessaire qu'il endure une certaine souffrance et un certain inconfort pour son propre bien. J'ai pensé qu'il devait être conscient de la seule solution qui resterait s'il ne se faisait pas vacciner tout de suite. Je veux qu'il soit protégé. Si je n'étais pas biologiste, et si Bob ne manifestait pas un tel intérêt pour les animaux sauvages, il n'aurait pas besoin de traitement préventif. Les choses étant ce qu'elles sont, il en a un besoin réel. Tous ceux qui sont régulièrement en contact avec des animaux sauvages devraient se faire vacciner. Avec un traitement aussi simple et pratiquement sans douleur, je n'arrive vraiment pas à comprendre comment il se fait que tant de gens croient encore que les piqûres antirabiques sont douloureuses et comportent quatorze injections dans l'estomac!»

«Oui, je suppose que tu as raison, John. J'imagine que nous aurions dû parler de la rage avec Bob dès la première fois où il a rapporté un animal sauvage à la maison. Tu te souviens? Il avait huit ans, et il avait trouvé un bébé hérisson dont la mère avait été tuée par une voiture sur la grand-route.»

Pendant que ses parents discutaient, Bob avait regardé l'ourson dormir, puis il était sorti et s'était occupé à tondre la pelouse et à d'autres petits travaux. Il accomplissait toujours ses corvées avec bonne volonté, persuadé qu'elles faisaient partie de sa contribution à la vie familiale.

Le garçon tirait une réelle fierté de ses responsabilités, et il essayait toujours de faire de son mieux. Il était conscient que ses parents lui accordaient de nombreux privilèges et qu'ils étaient tous les deux très pris par leurs métiers respectifs et l'entretien de leur grande propriété. En retour, depuis qu'il était assez grand pour effectuer de menus travaux, Bob avait fourni sa part, heureux d'apporter son aide, parce qu'il savait que sa mère et son père lui faisaient confiance et qu'ils respectaient ses besoins.

Les Hanson formaient une famille unie. Ils n'étaient guère enclins aux épanchements sentimentaux, mais ils étaient conscients de la réciprocité de leur amour, et ils savaient que leur bien-être dépendait de leur coopération et d'un respect mutuel. Bob avait neuf ans le jour où, peu de temps après le retour de son père qui était allé étudier une meute de loups sur le Territoire du Yukon, il avait écouté très attentivement la description que John Hanson avait faite du comportement social des loups. Quand son père avait terminé, Bob était resté tranquillement sur sa chaise. Puis, lorsque le docteur Hanson s'était apprêté à quitter la pièce, il était intervenu.

«Papa... Tu sais, les loups sont un peu comme des gens, non ? Enfin... ils s'aiment, ils font des corvées et un tas de trucs, et ils ne se battent pas, tu sais...»

John Hanson, assez surpris par la remarque de son fils, était revenu s'asseoir.

«C'est une très bonne remarque, Bob. En fait, les loups mènent une vie sociale très semblable à celle d'une famille humaine. Après leur naissance, et presque à l'instant où ils ouvrent les yeux, les louveteaux vont réellement à l'école. Bien entendu, ce n'est pas comme l'école des humains, dans laquelle les garçons et les filles de plusieurs familles différentes sont éduqués par des maîtres qui sont de véritables étrangers quand l'enfant entre dans la classe pour la première fois. Non. La mère et le père, les oncles et tantes et même les frères et sœurs plus âgés, participent tous ensemble à l'éducation des jeunes loups. La première chose qu'ils apprennent est le respect de leurs aînés, de l'autre et d'eux-mêmes. Ils apprennent aussi à coopérer au sein de la famille, à chasser et même à compter...»

À ce moment-là, Bob l'avait interrompu.

«Compter ? Tu veux dire qu'ils font des maths ?»

Son père avait souri en secouant la tête.

«Non, mon garçon. Ils comptent de mémoire, par images. Si tu regardes quelque chose, tu le vois, n'est-ce pas ? Eh bien, les loups ne se contentent pas de voir l'image, ou les images, ils en gardent un souvenir exact. Par exemple, s'ils voient un groupe de cinq cerfs, ils ne se disent pas : " Voilà cinq cerfs." Mais ils conservent bel et bien dans leur esprit l'image de cinq animaux. Si, pour une raison ou pour une autre, ils revoient les mêmes cerfs plus tard et que l'un d'eux est parti, ils savent que l'image a changé : ils savent qu'un cerf a quitté le groupe. Les gens peuvent faire la même chose, s'ils s'entraînent. Mais c'est difficile, parce que les humains se reposent entièrement sur les mathématiques depuis si longtemps, qu'ils ont perdu la capacité de garder un souvenir précis de tout ce qu'ils voient. Par exemple, si nous nous rappelions la forme d'une combinaison donnée de nombres, disons, celle d'un numéro de téléphone, nous pourrions les écrire ou les composer sans avoir à les regarder, et sans avoir à nous les répéter tout bas, chiffre après chiffre. »

Bob avait été impressionné. Il avait décidé d'essayer cette façon de faire des maths. D'ailleurs, ça marchait parfois. Mais quand son niveau scolaire avait progressé et qu'il avait fait de plus en plus de maths, il avait trouvé qu'il y avait vraiment trop d'images de nombres à retenir. Néanmoins, grâce à cette conversation avec son père, il avait compris la nécessité de l'entraide familiale et, même si certains de ses copains de classe le taquinaient quand ils apprenaient qu'il faisait les corvées ménagères sans rechigner, il avait continué à les effectuer volontiers, car il s'estimait récompensé en sachant qu'il aidait ses parents et que, ce faisant, il s'aidait aussi lui-même. Secrètement, il s'imaginait être un louveteau à qui l'on apprenait à devenir un brillant membre de la meute. Parfois, quand il était plus jeune, dès que personne ne le voyait faire un travail, il avait même essayé de grogner en feignant d'être un loup à la recherche de sa nourriture.

*
* *

Lorsque l'heure du dîner arriva ce soir-là, Mike ne s'était pas encore réveillé depuis son repas matinal, et John Hanson commença à s'inquiéter. Tout aussi soucieux, Bob voulut passer une nuit de plus dans la grange, mais sa mère était hostile à ce projet. Le lendemain, c'était lundi, et le garçon devait aller en classe. Mme Hanson croyait à juste titre que, s'il devait dormir dans la grange, il ne se reposerait pas correctement et serait sans aucun doute fatigué et inattentif pendant les cours.

Lorsqu'il aborda la question au cours du dîner, Bob proposa tout d'abord de sécher les cours pour la journée, mais ses parents refusèrent. En fait, John Hanson déclara à son fils que s'il lui arrivait encore de faire une proposition de ce genre, Mike serait envoyé dans un zoo ou dans une réserve d'animaux.

Bob prit aussitôt un air contrit et réalisa qu'il avait été tenté d'agir de façon irresponsable à cause de l'angoisse qu'il éprouvait au sujet de l'ourson. Il demanda pardon.

«Désolé. Je crois que ce ne serait pas bien», dit-il.

La discussion s'attarda encore un peu, mais finalement, il fut décidé, avec l'approbation immédiate de son père et le consentement réticent de sa mère, que Mike pourrait dormir dans la chambre de Bob pour cette nuit-là, à condition, insista Mary Hanson, que l'ourson puisse être placé dans une caisse propre avant d'être admis dans la maison.

Bob et son père se rendirent dans la grange après le repas pour voir si Mike s'était réveillé. Il dormait toujours.

John Hanson caressa l'ourson, mais celui-ci continua à ronfler sans bouger.

«Bon, mettons-le dans une caisse propre, Bob. S'il se réveille, nous saurons qu'il va bien, et nous pourrons lui donner à manger et le laisser se rendormir ici. S'il ne s'éveille pas, nous le transporterons à la maison et nous le mettrons dans ta chambre.»

Bob était tracassé par les paroles de son père.

«Qu'est-ce que tu veux dire, Papa? Tu viens de dire: Nous saurons qu'il va bien. Tu penses qu'il va mourir?»

«Non, je ne pense pas qu'il va mourir. Mais vois-tu, Bob, on ne peut jamais être sûr de rien quand il s'agit d'un jeune animal qui a souffert autant que Mike. Il faut que tu comprennes les problèmes de ce genre, et tu ne dois pas les laisser t'inquiéter à l'avance. Agir de ton mieux, c'est tout ce qu'il est possible de faire. Le reste appartient à la nature et à la volonté de vivre de l'animal. Je pense que Mike finira par bien aller, mais je ne peux pas le garantir.»

Bob n'était pas complètement rassuré, mais il s'efforça de suivre le conseil de son père et de ne pas s'inquiéter en implorant silencieusement Mike de se rétablir rapidement. Cette pensée en tête, il alla chercher une nouvelle niche, une caisse rectangulaire en contreplaqué munie d'un couvercle et d'une ouverture ronde latérale qui faisait office de porte. Tandis que le garçon maintenait le couvercle ouvert, son père sortit doucement Mike de la caisse sale. L'ours continua à dormir. Il ne bougea pas et resta roulé en boule, même lorsqu'on l'eut placé dans le nichoir que Bob avait à moitié rempli de paille fraîche saupoudrée de poudre antipuces. Mike fut donc transporté jusqu'à la maison dans sa niche qu'on installa dans la chambre de Bob, au pied du lit.

Pendant ce temps, pensant que l'ourson pourrait se réveiller au cours de la nuit et réclamer à manger, Mary Hanson avait préparé un mélange de lait suffisant pour deux biberons. Elle l'avait ensuite transvasé dans une bouteille Thermos. Elle avait aussi préparé un plateau sur lequel elle avait disposé un rouleau d'essuie-tout, une autre bouteille Thermos remplie d'eau chaude et un paquet de coton en feuilles, tout un attirail qui servirait à réparer les dégâts si le lait se renversait ou si Mike se salissait.

À onze heures trente ce soir-là, la maison des Hanson était plongée dans l'obscurité. Tout le monde dormait.

*
* *

Le lendemain matin, l'aube se levait à peine lorsque Mike se réveilla. À l'est, les arbres étaient colorés de teintes roses et mauves qui contrastaient sur le bleu clair du ciel. Sous la fenêtre de Bob, un merle d'Amérique, perché sur la dernière branche d'un épicéa, chantait le jour nouveau. Sa mélodie parvint aux oreilles de l'ourson lorsque celui-ci sortit la tête de sa niche, mais elle ne réussit pas à réveiller le garçon.

Humant l'odeur de son nouvel environnement, l'ourson bâilla en s'étirant et sortit de la caisse en rampant. Il leva les yeux vers le lit qu'il renifla un moment, puis il se dirigea vers la porte restée ouverte. Après avoir traversé le tapis, Mike s'arrêta à l'entrée de la chambre pour renifler une fois encore. Puis il partit dans le couloir et se dirigea vers l'escalier qu'il descendit, attiré par un parfum très étrange, mais intéressant, que son nez sensible avait pu déceler. Comme tous les ours, il avait des patins épais et doux sous la plante des pieds, de petits coussins noirs qui lui permettaient de marcher à pas feutrés sur n'importe quelle surface. Comme la maison des Hanson ne manquait pas de tapis, l'ours suivit sans bruit la piste parfumée jusqu'à sa source : la cuisine.

À l'étage, le chant du merle était enfin parvenu aux oreilles endormies de Bob. Il s'assit et rampa jusqu'au pied de son lit sans faire de bruit pour regarder la caisse de Mike. Ignorant que son ami était déjà parti, Bob tendit l'oreille, conclut que Mike dormait toujours et se glissa de nouveau sous les couvertures. Il se faisait du souci pour Mike, mais ne voulait pas le déranger ni réveiller ses parents à une heure aussi matinale. Mike était entré dans la cuisine des Hanson depuis cinq minutes à peine.

Bob allait se rendormir lorsqu'un vacarme indescriptible déchira le calme de l'aube. Le garçon se dressa d'un bond. On entendit d'autres coups, puis un bruit de verre brisé. Vêtu de son seul pantalon de pyjama, Bob se glissa hors de son lit et se dépêcha d'aller jeter un œil dans la niche. Il souleva le couvercle.

« Oh... aïe aïe aïe ! Mike a disparu ! » s'exclama Bob tout en se précipitant vers l'escalier. De nouveaux bris de verre troublèrent le calme qui régnait dans la maison. Le garçon dévala les escaliers quatre à quatre et courut pieds nus vers la cuisine, guidé par le tapage.

Le nez de Mike avait été immédiatement attiré par le placard à provisions de Mary Hanson accroché juste au-dessus de la cuisinière électrique. L'ourson grimpa sans mal sur la cuisinière et attrapa le bas d'une porte qu'il ouvrit. Grâce à son agilité et à sa petite taille, il lui fut alors facile de se hisser sur la première étagère. C'était justement sur celle-là que Mary Hanson rangeait des choses aussi diverses que des pots de confiture, un carton de miel liquide, du sucre glace et quelques sachets de fruits secs. Sur l'étagère supérieure, s'entassaient des boîtes de conserve et une quantité de verrines qui contenaient des betteraves, des framboises, des pêches et des condiments variés.

L'ourson ne fit pas beaucoup de bruit en montant sur la première étagère, mais lorsqu'il essaya de s'asseoir après s'être emparé d'un sachet de raisins secs, il se cogna contre la deuxième étagère. Il la poussa d'un coup d'épaule et de la tête. Il fit pencher l'étagère et déplaça un pot de betteraves. Celui-ci bascula et alla se fracasser sur la cuisinière qu'il heurta violemment en projetant les betteraves et leur jus grenat dans toute la cuisine. L'explosion effraya Mike, mais sa peur ne dura pas longtemps. Il avait très faim, et toutes ces odeurs terriblement appétissantes qui assaillaient son nez l'emportèrent sur la frayeur. Il déchira le sachet de raisins et se mit à manger, tandis que d'un coup de griffes il éventrait le carton de miel. Le liquide collant et sucré s'écoula sur l'étagère et dégoulina sur la cuisinière.

Mike engloutit les raisins et se mit à laper le miel. Mais ses pattes avant, qui ressemblaient plutôt à des mains, continuaient à s'affairer. L'une trouva le paquet de sucre glace et le perça en renversant son contenu poudreux. Mike cessa de laper le miel pour goûter au sucre. Il s'était mis à quatre pattes, la croupe contre le mur; la deuxième étagère se déboîta. Elle bascula en avant et, entraînée par le poids, glissa hors du placard. Elle tomba. Une cascade de boîtes, de bouteilles, de paquets et de verrines s'écroula sur la cuisinière, rebondit; le verre éclata, et tout cela alla voler à travers la cuisine au moment même où la planche de bois heurtait la cuisinière et se fracassait sur le sol.

Lorsque Bob entra dans la cuisine, Mike venait de s'allonger sur la planche afin de manger plus confortablement. Son corps était maintenant couvert d'un emplâtre de miel saupoudré de sucre. Il continua à s'empiffrer sous les yeux de Bob qui le regardait, immobile, horrifié par le chaos qui envahissait la cuisine, incapable de faire quoi que ce soit, persuadé que l'ourson serait banni de la propriété des Hanson dès que ses parents découvriraient ce qu'il avait fait. Il était toujours planté là, indécis, lorsque d'autres récipients tombèrent en ribambelle. Un deuxième pot de betteraves rouges heurta la cuisinière et explosa. Bob fut éclaboussé de la tête aux pieds et fit un bond en arrière pour tenter d'éviter les projections. Ce faisant, il glissa sur le carrelage poisseux et se retrouva sur le dos dans une mare de jus de pêche gluant mélangé à de la confiture de framboises. Ce fut à ce moment que John et Mary Hanson entrèrent dans la cuisine.

Le biologiste était à un pas ou deux de sa femme. Ils restèrent cloués sur place lorsqu'ils aperçurent ce chaos et leur fils, toujours sur le dos, entouré de débris divers, comme si un artiste insensé s'était chargé de le décorer.

Bob, les yeux fous d'inquiétude, regarda ses parents sans un mot.

Mary Hanson fit quelques pas dans la cuisine et aperçut Mike en se tournant vers le placard à provisions. Il venait de se relever et mâchonnait des noix séchées. Si Bob était sens dessus dessous, l'ourson valait vraiment le coup d'œil ! Entre la saleté et les nœuds de poils qu'il avait déjà, la vaseline et la poudre insecticide dont on l'avait enduit, le sucre glace et les éclaboussures de jus de betterave et de confiture de framboises coagulées sous d'innombrables traînées de miel, on ne voyait pratiquement plus la pelisse noire de Mike. Mais l'ourson était très content, et il répondit au regard de Mary Hanson avec des yeux rieurs, comme pour lui dire: «Hep, Madame, regardez-moi! J'suis malin hein, d'avoir trouvé tous ces super-casse-croûte.»

John Hanson contemplait le désastre sans y croire. Il se sentait à peu près aussi responsable de ce désordre que son fils. Après tout, c'était sur sa suggestion que Mike avait eu le droit de dormir dans la chambre de Bob. «Mary va être furieuse», pensa-t-il.

Subitement, à la surprise de son mari et de son fils, Mary Hanson éclata de rire. «Oh, non!» pensa son mari. «Elle devient hystérique!» Son fils, quant à lui, se dit: «Aïe! Maman pique une crise.»

Mary Hanson continua à rire et regarda tour à tour sa cuisine, Bob, le placard à provisions et Mike. Il y avait un désordre à peine croyable, mais la mère de Bob avait un formidable sens de l'humour. Elle fut absolument incapable d'ignorer la cocasserie de la catastrophe, surtout lorsqu'elle vit la tête de son mari et de son fils. «Ils croient que je vais leur en vouloir terriblement et que je vais les obliger à mettre Mike à la porte!» pensa-t-elle, et elle se mit à rire de plus belle en se tenant les côtes, tout en montrant Bob du doigt. Elle était incapable de réprimer son hilarité. John Hanson se mit à rire lui aussi. Il avait une grosse voix et un rire tonitruant, et il ne tarda pas à se tenir les côtes, plié à en avoir mal, mais incapable de s'arrêter.

Bob n'y tint plus. Il se releva en s'étranglant de rire, et se laissa aller franchement.

Pendant ce temps, Mike regardait ces trois humains en se demandant certainement pourquoi ils faisaient tant de bruit, mais trop intéressé par les merveilleux aliments qu'il mangeait pour se laisser inquiéter par tout ce chahut.

Finalement, exténués et crispés, les Hanson mirent fin à cette crise d'hilarité. Séchant ses larmes avec un mouchoir en papier, Mary Hanson réussit enfin à parler.

« Bon... Que voulez-vous que je dise ? C'est le désordre le plus fou, le plus drôle, que j'aie jamais vu. D'accord. Je suppose que je devrais être passablement en colère, contre toi, Bob, et contre toi aussi, John. Et certainement contre cette petite brute là-haut, perchée dans son placard. Mais vraiment, je n'arrive pas à être furieuse ! »

Mary Hanson fut à peine capable d'achever sa phrase avant de se remettre à rire. Bob et John éclatèrent à leur tour. Mais ils s'empressèrent de s'arrêter lorsque Mary étouffa ses éclats de rire pour reprendre la parole.

« Ça suffit, vous deux. Au travail ! Si nous voulons prendre un petit déjeuner ce matin, il faut nettoyer ce désordre. Et ce n'est pas moi qui le ferai ! Et, autre chose... Toi, Bob, puisque tu es couvert de saletés et que tu es à peu près nu, sors Mike de là pendant que je monte lui faire couler un bain. Cet ours a besoin d'être correctement lavé. Et tout de suite ! Pas d'excuses, Bob ! » ajouta-t-elle en voyant que son fils s'apprêtait à répondre.

Bob avait voulu dire qu'il préférait s'habiller avant de manipuler l'ourson, parce qu'il se souvenait des griffes pointues qui lui avaient déjà labouré la peau et des dents encore plus pointues qui lui avaient transpercé le pouce. Mais l'expression qu'il vit sur le visage de sa mère suffit à lui faire comprendre qu'il valait mieux qu'il obéisse à ses instructions.

Mary Hanson allait tourner les talons lorsqu'elle s'avisa que Bob n'avait pas de chaussons et qu'il avait les pieds englués de toutes sortes de substances poisseuses teintées de confiture et de jus de betterave.

« Reste où tu es, Bob. Tu ne peux pas te promener dans la maison avec des pieds aussi sales. Et il faut que tu te mettes quelque chose sur le corps, sinon Mike va te griffer. Je vais te chercher une chemise et tes vieilles chaussures de sport. »

Bob lui en fut reconnaissant. Après le départ de sa mère, il resta planté au milieu du désastre que l'ourson avait semé, car il n'avait pas envie de marcher pieds nus sur les éclats de verre. John Hanson, en chaussons et vêtu d'un peignoir, s'apprêta lui aussi à quitter la pièce en disant qu'il allait passer de vieux vêtements.

« En redescendant, je commencerai à nettoyer ce désordre. Je pense que ta mère pourra t'aider à baigner l'ourson. »

Resté seul avec son protégé, Bob le regarda. L'ourson mangeait. Il grignota des fruits, des noisettes, puis il lapa du miel et du sucre glace en levant parfois vers le garçon des yeux noirs vifs et luisants. De toute évidence, le petit ours n'avait plus peur. Au contraire ! Il avait l'air très, très heureux. On ne pouvait pas en dire autant du garçon !

Bob, comme englué au sol par tout le magma qui le recouvrait, était en train de réfléchir au travail qui l'attendait. Il allait devoir attraper Mike et le faire sortir du placard, et il se demandait comment il allait s'y prendre pour ne pas se blesser. Il se demandait également comment Mike réagirait au bain et au shampooing.

Quand Mary Hanson revint dans sa cuisine, vêtue de ses vêtements de travail, elle avait une vieille chemise de Bob et une paire de chaussures de sport assez sales et déchirées. Debout dans l'encadrement de la porte, elle les tendit à son fils.

« Voilà, mets ça. C'est ridicule de changer ton pantalon de pyjama avant que tu baignes Mike. J'ai fait couler de l'eau chaude dans la baignoire et j'ai sorti du shampooing pour bébé et trois vieilles serviettes de toilette, donc tu peux attraper l'ours et y aller dès que tu seras habillé.»

Bob allait dire à sa mère qu'il ne parviendrait peut-être pas à laver Mike tout seul, quand son père revint.

«Bob va avoir besoin d'aide, Mary. Et si tu lui donnais un coup de main pendant que je commence à nettoyer la cuisine?»

«Jamais de la vie! Je vais commencer à nettoyer la cuisine. Toi, tu aides Bob. Si tu crois que je vais toucher à cette bestiole répugnante, tu perds la raison! Mais dès que Mike sera propre, sec et installé dans la grange, vous revenez ici tous les deux et vous prenez le relais. Vous n'aurez pas de petit déjeuner tant que cette cuisine ne sera pas impeccable!»

John Hanson haussa les épaules. Il savait au ton de sa femme qu'elle parlait sérieusement. En vérité, il ne tenait pas à s'occuper de l'ourson, mais comme son fils avait enfilé sa chemise et laçait ses chaussures, le biologiste se tourna vers lui.

«D'accord, Bob, allons-y. Lève les bras, passe les deux mains autour de Mike – comme je t'ai montré dans la grange – et descends-le. Serre-le bien, n'oublie pas.»

Bob se dirigea à contrecœur vers le placard. Comme il s'approchait de Mike, celui-ci glissa de l'étagère et faillit tomber, mais il réussit à planter ses griffes sur le bord de la planche. L'ourson pendait dans le vide, grommelant, la fourrure dégoulinante de miel et d'autres substances poisseuses qui tombaient sur la cuisinière. Bob profita de la position de Mike. Il plaça une main sous la croupe de l'ours et, de l'autre, agrippa le pli de peau que l'animal avait sur la nuque. Il le souleva en prenant soin de le tenir assez loin de sa chemise pour ne pas trop se salir en touchant l'ourson, mais Mike se retourna, avança ses deux pattes avant et lui attrapa la tête.

Plutôt que de se laisser égratigner, Bob serra Mike contre lui en le maintenant contre sa poitrine. Le petit ours se détendit. Il se mit à lécher le visage de Bob qui était plein de miel.

*
* *

Pendant qu'on le transportait à l'autre bout de la maison, Mike se blottit contre son sauveur.

Arrivé dans la salle de bains, John Hanson s'empara du flacon de shampooing puis donna ses instructions à son fils.

« Bon. Plonge-le doucement dans l'eau. Je vais le mouiller, verser du shampooing sur son pelage et commencer à le savonner pendant que tu le tiendras. Cramponne-toi bien maintenant. Il va sans doute gigoter un peu. »

Mike avait enlacé Bob par le cou, et le garçon dut se dégager en douceur en essayant de ne pas prêter attention aux débris gluants qui couvraient son protégé. Comme Mike était resté tranquille pendant toute l'opération, Bob reprit confiance et lâcha l'ourson pour l'attraper par les aisselles et le plonger dans la baignoire.

Lorsque ses pieds entrèrent en contact avec l'eau tiède, l'ourson fit volte-face et tenta de grimper sur le dos de Bob. Le garçon l'attrapa par la peau du cou, il l'éloigna de lui et se dépêcha de le tremper dans l'eau. Mike hurla. Il mordit le petit doigt de Bob. Il lui égratigna le bras. Il se tortilla, se débattit, sans cesser de crier. Bob se cramponna et fit de son mieux pour ignorer son doigt en sang et les égratignures douloureuses. Enfin, manifestement enchanté de la tiédeur de l'eau quand il se rendit compte qu'il ne risquait rien de bien méchant, l'ourson cessa de se débattre. Il lapa un peu d'eau et commença à jouer. Il y avait une petite brosse à ongles sur le bord de la baignoire; Mike s'en empara d'un coup de patte et se mit à la mâcher.

Bob tenait toujours l'ourson par la peau du cou, mais il déplaça sa main droite et la referma sur la petite queue de Mike qui fit une bonne «poignée». Son père versa alors de l'eau sur l'ours et fit couler un peu de shampooing.

Mike s'agita aussitôt. Il réagit comme si on l'avait offensé dans sa dignité. Il tordit la tête et mordit le docteur Hanson au poignet. Puis il planta les dents dans le flacon de shampooing en plastique. Le biologiste fit mine d'ignorer la légère morsure. Il enleva la bouteille de la gueule de l'ourson. Le shampooing se déversa, mais, par chance, l'essentiel se répandit sur le dos de Mike.

John Hanson fit mousser le savon des deux mains. Dès qu'il plongea les doigts dans la fourrure de l'ours pour la masser doucement, Mike se calma. Il grogna de plaisir, ravi de ce massage, et lorsque Bob le souleva pour qu'il se dresse sur les pattes arrière et que le docteur Hanson se mit à frictionner son ventre rebondi, Mike gémit doucement et soupira de contentement.

«Il aime ça», dit Bob. Puis, se rappelant une publicité télévisée, il s'écria: «Mikey aime ça!» avec un grand sourire.

Le docteur Hanson sourit aussi et acheva de savonner l'ourson. En se redressant, il attrapa un seau en plastique que Mary Hanson avait posé à côté de la baignoire. Il remplit le récipient d'eau propre et tiède au robinet et se prépara à la verser sur l'ours afin de le rincer. L'eau du bain était marron foncé. Toutes sortes de choses bizarres y flottaient, y compris deux tiques mortes et quelques petits points blancs qui, après un examen rapproché, se révélèrent être des poux morts. Il y avait aussi des morceaux de betterave et de petits bouts de fraise spongieux. Tout à coup, une substance marron clair bouillonna sous la queue de l'ourson et recouvrit la main de Bob.

« Oooh ! C'est immonde, Papa ! Il m'a chié dessus ! » hurla Bob en lâchant la queue de l'animal pour se dépêcher de plonger sa main dans l'eau dégoûtante du bain.

Mike se retourna et se dégagea de Bob.

Aussitôt, il sortit du bain, s'accrocha aux jambes du docteur Hanson pour grimper sur lui. Avant que celui-ci, médusé, ait pu l'arrêter, il était sur son épaule. De son perchoir, Mike attrapa alors la tête du docteur Hanson et baissa les yeux vers Bob en enfonçant dix griffes pointues dans le cuir chevelu du biologiste. Une eau marron et savonneuse dégoulina sur les vêtements de ce dernier et sur le tapis de la salle de bains.

« Débarrasse-moi de lui ! »

Au ton impérieux de son père, le garçon bondit, dégagea l'ours qui se retourna vivement et attrapa douloureusement la tête de Bob.

« Tiens-le ! » dit John Hanson en se baissant pour tirer le bouchon de la baignoire afin de la vider.

Bob, la tête enserrée par les pattes de l'ours, se demanda si son père s'adressait à lui ou à l'ourson, car Mike était le seul à tenir quelque chose !

Pendant que l'eau du bain se vidait, John Hanson ramassa une des vieilles serviettes que sa femme avait laissées sur le meuble du lavabo et il la drapa autour de Mike. Il s'occupa ensuite de desserrer les pattes de l'ours de la tête de son fils et prit le petit animal tremblant contre lui.

« Bien... Je vois que ta mère a laissé des chiffons et un autre seau. Dès que l'eau sera vidée, nettoie la baignoire. Ensuite je rincerai Mike. »

Bob regarda la saleté qui adhérait aux parois de la baignoire. Il obéirait à son père, même s'il n'était pas très impatient de mettre les mains dans ce truc ! Mais quand l'eau se fut entièrement vidée en abandonnant des saletés fangeuses au fond de la baignoire et qu'il remarqua la substance brune que l'ours avait lâchée sur sa main, Bob fut encore bien moins impatient.

« Pourquoi ne pas faire couler la douche pour que ces trucs partent dans les canalisations ? »

John Hanson secoua la tête.

« Pas question ! On ne va pas boucher les canalisations. Tu n'as qu'à prendre un chiffon, passe-le sous le robinet et éponge ; tu essoreras le chiffon dans le seau. »

Bob fit ce qu'on lui disait, mais quand il eut effectué la moitié de ce travail désagréable, il crut qu'il allait vomir. À la fin, cependant, et sans doute parce qu'il avait l'estomac vide et qu'il n'avait par conséquent rien à rendre, il réprima sa nausée, nettoya la baignoire et la remplit d'eau tiède.

Il fallut trois rinçages pour débarrasser la fourrure de Mike de toutes ses saletés, mais, finalement, l'ours fut propre, séché et parfumé, le pelage mousseux et brillant. Installé dans un nouveau nichoir dans la grange, Mike s'endormit promptement, sur le dos, arborant un ventre rebondi.

Mary Hanson aida tout de même son mari et son fils à nettoyer la cuisine. Mais on prit le petit déjeuner assez tard ce matin-là. Tellement tard, en fait, que Mike rata le car scolaire.

Chapitre 4

Arthur Harron, le principal du collège de Bob, était un homme de grande taille, assez voûté, condamné à paraître sévère à cause d'un nez mince et allongé. Cet appendice proéminent aux allures de bec était toujours chaussé de lunettes à montures marron et à verres épais. Ces attributs et son nom de famille, que l'on prononçait souvent «héron», lui avaient valu, à une époque déjà ancienne, d'être surnommé «la Cigogne» par ses élèves, bien qu'aucun d'eux ne le dise en sa présence, bien entendu! Ce surnom lui collait si bien que, trente-cinq ans plus tard, même certains de ses collègues utilisaient ce nom plutôt cruel lorsqu'ils discutaient de leur principal dans la salle des professeurs.

En réalité, Arthur Harron n'était pas sévère, et il ne ressemblait pas davantage à un oiseau. C'était un homme aimable qui avait été un excellent professeur avant sa promotion. Malgré la priorité qu'il accordait au respect d'une discipline raisonnable dans son établissement, il était toujours prêt à discuter avec les élèves et à conseiller ceux qui rencontraient des difficultés en cours ou à l'extérieur.

Le matin où Bob avait raté le car à cause des exploits de Mike, son père lui avait écrit un mot pour excuser son retard avant de le conduire à l'école et de le déposer devant l'entrée principale en milieu de matinée. Comme c'est l'usage, Bob s'était présenté au bureau et avait donné son billet à la secrétaire qui l'avait fait attendre. Quelques instants plus tard, M. Harron sortit de son bureau, le billet à la main, l'air perplexe.

«Tu as lu ce mot, Bob?» demanda le principal dégingandé en se penchant tellement pour scruter le visage du garçon qu'il avait semblé menacer de donner un coup de bec au retardataire.

«Non, monsieur», répondit Bob, un peu mal à l'aise.

«Eh bien, écoutez: "Veuillez excuser Bob. Il a raté le car scolaire en raison d'une crise minime survenue à la maison à cause d'un ours." J'ai déjà lu beaucoup de mots d'excuses, mais jamais, au cours de toutes mes années d'exercice, je n'en ai lu de pareil. Daignerais-tu m'expliquer?»

Bob lui expliqua tout, depuis la découverte de l'ours jusqu'aux ravages que l'ourson avait causés dans la cuisine de sa mère. M. Harron garda tout d'abord un visage parfaitement imperturbable, mais lorsque Bob décrivit le chaos que l'ours avait semé dans la cuisine des Hanson, il se mit à rire, ce qui poussa Bob et la secrétaire à rire à leur tour.

À la fin des cours, cet après-midi-là, Bob avait complètement oublié cette conversation avec la Cigogne, aussi fut-il surpris de voir que M. Harron l'attendait à la sortie.

«Accorde-moi un moment, Bob, je voudrais te demander quelque chose», lui dit le principal. «Tu sais que le collège organise un rassemblement des élèves la semaine prochaine. Voilà, je me demandais si tu aurais envie de faire un exposé sur ton ours et ton expérience de la nature.»

Il n'était jamais venu à l'esprit de Bob que ce qu'il faisait pouvait présenter un quelconque intérêt pour les autres.

Il n'avait en tout cas certainement jamais songé à faire un exposé à ses camarades de classe sur quelque sujet que ce soit. À présent, angoissé par une telle perspective, il ne savait pas quoi répondre, mais comme M. Harron attendait, les yeux baissés sur lui, grossis par les verres épais de ses lunettes, et ce nez crochu pointé sur son visage, le garçon hocha la tête.

« Euh... Eh bien... sans doute... » répondit-il.

Dans le car qui le ramenait chez lui, Bob se fit taquiner par un tas d'autres élèves dont certains avaient entendu sa conversation avec le principal.

« Hé ! les mecs, devinez un peu ! Hanson va devenir le chouchou de la vieille Cigogne ! Il va nous faire un exposé sur un ours débile ! »

Celui qui venait de parler s'appelait Harry Nelson, un garçon de l'âge de Bob dont le père était concessionnaire automobile dans une ville située à quatre kilomètres au sud de la résidence des Hanson. Bob et Harry ne s'aimaient pas. Bob préférait rentrer directement chez lui et, du printemps à l'automne, vagabonder dans la nature avant le dîner, aussi n'allait-il jamais en ville rejoindre les garçons qui aimaient traîner sur une petite place. Certains, Harry en faisait partie, fumaient du hasch et bêtifiaient sous l'effet de la drogue.

Les deux garçons se connaissaient depuis de nombreuses années. Harry était un garçon bruyant, toujours prêt à jurer et à jouer au dur, alors que Bob était calme, pondéré et patient. C'était Harry qui l'avait appelé Tête de Vautour et il n'avait jamais manqué une occasion de le harceler.

Un jour, cependant, Bob s'était mis en colère contre Harry. C'était arrivé trois ans plus tôt, un matin d'été où Bob était allé en ville à vélo pour acheter des noisettes qu'il donnait aux tamias et aux écureuils qui venaient grimper le long de ses jambes dès qu'ils le voyaient, parce qu'ils savaient qu'il avait toujours une noisette à leur offrir. Harry rencontra Bob au moment où celui-ci sortait du magasin avec les paquets de noisettes.

«Hé, Tête de Vautour, t'as l'intention de devenir un singe? Comment ça se fait que tu trimballes toutes ces noisettes?»

Comme ses amis étaient assez près pour entendre, Harry Nelson parla plus fort pour embarrasser Bob, qui continua à marcher en l'ignorant.

«Hé! Avec ça, on ne peut plus l'appeler Tête de Vautour! Et si on l'appelait Tête de Singe?» hurla Harry en direction de ses amis, mais en s'adressant à Bob en réalité.

Finalement excédé, Bob fit volte-face, jeta ses sachets de noisettes par terre et s'avança vers Harry. Sans un mot, il envoya un coup de poing dans l'estomac du garçon qui était pourtant plus grand que lui, et celui-ci se plia en deux.

Sous le coup de la surprise autant que de la douleur, Harry essaya de cogner Bob au visage. Celui-ci esquiva et lui donna un autre coup de poing qui le toucha de nouveau à l'estomac. Harry se mit à pleurer. Bob tourna le dos, ramassa ses noisettes, enfourcha sa bicyclette et rentra chez lui. En arrivant, il raconta l'incident à sa mère et lui expliqua qu'il s'était fâché non parce qu'on l'avait appelé Tête de Singe, mais parce qu'Harry croyait qu'un surnom de ce genre était insultant.

«Tu comprends, Maman, les animaux sont bons. Ce n'est pas juste de croire qu'ils sont méchants, qu'ils sont sales ou mauvais. Quand Harry a poussé les autres à m'appeler Tête de Vautour, je m'en fichais. J'aime bien les vautours, et de toute façon, presque tous les garçons faisaient ça pour rire. Mais avec Harry, c'est différent, il pense vraiment que les animaux ne valent rien. C'est sans doute ce qui m'a rendu si furieux.»

Le docteur Hanson et sa femme étaient des gens pacifiques qui ne croyaient pas à la violence. Ils avaient toujours appris à leur fils à éviter les bagarres et à ignorer les insultes, mais quand Mary Hanson entendit les raisons qui avaient poussé Bob à frapper Harry, elle comprit son point de vue, même si elle n'approuvait pas son comportement.

«Tu sais que ton père et moi nous ne voulons pas que tu te battes, Bob. Je comprends ta colère dans le cas présent, mais je t'en prie, ne recommence pas. Il vaut mieux s'en aller, ignorer ce genre de propos quand il vient de gens comme Harry Nelson. Crois-moi, tu rencontreras beaucoup de Harry Nelson dans ce monde, et tu ne peux certainement pas passer ton temps à donner des coups de poing ni à en recevoir! Reste digne et sois patient, peut-être qu'alors tu parviendras à apprendre aux autres, même à quelques-uns des Harry Nelson, à respecter la nature autant que toi.»

Bob avait onze ans à cette époque, et bien que conscient de la sagesse du conseil de sa mère, il éprouvait envers Harry Nelson et ses amis, et surtout envers leur attitude à l'égard des animaux, une inimitié tenace. Après avoir parlé à sa mère, il était allé longer un chemin forestier près de la propriété des Hanson et, alors qu'il réfléchissait à tout ça, il s'était mis à parler tout haut, habitude qu'il avait contractée quand il était seul.

«Maman a peut-être raison. Mais je lui ficherai encore des coups s'il ne me laisse pas tranquille!»

Il s'avéra que Harry Nelson avait retenu la leçon. Comme la plupart des brutes, c'était aussi un lâche, et il avait très peur de la douleur. Bob l'avait ignoré jusque-là et Harry avait cru que le garçon, plus petit que lui, n'oserait pas se bagarrer, aussi avait-il continué à l'ennuyer en crânant en face de ses amis. Mais lorsque Bob lui donna deux coups de poing et le fit pleurer, il prit peur. Il savait en outre qu'il avait été humilié devant ses copains. Comme il n'avait pas envie que l'expérience se répète, Harry laissait généralement Bob tranquille et ne se risquait à l'ennuyer que lorsqu'il avait l'impression de pouvoir le faire en toute sécurité, dans le car scolaire, ou dans l'enceinte de l'école où les bagarres, bien entendu, étaient strictement interdites. Malgré tout, Bob trouvait parfois difficile de garder son sang-froid, mais en grandissant, il apprit à ignorer le crâneur.

Le jour où il était arrivé en retard à cause de Mike et où Harry l'avait accusé de devenir le «chouchou de la vieille Cigogne», Bob ne fit pas attention, mais les autres élèves commencèrent à l'interroger sur son exposé. Ils avaient envie de savoir ce qu'il allait dire et étaient très curieux d'en apprendre plus sur Mike.

Pendant les quarante-cinq minutes que dura le trajet jusque chez lui, Bob parla de l'ourson. Encouragé par les nombreuses questions, il parla également de quelques autres animaux et des oiseaux qu'il observait dans la nature. À son étonnement, les élèves prirent un tel intérêt à ses histoires que, lorsqu'il descendit de l'autobus, il se réjouit d'avoir été invité à parler pour le rassemblement des élèves, bien qu'il fût encore un peu nerveux à l'idée de faire un exposé devant toute l'école ainsi que devant les professeurs.

À la maison, ce soir-là, Bob parla de l'invitation de M. Harron à ses parents.

«C'est magnifique, Bob», dit son père. «Puisque c'est

la première fois, je t'aiderai de mon mieux. Premièrement, tu devrais t'asseoir et prendre des notes sur ton sujet. Classe-les, afin de savoir ce que tu vas dire et dans quel ordre. Quand toutes tes notes seront en ordre, tu devrais rédiger ton exposé. Combien de temps es-tu censé parler ?»

Bob expliqua que M. Harron avait suggéré un exposé de dix minutes à l'issue duquel il pourrait répondre pendant dix minutes encore aux éventuelles questions des élèves ou des professeurs.

Bob se mit à travailler son sujet le soir même. Suivant le conseil de son père, il commença par jeter des idées sur une feuille, puis, quand il eut l'impression qu'il avait passé en revue tout ce qu'il pensait vouloir dire, il numérota chaque note. Il commença par le sujet qu'il avait l'intention d'utiliser en introduction et lui attribua le numéro un, puis il procéda de même jusqu'au sujet qui terminait son exposé et qui reçut le numéro dix-sept.

Inquiet, mais à présent impatient de faire son tout premier essai de discours public, Bob travailla d'arrache-pied au cours des six jours suivants à écrire et réécrire son exposé qu'il lut ensuite à haute voix pour le minuter. Quand il eut terminé, il se rendit compte qu'en lisant assez lentement et attentivement, il lui faudrait onze minutes pour présenter son exposé. Cela, pensa-t-il, était suffisamment proche du temps prévu par M. Harron.

Enfin, le jour du rassemblement arriva. Bob attendit son tour sur l'estrade, toujours aussi nerveux, mais dès que son professeur l'eut présenté et qu'il se dirigea vers le podium, toute l'école applaudit tellement fort qu'il se sentit encouragé. Tandis qu'il parlait, d'une voix claire et en s'efforçant de ne pas lire ses notes trop souvent et, au contraire, de regarder son auditoire – comme son père le lui avait recommandé – il s'aperçut qu'il se souvenait mieux qu'il ne l'avait espéré des mots qu'il avait écrits et qu'il s'était entraîné à répéter. En conséquence, son exposé fut un grand succès.

Ensuite, lorsque les applaudissements se furent calmés, on lui posa une foule de questions, tellement, en fait, qu'il resta une demi-heure sur l'estrade et qu'il y serait resté davantage si M. Harron n'avait mis un terme à la discussion.

«Je crois que vous serez d'accord avec moi, Bob nous a beaucoup donné à réfléchir», dit le principal aux élèves. «Je suis personnellement fier de lui et je voudrais le remercier au nom de tout le collège. Aimeriez-vous lui montrer à quel point son splendide exposé vous a plu?»

Il y eut des applaudissement assourdissants et prolongés. Bob était enchanté.

* * *

Au cours de la semaine qui précéda l'exposé de Bob, Mike fit de grands progrès. Il avait maintenant près de cinq mois, d'après l'estimation du docteur Hanson. Et le lendemain de sa descente dans la cuisine de Mary Hanson, il refusa de se nourrir au biberon.

Comme il avait prouvé dans la cuisine qu'il était capable de manger toutes sortes d'aliments solides, la famille décida de lui donner une mixture contenant du lait et des céréales pour bébé, une cuillerée d'huile de foie de morue, des raisins secs et un œuf cru bien battu. L'ourson se jeta sur l'énorme assiette dans laquelle sa nourriture était servie et se mit à manger avidement. Il lâchait des bruits et des grognements divers, faisait claquer ses lèvres et, comme s'il voulait montrer combien il aimait cette pâtée, il y plongea les deux pattes, ce dont Bob conclut que Mike aurait bientôt souillé sa belle fourrure propre et mousseuse. Il était pourtant inutile de s'inquiéter à ce sujet, car dès que l'assiette fut nettoyée, Mike s'occupa de ses pattes et se lécha et se pourlécha jusqu'à ce qu'il ne reste plus aucune miette de nourriture, pas même entre ses doigts.

Mike tira grand profit de cette nouvelle alimentation. Il en mangeait une assiette pleine trois fois par jour, et entre chaque repas, il passait le temps à faire de la gymnastique dans la grange pendant que Bob était en classe. Au début, Mike se borna à faire des acrobaties sur les poutres inclinées que Bob et le docteur Hanson avaient solidement clouées à l'intérieur de la grange pour construire ce qui tenait lieu de barres parallèles très improvisées. Mais, deux jours après son bain, Mike prit l'habitude d'escalader les murs en rondins de la grange et de se balancer entre les chevrons avant d'aller explorer le grand grenier à foin. L'ourson dormait beaucoup entre ces moments d'exercice et les repas, et il commença à prendre du poids.

Le matin du rassemblement du collège, de bonne heure, Bob et John Hanson prirent le pèse-personne de la salle de bains pour peser Mike. Pour cela, Bob monta d'abord sur la balance pour que son père note son poids, puis il prit Mike dans ses bras et remonta sur le plateau. L'ourson avait pris deux kilos un quart en dix jours ! C'était une bonne nouvelle, car il avait doublé son poids d'origine en neuf jours. Il pesait à présent quatre kilos et demi, et bien qu'encore trop maigre et guère plus lourd qu'un ours de trois mois normalement constitué, il était de toute évidence hors de danger.

Au moment même où Bob descendait du plateau de la balance avec un sourire ravi, Mike s'oublia et souilla la chemise de son sauveur. Le docteur Hanson ne prit pas la peine de réprimer son rire cette fois ! Gloussant tandis que Bob tentait vainement d'éloigner Mike de sa tête et de ses épaules, il fit une plaisanterie : « Peut-être qu'il est plus léger, maintenant qu'il a fait ses besoins. Et si tu remontais sur la balance pour qu'on vérifie ? » Bob s'était habitué aux habitudes hygiéniques de son ourson. L'expérience et les conversations avec son père lui avaient appris que quiconque élève de jeunes animaux sauvages doit s'attendre à être fréquemment sali. Non que ces animaux soient sales. C'est plutôt qu'ils ne parlent pas et qu'on les prend souvent au moment où ils doivent faire leurs besoins. De fait, quand il se trouvait seul dans la grange, Mike utilisait toujours le même coin du bâtiment principal pour faire ses besoins et il ne souillait jamais sa litière.

« Non, Papa ! » répondit Bob à la plaisanterie de son père. « Il ne m'a pas mouillé à ce point-là ! Mais je crois que je ferais mieux d'aller changer de chemise. »

Le docteur Hanson prit Mike des bras de son fils pour le retenir le temps que celui-ci ait quitté la grange. Niché dans les bras du biologiste, Mike se mit à sourire en laissant échapper de petits soupirs, signes incontestables qu'il était content et plus du tout apeuré. Puis il tendit le cou et se mit à lécher le visage de John Hanson, exactement comme il aurait pu le faire à sa mère après l'avoir tétée.

Tout en caressant le petit ours, le biologiste se demanda pour quelle raison tant de ses collègues d'université ne reconnaissaient pas que les animaux sourient. Il avait discuté de nombreuses fois avec d'autres scientifiques, mais ceux-ci maintenaient que seuls les humains manifestent leur plaisir en souriant. Une longue expérience auprès de divers animaux sauvages, en particulier des loups, avait appris au docteur Hanson qu'il en était autrement. Maintes et maintes fois, il avait noté que, lorsque les animaux étaient satisfaits, ils retroussaient les babines, ouvraient légèrement la gueule et souriaient, les yeux brillants de plaisir. La plupart d'entre eux soupiraient également, comme Mike le faisait en ce moment même entre deux coups de langue.

Quelques instants plus tard, Mike bâilla, montrant qu'il était prêt à aller se coucher. Le docteur Hanson le mit dans sa niche, et l'ourson, joyeux, se roula en une boule compacte. Quand Bob revint dans la grange avec une chemise propre, il dormait.

*
* *

Mike avait six mois quand les cours se terminèrent cette année-là. Quelque temps auparavant, un samedi matin de la première semaine de juin, Bob et son père avaient remis Mike en contact avec la forêt. La sortie avait été projetée à l'initiative du docteur Hanson, et Bob avait tout d'abord été très angoissé à l'idée que Mike puisse s'enfuir. Mais le biologiste était absolument convaincu que l'ours considérait désormais Bob comme une sorte de mère adoptive, assez étrangement conformée il est vrai, et qu'il suivrait le garçon où que celui-ci le conduise. Et effectivement, dans la grange, ou lorsqu'on lui permettait d'entrer dans la maison, Mike restait toujours sur les talons de Bob quand il ne partait pas fureter tout seul dans un coin. Mais même lorsque l'ourson était réellement absorbé par un objet ou par une odeur attrayante, il suffisait que Bob bouge de quelques mètres pour qu'il se lance immédiatement à sa suite. Pour ces raisons, John Hanson tenait à ce que son fils essaie d'emmener l'ours dans les bois.

«Tu ne peux pas le garder cloîtré dans la grange indéfiniment, Bob. Il va devenir remuant, et il se peut même qu'un jour il devienne mauvais et qu'il te morde. Les animaux sauvages ne supportent pas bien la captivité, à moins de pouvoir vagabonder dans un enclos adéquat, comme dans un bon zoo. Je suis à peu près sûr que Mike te suivra où que tu ailles, même s'il part fouiner de son côté de temps en temps. Il y a une chose que tu devrais faire, pourtant. Chaque fois que tu t'éloignes de l'ourson, tu dois émettre un grognement. Essaie de le faire le plus puissant possible, un peu comme le fait une mère ourse quand elle veut que ses petits la suivent. Commence à t'entraîner dès maintenant», dit le docteur Hanson.

Ils se trouvaient justement devant la grange. La porte était fermée. Espérant que personne ne l'entendrait, parce qu'il avait la sensation d'être plutôt ridicule, Bob se mit à grogner en essayant de faire croire qu'il souffrait. À son troisième rugissement, Mike se précipita à la porte qu'il se mit à gratter à grands cris. Il faisait le même bruit que celui qui avait guidé Bob lorsque l'ourson était terré contre le cadavre de sa mère.

«Hé, Papa... Ça marche!» s'écria Bob étonné en ouvrant la porte de la grange.

Dès que la porte fut suffisamment entrouverte pour laisser sortir Mike, celui-ci se faufila dehors et se rua sur Bob. Il grimpa le long de sa jambe aussi vite que possible et se percha sur son épaule d'où il agrippa sa tête.

John Hanson gloussa de rire.

«Caresse-le, Bob. Et parle-lui doucement. Après, il te lâchera», conseilla-t-il.

Bob parla calmement à Mike tout en passant les doigts dans sa fourrure douce. Au bout de quelques secondes, Mike lâcha la tête de Bob et redescendit. Après quoi, le garçon prit le chemin de la forêt, suivi de son père, tandis que Mike trottinait gaiement un ou deux mètres en avant. Trois heures plus tard, Bob et son père ramenèrent Mike dans la propriété des Hanson. À partir de ce jour-là, Mike alla faire de longues promenades avec son sauveur dès que Bob en avait le temps.

Dans le car qui le ramenait chez lui en début d'après-midi, le dernier jour de classe, le garçon était surexcité. Il avait bien travaillé au collège, même si ses notes avaient dégringolé en début d'année, ce qui avait conduit ses parents à le prévenir que s'il ne parvenait pas à améliorer nettement ses moyennes, il devrait suivre les cours de vacances. La pensée de passer le plus clair de son temps dans une classe étouffante pendant les vacances, au lieu d'avoir le loisir d'explorer la nature, avait incité le garçon à travailler d'arrache-pied! Maintenant, il avait hâte de passer un maximum de temps à vagabonder dans la forêt avec Mike.

Mary Hanson était contente des succès de son fils en classe, mais lorsque la famille discuta de l'année scolaire de Bob au retour de son mari ce soir-là, le docteur Hanson fit un sermon bref mais sévère à son fils.

«Bien sûr, je suis heureux que tu aies bien travaillé. Bon. Mais il faut que tu te souviennes que tu as très mal travaillé cet hiver. Maintenant, tu as prouvé que tu es capable de t'appliquer. Néanmoins, tu as aussi prouvé que tu as fait l'imbécile l'hiver dernier. Ce genre de comportement est inacceptable. J'ai l'impression que trop de gamins estiment que l'école devrait être un moment de plaisir tranquille et facile en attendant de grandir. En fait, les études nécessitent beaucoup de travail et de l'application. Si tu as l'intention de continuer à l'université pour faire des études de biologie, tu ferais mieux de te rappeler ce que je te dis là.»

Bob n'était plus aussi content de lui lorsqu'il eut écouté son père. Il avait conscience d'avoir tiré au flanc l'hiver précédent et d'avoir pris le risque de rater sa première. Maintenant, voyant que son père était réellement sérieux, il se sentait coupable.

«Je crois que tu as raison, Papa», dit-il. «Mais, tu sais... Ça allait bien, jusqu'au jour où Harry et d'autres garçons ont commencé à dire que j'étais un fayot, comme si j'étais un chouchou, tu sais...»

Cette réponse irrita le docteur Hanson.

«C'est la plus stupide raison d'échouer que j'aie jamais entendue! Crois-tu que ta mère et moi nous n'avons pas fait la même expérience lorsque nous étions à l'école? Bien sûr que si! Mais nous avons ignoré ce genre d'idiots. Et d'ailleurs, tu veux que je te dise? Pas un de ceux-là n'est jamais allé plus loin que la cinquième, et la majorité ont fini au bureau d'aide sociale. Cela étant, je suis persuadé que tu as retenu la leçon. Et maintenant, oui, Bob, je suis content de toi.»

Bob resta songeur quelques instants.

«Tu sais, Papa... je veux dire, depuis que j'ai trouvé Mike, je me sens, style... un peu différent, tu vois. J'ai vraiment, vraiment envie d'être biologiste, comme toi. Je ne sais pas, mais Mike, c'est spécial pour moi. Style... Il me donne envie d'en apprendre plus pour que je le comprenne mieux, tu vois?»

John sourit et hocha la tête.

«Bien sûr, je comprends. Ta mère aussi. Nous pensons l'un et l'autre que l'étude des animaux nous apporte une meilleure compréhension de la vie et que cela nous aide à nous rendre compte que les gens, y compris nous-mêmes, savent très peu de choses sur la nature. En fait, je me suis aperçu il y a très longtemps que plus nous en apprenons sur la nature, plus ce qui reste à étudier semble vaste. Néanmoins, puis-je te suggérer, avec tout le respect que je te dois, mon petit Robert, d'essayer de parler sans employer tous ces «style» et ces «tu vois». Réfléchis à ce que tu veux dire, puis exprime-le clairement.»

Bob eut un grand sourire et hocha la tête. Il décida d'essayer de suivre le conseil de son père, mais il se demanda s'il en était réellement capable. Tous les gens de son âge parlaient de cette façon. C'était une habitude. Et elle était contagieuse.

Le lendemain matin, il se leva à six heures. Il avala rapidement des corn flakes et du lait, prépara la nourriture de Mike et fonça à la grange pour se rendre à l'évidence que l'ourson dormait encore.

Bob posa le plat par terre et remarqua, en jetant un coup d'œil dans la niche, que l'ourson remuait le museau. En quelques secondes, Mike était tout à fait réveillé. Il rampa hors de la boîte et se jeta d'un bond sur la nourriture. En quelques minutes, il nettoya l'écuelle. Après quoi, il grimpa sur la jambe de Bob et se percha sur son épaule en s'agrippant à la tête du garçon, mais doucement, car les membres de la famille Hanson ne l'effrayaient plus. De temps en temps, il enfonçait sa langue tiède et humide dans l'oreille gauche de Bob, ce qui faisait sourire son ami et lui donnait la chair de poule lorsque la langue s'activait pour le lécher et le chatouiller de plus belle.

L'ourson semblait fasciné par les oreilles de Bob. Quand il ne les léchait pas, il en mordillait délicatement une, mais c'était tout de même douloureux tant les crocs de l'ours étaient pointus. Assez rapidement, Bob apprit que, s'il grattait l'estomac de Mike quand l'ourson mâchouillait amoureusement une de ses oreilles, son protégé cessait de le mordiller et préférait lui lécher la main pour s'écarter et le laisser caresser une zone plus étendue de son corps. L'ourson prenait un grand plaisir à être traité de cette manière.

*
* *

John et Mary Hanson prenaient leur petit déjeuner quand Bob entra dans la cuisine avec Mike sur les bras pour leur dire qu'il partait faire une longue promenade avec l'ourson.

«Est-ce que je peux prendre un sandwich, des raisins et des trucs pour Mike, Maman ? J'aimerais bien passer la journée dans les bois.»

Mary Hanson prépara le déjeuner de son fils et l'enveloppa dans du papier sulfurisé. Puis, pour Mike, elle prit un sachet en plastique dans lequel elle mit une cuiller de raisins secs, une poignée de flocons d'avoine crus, quelques noisettes décortiquées et des morceaux de pomme séchée. Pendant que sa mère préparait la nourriture, Bob ramena Mike dans la grange et l'y laissa le temps d'aller dans sa chambre chercher un petit sac à dos pour emballer son déjeuner et celui de Mike. Il prit aussi ses jumelles et une boussole et les accrocha autour de son cou.

Bob Hanson savait se repérer dans la nature qui s'étendait autour de chez lui, mais par habitude il emportait toujours ses jumelles, comme le lui avait appris son père, qui l'avait prévenu qu'il était réellement très facile de se perdre en forêt. Au début, le garçon n'avait pas vraiment cru qu'il pouvait s'égarer, mais un jour où le ciel était couvert, il perdit son chemin en rentrant chez lui. Lorsqu'il s'en aperçut, il s'affola ! Jamais il n'oublierait la frayeur qui avait envahi son esprit et l'avait carrément empêché de penser clairement. Il éprouva tout d'abord une envie folle de courir sans savoir où, mais désireux d'échapper à la forêt et de se retrouver à découvert afin de pouvoir voir loin devant lui. Heureusement, il réussit à se contrôler. Puis il se rappela qu'il avait sa boussole autour du cou ! Il se sentit plutôt stupide quand il réalisa que la frayeur lui avait fait oublier l'instrument précis qui pouvait le guider à coup sûr jusque chez lui. Vingt minutes plus tard, il émergea de la forêt et aperçut sa maison au loin. Il avait retenu la leçon ce jour-là. Il prit conscience que son père avait été de bon conseil, et il se promit de ne plus jamais s'aventurer dans la nature sans boussole.

Suivi de Mike qui trottinait sur ses talons, Bob poursuivit son chemin vers le nord de la propriété, assez loin de l'endroit où la mère et la sœur de l'ourson étaient mortes. Le garçon s'inquiétait pour Mike, car il pensait qu'il serait peut-être effrayé de retourner à l'endroit où il avait tant souffert. Quoi qu'il en soit, ils s'enfoncèrent dans un paysage de collines vallonnées surmontées de bosquets d'épicéas mêlés à des pins blancs et à quelques sapins baumiers. Ici et là, dans les zones plus clairsemées, on trouvait des bouleaux blancs et des peupliers ainsi que des clairières rocheuses couvertes de mûriers dont les fruits venaient de commencer à mûrir. Bob emmena Mike vers l'une de ces clairières en se demandant si son protégé savait que les baies bleu foncé étaient comestibles.

Mike le savait très bien ! Alors qu'il leur restait encore environ soixante-quinze mètres à parcourir, il partit au pas de course en ballottant sa croupe ronde de gauche à droite et en bondissant, pour foncer à toute allure sur les fruits mûrs odorants. Un instant plus tard, il s'affairait à arracher les baies. Il ne prenait pas le soin de les cueillir une à une, mais, comme sa mère l'avait fait, enfournait toute une branche dans sa gueule puis refermait ses mâchoires et tirait sa tête en arrière. Bientôt, sa langue et l'intérieur de sa gueule prirent la teinte violette des fruits juteux.

Bob observa l'ourson un moment, puis se mit lui aussi à cueillir des baies. Mais, contrairement à l'ours, il les goba une à une. Dix minutes plus tard, quand Mike eut suffisamment mangé, celui-ci partit se promener un peu plus loin et s'enfonça dans une zone de bois touffus où Bob le perdit de vue. Le garçon le suivit aussitôt, espérant que l'ourson ne se perdrait pas.

Il ne réussit pas à trouver Mike. Il scruta les alentours, il se baissa pour inspecter les buissons, il appela et courut de-ci, de-là, persuadé que l'ourson était parti à l'aventure.

Pendant ce temps, Mike, tranquillement assis en haut d'un peuplier, regardait son ami en se demandant sans aucun doute pourquoi il courait partout comme un fou. Mais, visiblement intéressé par les errances de Bob, il resta tranquillement assis pour l'observer. Ce ne fut que lorsqu'un taon se posa sur son oreille et qu'il bougea une patte pour chasser l'insecte suceur de sang qu'il fit un petit bruit. Bob leva alors la tête et s'aperçut qu'il se trouvait presque au-dessous de l'ourson !

Il tira une leçon de cette journée : quand on cherchait Mike, ou n'importe quel autre ours, en l'occurrence, c'était toujours une bonne idée de regarder dans les arbres autant que par terre. Il ne s'en était pas rendu compte jusque-là, mais les ours, y compris les très jeunes oursons comme Mike, sont capables d'escalader un arbre avec la même agilité qu'un écureuil. En y réfléchissant, il se souvint des craintes qu'il avait éprouvées le matin où il avait suivi les cris de détresse de Mike. Il avait cru qu'il aurait largement le temps de grimper au sommet d'un petit arbre si la mère de l'ourson était encore en vie et se précipitait au secours de ce dernier. Il réalisait à présent que, si un être humain avait une chance d'échapper à un ours lancé à sa poursuite, il lui fallait en fait aller très vite afin de grimper assez haut dans un arbre frêle avant l'arrivée de l'ours. Son père lui avait dit un jour que les ours peuvent courir à une vitesse de quarante kilomètres à l'heure, mais il l'avait oublié jusqu'à ce jour-là. En se rappelant la rapidité avec laquelle Mike avait couru jusqu'au buisson de mûres, il se rendit compte pour la première fois que les humains ne peuvent absolument pas distancer un ours. Tout en y réfléchissant, il leva les yeux vers Mike.

«Hé, Mike!» lui dit-il. «J'ai l'impression que ce n'est pas plus mal que les ours soient plutôt du genre pacifique, parce que je ne suis pas sûr de ce que je ferais si l'un d'eux nous poursuivait.»

Mike le regarda, attentif, la tête inclinée, en dressant ses petites oreilles rondes. Quand Bob eut fini de parler, l'ourson bougea et tourna le dos pour baisser sa croupe. Il déplia les pattes postérieures pour se cramponner au tronc à l'aide de ses pieds et se laissa glisser un peu plus bas, puis il allongea les membres au maximum autour du fût de l'arbre. Il commença alors sa descente en se soutenant avec les griffes de ses pattes avant chaque fois qu'il descendait ses pattes arrière; puis il s'agrippait à l'arbre à l'aide de ses pattes arrière tout en faisant glisser ses pattes avant pour prendre appui plus bas. Tout cela se passa très vite, presque trop rapidement pour que Bob puisse réellement repérer chaque mouvement.

En quelques secondes, Mike toucha le sol, se détourna de l'arbre et rejoignit Bob d'un pas tranquille. Il s'arrêta à ses pieds et lui lança un drôle de regard, presque comme s'il avait voulu lui dire : « Allez, viens ! Partons à l'aventure, c'est drôle ! » Ce qu'il pensait probablement à ce moment précis !

En tout cas, Bob avait dû comprendre, car il partit en direction d'une crête derrière laquelle, à sa connaissance, une colonie de castors vivait dans un vaste bassin qu'ils avaient construit des années auparavant avec d'autres de leurs semblables.

Les anciens constructeurs du barrage qui refoulait l'eau et la retenait de force dans le bassin étaient morts depuis longtemps maintenant, mais leurs descendants continuaient à vivre sur le lac. Celui-ci avait à peu près la forme d'une feuille de trèfle et comprenait à présent trois barrages et deux abris coniques, car deux familles occupaient le territoire d'attache, situé dans un périmètre sur lequel poussaient de nombreux peupliers, essence d'arbre favorite des castors. En outre, le lac contenait beaucoup de nénuphars jaunes et blancs et d'autres plantes aquatiques dont les castors se nourrissent du printemps à l'automne.

Quand il était petit, Bob avait tout d'abord cru que les castors ne mangeaient que des végétaux, mais plus tard, son père lui avait expliqué que ces animaux attendent l'automne pour abattre des arbres dont ils coupent les branches et les parties du tronc assez petites pour être traînées jusqu'à la rivière, où ils entreposent le bois sous l'eau en fichant une extrémité des branches ou du tronc dans la boue.

En hiver, quand la glace recouvre l'étang, les castors peuvent nager sous l'eau et se nourrir de leurs réserves, car ils ont en outre la capacité de couper des rondins sous la surface sans avaler d'eau grâce à leurs joues distendues qu'ils peuvent aspirer derrière leurs longues dents orangées, coupantes et pointues, ce qui empêche le liquide de s'infiltrer dans leur gorge pendant qu'ils travaillent. Une fois le rondin coupé, ils le transportent dans leur gîte et en mangent l'écorce, car les castors ne consomment pas les parties fibreuses de l'arbre.

Bob aimait bien regarder les castors travailler. Il savait d'ailleurs que, bien que ces animaux se déplacent le plus souvent au crépuscule ou au petit matin, ils nagent également à la surface de l'eau pendant la journée et passent beaucoup de temps assis sur la berge à peigner leur fourrure avec les griffes spéciales dont sont munies leurs pattes arrière. Ensuite, à l'aide de leurs pattes avant, qui ont la forme d'une main, ils imperméabilisent leur pelage en étalant l'huile provenant des petites glandes situées entre leurs pattes arrière. Bob avait souvent regardé les castors faire ce genre de choses, car ces animaux ne sont pas farouches tant qu'on ne les dérange pas.

Il conduisit donc Mike dans cet endroit, persuadé que son petit ami aimerait rôder le long de la rive. Mais, arrivé à destination, il fut surpris de voir Mike se précipiter dans l'eau et s'éloigner de la terre ferme jusqu'au moment où il n'eut plus pied. Là, le petit ours se mit à nager ; il se débrouillait d'ailleurs très bien, en dépit du fait que personne ne lui ait jamais appris ! En fait, Mike était vraiment, vraiment ravi. Il nageait en décrivant des cercles et plongeait même parfois la tête sous l'eau.

Le père castor, un grand animal, qui avait senti d'après le mouvement de l'eau que quelqu'un nageait dans son étang privé, quitta son abri et partit à la nage jeter un coup d'œil sur l'intrus. Quand il émergea, il se retrouva tout près de Mike, mais l'ourson tournait le dos au nouvel arrivant. Le castor, qui n'avait pas prévu d'arriver aussi près de l'étranger, frappa immédiatement la surface de l'eau de sa grande queue en forme de pagaie en faisant un grand bam! puis replongea aussitôt.

Le pauvre Mike fut terrifié. Affolé, il regarda autour de lui, mais ne vit rien d'autre qu'un plan d'eau troublé. Il chercha alors Bob des yeux. Celui-ci, assis sur un rocher au bord de l'eau, riait de la surprise de l'ourson. Mais lorsqu'il réalisa que Mike était terrifié, il se leva aussitôt pour l'appeler et l'attendre au bord de l'eau pendant qu'il revenait en nageant comme un fou.

Dès qu'il eut pris pied, Mike sortit à toute allure dans un nuage humide qui aspergea Bob de la tête aux pieds. Puis, trempé, il grimpa sur son épaule et, comme il en avait l'habitude dès qu'il avait peur, passa les pattes autour de la tête du garçon. Bob se libéra doucement, il fit descendre Mike en le serrant contre lui et caressa sa fourrure en lui parlant doucement pour le rassurer. Mike se remit rapidement. Il y avait trop de choses intéressantes à explorer dans la nature et cela l'emporta sur sa frayeur. Il descendit et alla au bord de l'eau où il pencha le museau et se mit à boire.

«Tu n'es pas encore assez mouillé?!» s'exclama Bob. «En tout cas, moi, ça va!»

En effet, les vêtements de Bob étaient trempés, tout comme ses cheveux qui dégoulinaient sur son visage. Cela étant, comme il faisait chaud et que le soleil brillait, il enleva sa chemise et l'étala sur un rocher pour la faire sécher. En se retournant pour voir si le castor était revenu à la surface, Bob perdit Mike de vue, mais Mike n'avait pas perdu de vue sa chemise!

Dès que Bob eut tourné le dos, Mike courut sans faire de bruit à l'endroit où se trouvait le vêtement. Il attrapa une manche et partit au pas de course en traînant la chemise derrière lui. Évidemment, il ramassa de la terre – qui, sur la chemise mouillée, se transforma très vite en boue – ainsi que de petites brindilles sèches. Alerté par le bruit, Bob tourna les yeux, vit ce qui se passait et se mit à courir derrière Mike. Mais l'ours était rapide !

Jetant un œil par-dessus son épaule, Mike vit que son ami le poursuivait. Il décida sans doute que c'était un jeu exaltant, car il piqua une pointe, creusa la distance qui le séparait de Bob, puis, apercevant un pin dont les branches touchaient presque le sol, il se précipita sous l'enchevêtrement de branches épineuses qui s'étalait autour de l'arbre et se mit à escalader le tronc pour ne s'arrêter que lorsqu'il fut près du sommet à peu près à vingt mètres du sol.

Entre-temps, la chemise s'était couverte de résine de pin et avait glissé des pattes de Mike. Elle était sur une branche à mi-chemin entre l'ours et le sol.

Comme les moustiques et les mouches s'en donnaient à cœur joie pour lui sucer le sang sur toutes les parties dénudées de son torse, Bob n'eut pas d'autre choix que de se frayer un chemin à quatre pattes sous l'enchevêtrement de branches sèches. Il perdit encore plus de sang. Non pas à cause des mouches cette fois, mais à cause de toutes les égratignures provoquées par les brindilles piquantes. Enfin, il atteignit le tronc d'arbre et entreprit son ascension. En le voyant faire, Mike se mit à descendre, de toute évidence pour reprendre la chemise et s'amuser encore un peu aux dépens de Bob. Mais le garçon fut le premier à l'atteindre. Il s'en empara et la roula en boule afin qu'elle ne se couvre plus de résine et ne s'accroche pas aux branches. Puis il descendit, obligé une fois encore de se faufiler à travers les grosses branches sèches de l'arbre contre lesquelles il récolta quelques égratignures supplémentaires.

Quand il se retrouva par terre et qu'il se fut dégagé des branches épineuses, Bob examina sa chemise en se demandant ce que sa mère dirait lorsqu'elle la verrait. Elle était flambant neuve quand il l'avait enfilée ce matin-là, mais elle avait à présent l'air bonne pour la boîte à ordures. Déchirée en plusieurs endroits, elle était couverte de traces de boue brun foncé et collait par endroits à cause de la résine. Bob la secoua en essayant de la débarrasser d'une partie de la boue et surtout des morceaux de brindilles râpeuses qui collaient à la résine. Puis il l'enfila telle quelle, mouillée et poisseuse, et la boutonna jusqu'en haut pour tenter de se protéger des mouches. Mike était descendu de l'arbre et se tenait près de son compagnon. Il avait un air de parfaite innocence ! Bob avait été furieux contre lui ; mais à présent qu'il le voyait assis, les yeux levés vers lui, le regard vif et souriant, il ne put s'empêcher de lui sourire à son tour.

« En tout cas, tu as fait un beau gâchis avec ma chemise, Mike ! Mais tu ne voulais rien faire de mal, sans doute... Non ? »

Mike répondit en se dressant sur ses pattes et sourit avec un soupir joyeux, puis il esquissa un pas de danse en tournant plusieurs fois sur lui-même comme une toupie maladroite et lente. Après quoi, il fit quelques pas assez gauches vers le garçon et posa ses pattes de devant sur son jean. Bob lui donna une petite tape sur la tête avant d'ouvrir son sac à dos et d'en sortir la nourriture que Mary Hanson leur avait préparée. Ils s'assirent tous les deux et déjeunèrent. Bob mangea bien plus lentement et délicatement que Mike, qui engloutit sa nourriture en faisant toutes sortes de bruits en à peine deux ou trois minutes, puis se dirigea vers l'étang pour boire un peu. Un peu plus tard, Bob rebroussa chemin après avoir décidé de rentrer tôt, car sa chemise était des plus inconfortables.

Chapitre 5

Au début du mois de juillet, on pesa de nouveau Mike. Cette fois, il pesait vingt kilos, ce que John Hanson trouva normal pour un ours de son âge, d'autant plus qu'il avait parfaitement bien mangé au cours des semaines qu'il avait passées dans la famille Hanson.

Quand il se levait sur ses pattes de derrière, sa tête arrivait maintenant au niveau des épaules de Bob. Il adorait jouer avec celui-ci et aimait tellement lutter dans une bagarre confuse qui leur plaisait à tous les deux, même si Mme Hanson s'inquiétait toujours en voyant que Mike empoignait Bob et s'amusait à le mordre. Mais elle n'essayait pas de faire cesser ces jeux bourrus. Elle savait que l'ours et son fils étaient devenus des amis très proches, et elle se rendait compte que Mike ne ferait jamais délibérément de mal à Bob. Ils étaient désormais quasiment inséparables, sauf la nuit, où Mike vagabondait seul dans le voisinage de la maison, à moins qu'il ne s'endorme en boule sur un tas de paille dans la grange.

Chaque matin, quand la famille était réveillée et presque aussitôt après avoir fait sa toilette et pris son petit déjeuner, Bob sortait.

Mike avait toujours l'air de connaître le moment où son ami allait quitter la maison. Il l'attendait et, dès que Bob apparaissait, il se ruait vers lui, sautait dans ses bras et lui léchait longuement le visage. Bob aimait beaucoup ce genre d'accueil, mais le problème était que l'ours devenait chaque jour de plus en plus lourd, et Bob savait qu'il ne serait plus très longtemps capable de soulever son ami.

Après ces retrouvailles, Bob emmenait généralement Mike dans les bois. À la fin de la seconde semaine de juillet, l'ours n'avait pas recommencé à voler les vêtements du garçon ; il ne s'était pas non plus attiré d'ennuis lors des nombreuses excursions dans la nature qui s'étaient déroulées paisiblement et joyeusement sans qu'ils rencontrent le moindre problème. Puis, par une journée très chaude, alors que le soleil ardent avait forcé Bob à rechercher de l'ombre dans une partie épaisse de la forêt, Mike fut soumis à une expérience désagréable.

Le garçon et l'ours quittèrent la propriété des Hanson de bonne heure. Le soleil n'était pas encore apparu au-dessus des arbres et la nature était silencieuse. Il n'y avait pas de vent, la rosée brillait sur l'herbe et recouvrait les toiles d'araignées qu'on aurait crues décorées de minuscules pierres précieuses. Les nombreux oiseaux vivant dans la région étaient calmes ; même les geais bleus, d'ordinaire si bruyants, ne chantaient pas. Tout cela fit conclure à Bob que la journée promettait d'être chaude, typique du climat de juillet, avec beaucoup d'humidité et une température dépassant les trente degrés.

Lorsque Bob s'était réveillé à cinq heures ce matin-là, il avait regardé par la fenêtre pour observer le ciel passer du rose au rouge, tandis qu'à l'est le soleil grimpait au-dessus de l'horizon. Il décida alors que ce serait une bonne journée pour emmener Mike au lac Grandpappy, un petit bassin d'eau claire naturel qui s'était formé des siècles plus tôt dans une cuvette granitique située à trois kilomètres au nord de la maison des Hanson. Le lac était entouré d'arêtes rocheuses couvertes pour l'essentiel de buissons de mûriers, parmi lesquels poussaient quelques merisiers dont les petits fruits violets étaient trop amers pour que les humains puissent les manger. Mais la semaine précédente, lorsqu'il avait trouvé un merisier et qu'il avait goûté les fruits aigres après s'être hissé sur ses branches, Mike les avait adorés.

Avec des gestes les plus silencieux possible afin de ne pas réveiller ses parents, Bob prit son petit déjeuner ; il se confectionna des sandwiches au beurre de cacahuètes et à la jelly puis prépara la mixture habituelle de Mike. Il écrivit ensuite un mot à ses parents pour leur dire où il allait et à quelle heure il reviendrait dans l'après-midi. Après quoi, il emballa la nourriture dans son sac à dos et quitta la maison. Il fut aussitôt accueilli par Mike qui attendait son ami comme à l'accoutumée, assis sous l'avancée ouverte de la véranda.

Une demi-heure après qu'ils eurent quitté la maison, ils pénétrèrent dans une zone où poussaient de nombreux peupliers dont les troncs élancés et les frondaisons amples et feuillues profilaient sur le paysage des ombres qui lui donnaient une allure de parc bien entretenu. Il faisait frais à l'ombre, et on y marchait aisément, car les buissons étaient rares. Des écureuils roux bondissaient dans les cimes des arbres, et des grimpereaux et des mésanges à tête noire sautillaient de branche en branche à la recherche d'insectes sous les feuilles et dans les fissures des écorces. Mike courait devant Bob, il gambadait d'un endroit à un autre, reniflait, goûtait de temps en temps un champignon ou retournait une pierre pour y chercher des fourmis.

À mi-chemin dans la forêt de peupliers, Mike disparut derrière une corniche pendant que Bob examinait un champignon orange dont le chapeau rond était couvert de points blanchâtres. C'était un champignon très vénéneux appelé amanite. Le garçon savait que même une petite amanite comme celle qu'il observait pouvait être mortelle si on la mangeait. Le capuchon brillait, et la queue jaunâtre, surmontée d'une petite jupe blanchâtre juste sous les lamelles, faisait un joli spectacle, mais le garçon se garda bien de toucher la plante mortelle. Il avait emporté son petit appareil photo ce jour-là, aussi décida-t-il de photographier l'amanite. Il se penchait et réglait le viseur de son appareil, prêt à prendre le cliché, lorsqu'il entendit Mike hurler. La voix de l'ourson était, bien entendu, plus forte et plus sonore qu'elle ne l'était à l'époque où Bob l'avait secouru, et le bruit emplit donc la forêt et fit crier les geais bleus presque aussi fort. Bob, ne voyant pas son ami mais guidé par les cris qu'il continuait à lancer, se mit à courir, mais l'ours apparut très bientôt en haut de la corniche. Il courait à toute vitesse.

Quand Bob fut assez près pour voir Mike nettement, il remarqua les piquants de porc-épic plantés dans son museau. Le nez du petit ours et sa mâchoire inférieure étaient piquetés d'aiguilles jaunâtres, mais avant que le garçon ait pu en voir davantage, Mike l'avait rejoint et se hissait sur son épaule, sans plus hurler mais pleurnichant sur un ton à peu près semblable à celui d'un petit enfant qui souffre.

Bob se dégagea de l'ourson avec difficulté ; il le posa par terre et regarda les piquants de près. Inquiet pour son ami, il fut pourtant rassuré de noter que Mike avait évité de se planter un des picots acérés à l'intérieur de la bouche et qu'il n'avait qu'une douzaine d'aiguilles pointues enfoncées sur la gueule, la plupart sur la partie supérieure de son museau et à l'extrémité de son nez noir. La chance voulut que Bob porte, accroché à la ceinture, un petit nécessaire d'outils fixé sur une poignée en métal. Il contenait une paire de pinces à bout pointu, un canif, un tournevis et un décapsuleur. Ce gadget commode lui avait été offert par son père au Noël précédent.

Bob décrocha l'instrument, le déplia et mit les pinces en position. Avec précaution, il attrapa un piquant et tira vivement. Mike cria, mais le picot se dégagea. Une goutelette de sang apparut à sa place. Bob fit une nouvelle tentative et obtint le même résultat : le piquant se libéra, Mike poussa un cri et une goutte de sang vint orner le bout de son nez noir et brillant. Le garçon fut étonné de sa patience. L'ours semblait savoir que Bob l'aidait. Au lieu de se débattre, comme on aurait pu s'y attendre de la part d'un animal sauvage dans ces circonstances, il resta tranquillement assis et suivit tous les gestes de Bob en poussant un cri chaque fois que le piquant sortait. Dix minutes plus tard, tous les piquants avaient été enlevés. Le museau de Mike était à présent parsemé de petites gouttes de sang. Mais cela ne dura pas longtemps, car l'ourson se mit aussitôt à se frotter le nez, et tira la langue pour lécher les endroits de sa figure qu'il pouvait atteindre.

Tout d'abord, Bob songea à rentrer, mais il décida finalement de poursuivre son excursion en se demandant s'il arriverait à retrouver le porc-épic pour tester les réactions de Mike. Il voulait voir si ce dernier avait retenu la leçon et s'il éviterait à l'avenir ces animaux hérissés et lents. Lorsqu'ils repartirent en direction de la corniche derrière laquelle l'ourson avait disparu un peu plus tôt, Mike resta juste derrière Bob, mais lorsqu'ils parvinrent sur l'autre versant du monticule, l'ours descendit la pente en trottinant, tourna à gauche et se dirigea vers un peuplier bien précis. En levant les yeux, Bob aperçut un porc-épic assis sur une des branches de l'arbre.

Mike s'arrêta au pied du peuplier, leva la tête et gronda. C'était un grondement assez différent de ceux, joueurs, qu'il proférait pour s'amuser quand il se bagarrait avec Bob. Le porc-épic ignora l'ours, mais l'épia depuis l'arbre. Bob s'apprêtait à attraper Mike, de peur qu'il ne grimpe pour attaquer le porc-épic, mais l'ourson tourna les talons. Il partit à pas lents et s'arrêta après avoir parcouru quatre ou cinq mètres. Il se retourna, leva les yeux en direction de l'arbre et gronda de nouveau, puis il reprit sa route le long d'un chemin de chasse qui débouchait sur la rive sud du lac Grandpappy. Bob fut soulagé. Le comportement de l'ourson montrait qu'il avait retenu la leçon. À l'avenir, il éviterait les porcs-épics, tranquilles mais protégés par une arme redoutable, même s'il ne pouvait résister à la tentation d'aller vagabonder sans Bob quand ils exploraient la nature.

*
* *

Une semaine après que Mike eut découvert qu'il valait mieux laisser les porcs-épics en paix, Bob tondait la pelouse. On était en milieu de matinée, et le garçon était en train de terminer, près de la barrière de la propriété. Mike était dans les parages, mais le bruit de la tondeuse le tenait à l'écart. Il n'aimait pas le tapage et détestait tout bonnement l'odeur des gaz d'échappement. Bob terminait le dernier tour quand Harry Nelson arriva à vélo. Les garçons ne s'étaient pas vus depuis la fin de l'année scolaire, et Bob fut surpris de voir Harry s'arrêter pour lui parler.

« Hé, Bob ! Vous n'avez pas de motoculteur ? Chez nous, on en a. On en a même deux. »

Bob acheva de tondre la dernière bande d'herbe, coupa le moteur et se redressa avant de répondre.

«Non. Je préfère les tondeuses qu'on pousse.»

Bob n'était pas content de voir Harry, mais tant que ce garçon était poli, il était prêt à parler avec lui, même s'il se demandait quelle raison Harry pouvait avoir eue de s'arrêter pour discuter avec lui.

«Tu sais, Hanson, je me suis dit que j'allais venir et que je verrais p't-être ton ours. J'en ai jamais vu, tu sais. Mais bon, il n'est pas méchant, si?»

«Non», dit Bob en souriant. «Mike n'est pas méchant. Mon père dit que les humains sont les seuls à être méchants et que les animaux sauvages ne se battent que si on les contrarie.»

«Ah ouais? Et quand ils tuent alors?» répondit Harry.

«Euh... Les animaux qui mangent de la viande sont obligés de chasser, et ils ne peuvent trouver leur nourriture qu'en tuant. Les gens passent leur temps à chasser. Le plus souvent, ils tuent les animaux pour leur plaisir, alors qu'ils n'en ont pas besoin. La mère de Mike a été tuée par des chasseurs.»

«Comment tu sais qu'elle a été tuée par des chasseurs?»

«Parce que mon père a fait une autopsie. Je suis allé avec lui. C'était atroce, je te jure! L'ourse était pleine d'asticots et elle sentait vraiment mauvais, mais mon père a tout de même trouvé une balle dans sa poitrine.»

Harry Nelson était impressionné. Il ne cessait de poser des questions sur les ours, sur les animaux en général, sans essayer d'être raisonneur ni sarcastique. Au bout d'un moment, Bob déclara qu'il devait ranger la tondeuse avant d'aller laver la voiture de sa mère. À son étonnement, Harry proposa de l'aider.

«Hé, je vais t'aider. Je suis vraiment balaise pour nettoyer les voitures, tu sais. Faut dire que je le fais pas mal au garage de mon père.»

Bob, qui se demandait pourquoi Harry se montrait si amical, haussa les épaules et hocha la tête.

«Tu peux m'aider si tu en as envie», répondit-il après avoir décidé que si Harry voulait être amical, il le serait aussi.

Les deux garçons lavèrent la voiture de Mme Hanson en un clin d'œil. Bob se rendit compte que Harry savait effectivement laver les voitures! En fait, après l'opération, le véhicule brillait autant que si on l'avait fait lustrer dans un garage. Bob se recula et regarda le capot dans lequel il pouvait se voir aussi bien que dans un miroir. Il se tourna vers Harry:

«Tu peux dire que tu sais laver les voitures! Je suis sûr que Maman sera contente.»

Harry sourit. Puis, après avoir lancé un regard circulaire, il demanda:

«Où est Mike? Je peux le voir?»

«Il est là-bas, dans les bois, mais il n'est pas allé loin. Il n'aime pas le bruit de la tondeuse, alors en général, il joue juste derrière la grange.»

Ce matin-là, pourtant, Mike était allé explorer la forêt voisine dans une direction différente. Tandis que les garçons discutaient, les yeux tournés vers les abords de la grange, il sortit en trottinant de la forêt et s'approcha d'eux par-derrière, sans faire de bruit sur l'herbe fraîchement coupée, grâce aux coussinets de ses pattes. Bob et Harry parlaient encore de lui en regardant la grange quand il arriva près d'eux. Il s'arrêta à peu près à un mètre de Harry. Il flaira l'étranger, puis, pour lui montrer son amitié, il se dressa sur ses pattes de derrière, écarta celles de devant et s'agrippa aux jeans de Harry, prêt à grimper sur lui comme il avait l'habitude de le faire sur la jambe de Bob.

Harry sentit la piqûre de ses griffes et presque aussitôt l'étreinte de l'ours. Il bondit en poussant un grand cri, tenta de se retourner et tomba, aux prises avec Mike. L'ours, persuadé que Harry l'invitait à jouer, bondit sur son torse et se mit à grogner par jeu. Harry hurlait à présent. Il était terrorisé. Il en mouilla même son pantalon!

Bob ne put s'empêcher de rire. En fait, la drôlerie de la situation le fit se plier de rire, tandis que Harry, à présent étendu sur le dos sous le poids de l'ours assis sur sa poitrine, restait sans voix, les yeux agrandis par la frayeur.

Attirée par le bruit, Mary Hanson sortit de la maison. Quand elle vit ce qui se passait, elle accourut et réprimanda Bob.

«Eloigne-le de Harry, Bob. Et plus vite que ça! Tu ne vois donc pas que ce garçon est mort de peur!»

Sans cesser de rire, Bob empoigna Mike par la peau du cou et le dégagea de Harry, qui resta étendu sur le dos, trop effrayé pour bouger. Mme Hanson le rassura.

«Tu peux te lever, Harry. Mike voulait juste jouer. C'est vraiment un ours sympathique. Il ne te ferait aucun mal, je t'assure.»

Harry se releva. Pour la première fois, il se rendit compte qu'il avait mouillé son pantalon. Il baissa les yeux et devint rouge pivoine en regardant Mary Hanson qui le rassura de nouveau.

«Ne t'inquiète pas, Harry. Cela arrive même aux adultes quand ils ont une grande frayeur. Voilà ce qu'on va faire. Allons à la maison. Je vais te donner un jean et un caleçon de Bob, et je vais passer les tiens à la machine et au sèche-linge.»

Harry, encore terriblement gêné, suivit Mme Hanson vers la maison. Tandis qu'ils montaient au premier, il lui dit:

«Je... Euh... Je crois que j'aurais aussi besoin d'une paire de chaussettes. Les miennes sont mouillées, vous savez.»

Mme Hanson fit en sorte de garder son sérieux.

«Aucun problème. Je vais te donner celles de Bob.»

Pendant ce temps, Bob jouait avec Mike. Il était encore amusé. Tout en jouant à se bagarrer avec l'ourson, il parla à son protégé.

«C'était génial, Mike! Harry n'osera plus me faire enrager, pas s'il n'a pas envie que je raconte qu'il a pissé dans son pantalon!»

Plus tard, quand Harry eut remis ses vêtements et qu'il fut prêt à rentrer chez lui à vélo, il se tourna vers Bob.

«Hé, Bob... Enfin... Tu ne diras pas ce qui s'est passé aux autres, hein?»

«Tu veux dire, que tu as mouillé ton pantalon?» demanda Bob, en sachant pertinemment que c'était exactement ce dont parlait Harry.

Harry se contenta de hocher la tête, les joues rouges.

«D'accord. Je ne dirai rien, c'est juré. Enfin, je ne dirai rien si tu arrêtes de faire l'idiot et de me donner des tas de surnoms. Tu me lâches, et je ne dirai pas aux autres comment tu as mouillé ton pantalon. Marché conclu?»

«Ouais, marché conclu!»

Harry Nelson n'allait plus jamais embêter Bob. Les garçons ne devinrent pas vraiment amis, mais, grâce à Mike, ils firent preuve de tolérance l'un envers l'autre.

*
* *

Deux semaines après la rencontre de Mike avec le porc-épic, en fin d'après-midi, l'ours et son compagnon rentraient à la maison. Ils traversaient une région de forêt variée, lorsqu'un aboiement sonore suivi de craquements dans les broussailles les fit sursauter. Bob comprit immédiatement qu'un animal de grande taille venait dans leur direction; il avançait rapidement. Mike, toujours curieux, se retourna et partit vers l'endroit d'où provenait le bruit.

Bob était presque certain que ce bruit brusque semblable à un aboiement provenait d'un ours adulte. Il se mit aussitôt en quête d'un arbre sur lequel il pourrait grimper facilement, juste au cas où l'intrus serait réellement un ours, mais lorsqu'il vit que Mike poursuivait ses investigations, il lança un grand cri pour lui ordonner de revenir et se mit à courir derrière lui.

Pourtant, il avait à peine parcouru une dizaine de mètres qu'il vit Mike revenir vers lui à toute vitesse. Derrière l'ourson, un ours énorme arrivait au pas de course. L'animal pesait probablement plus de deux cents kilos, et il avait visiblement l'intention d'attaquer Mike.

Bob prit peur. Mais il était également très inquiet pour Mike. Indécis, il resta immobile pendant quelques secondes; puis il hurla aussi fort que possible. Mike le dépassa en trombe à ce moment précis, puis, pivotant brusquement, fonça sur la gauche de Bob, gagna un grand peuplier qu'il se mit aussitôt à escalader avec la rapidité et l'agilité d'un écureuil. Bob se retrouva seul, au beau milieu du chemin du grand ours. Il était persuadé qu'il allait être tué.

Lancé à la charge, l'ours fit un écart pour se diriger vers le peuplier sur lequel Mike avait trouvé refuge. Bob se faisait beaucoup de souci pour l'ourson. Mais il eut pourtant suffisamment de bon sens pour se chercher un arbre. Non loin de là poussait un frêle épicéa qui, comme il se trouvait dans un endroit très ombragé, avait dressé ses branches les plus hautes à une dizaine de mètres du sol pour satisfaire son besoin de lumière. Le tronc de l'arbre était hérissé de branches mortes et cassantes sur la majeure partie de sa longueur. Seul le faîte était vert. Bob courut vers l'épicéa et se mit à grimper en passant les jambes autour du tronc qui ne mesurait pas plus de vingt centimètres de diamètre. La frayeur lui donna la force de grimper rapidement et, par bonheur, rendit ses mains et ses jambes pratiquement insensibles à la douleur des nombreuses égratignures occasionnées par les plus basses des branches minces et sèches qui, en cassant, devenaient presque aussi pointues que des aiguilles. Lorsque le garçon fut à mi-hauteur de l'arbre, celui-ci se balança dangereusement.

Bob craignait que le tronc ne se brise s'il montait encore. À six mètres du sol environ, il était à présent trop haut pour que l'ours puisse l'atteindre sans grimper. Il s'arrêta, espérant que l'ours ne parviendrait pas à se hisser sur le tronc maigrichon. Il regarda alors ce qui se passait du côté de l'arbre sur lequel Mike s'était réfugié et qu'il voyait clairement depuis la position stratégique qu'il occupait sur l'épicéa.

L'ourson était monté sur les plus hautes branches du peuplier. Il commençait à s'aventurer le long d'une branche mince qui se balançait de façon alarmante mais paraissait capable de supporter son poids. Plus bas, au niveau des branches inférieures de l'arbre, le grand ours continuait son ascension. Bob recommença à crier, mais l'agresseur n'y prit pas garde. Mike rampa un peu plus loin sur sa petite branche.

Dans un grondement sonore, l'ours mâle atteignit les premières branches du peuplier et se hissa sur elles. Il était réellement énorme ! Quarante mètres séparaient le peuplier de l'épicéa, et il n'y avait aucun autre arbre entre eux, de sorte que Bob avait une bonne vision d'ensemble de ce qui se passait. Quand il s'aperçut que ses cris n'avaient aucun effet sur l'ours, le garçon se tut. Il était fou d'inquiétude à présent. Allait-il devoir rester perché sur son arbre, impuissant, pendant que Mike se ferait tuer et dévorer par l'ours ? Au moment même où cette pensée pénétrait son esprit, Bob entendit le gémissement de l'ourson, un appel au secours faible et triste auquel il ne pouvait pas répondre. Il parla à Mike, dans l'espoir que sa voix lui apporterait au moins un peu de réconfort.

« Mike, Mike... Ecoute-moi », cria Bob à travers l'espace qui les séparait. « Accroche-toi bien, tu m'entends ? Accroche-toi ! Cette brute est trop lourde pour grimper jusqu'à ta branche. Accroche-toi, Mike, je t'en supplie ! »

L'ours atteignit la branche de Mike. Il souleva l'une de ses gigantesques pattes antérieures et la posa sur la branche pour vérifier sa solidité. Bob ne pouvait s'empêcher de pleurer maintenant. Il était persuadé que Mike allait mourir.

L'ours se tourna légèrement afin de placer son autre patte sur la branche, mais lorsqu'il l'eut fait, la branche se courba dangereusement, ce qui faillit renverser Mike. Cela étant, l'ourson glissa sur le côté, et il serait tombé s'il n'avait pas réussi à attraper la branche avec ses pattes de devant. À présent, le corps pendu dans le vide, balancé de gauche à droite, le petit ours se trouvait dans une position réellement périlleuse.

Horrifié, Bob regarda le grand ours qui tentait de nouveau d'avancer sur la petite branche. Il donna alors des coups violents contre la branche et secoua Mike dans tous les sens. Lorsque l'animal obstiné réalisa que la branche ne supporterait pas son poids, il changea de tactique. Il se mit à secouer la branche et à la pousser avec ses pattes en arc-boutant le torse afin de peser plus fort à chaque coup. Le pauvre Mike allait et venait comme un gigantesque yo-yo noir ! Ses pattes de derrière glissèrent de la branche. Il s'accrocha par les pattes de devant, bondissant et rebondissant, tandis que l'assaillant continuait de peser sur la branche. Bob était persuadé que l'ourson allait tomber. Que se passerait-il alors ? L'ourson se ferait-il mal ? Et si Mike ne se blessait pas dans sa chute, l'ours adulte descendrait-il assez vite de l'arbre pour l'attraper ?

Alors que ces pensées occupaient l'esprit de Bob, le mâle donna une secousse vraiment vigoureuse contre la branche. Celle-ci plia, entraînant Mike qui s'y accrochait de toutes ses forces ; mais à ce moment, le bois flexible reprit vivement sa place initiale, un peu comme les extrémités d'un arc une fois que la flèche a été lâchée. Mike remonta, mais au lieu de laisser la branche lui échapper, il réussit à repasser ses pattes postérieures autour d'elle. Il la serra tellement fort qu'on aurait dit que des ventouses avaient subitement poussé sous la plante de ses pieds.

Réalisant que sa tactique ne parviendrait pas à jeter sa proie au bas de la branche, l'ours s'arrêta. Il était inconfortablement assis et, de fait, avait lui aussi glissé à plusieurs reprises pendant qu'il secouait la branche de Mike. Ayant de toute évidence conclu qu'il ne pouvait atteindre l'ourson, il commença à descendre.

Bob fut extrêmement soulagé ! Il était sûr à présent que Mike aurait la vie sauve. Si l'ourson avait été suffisamment intelligent pour se réfugier sur la branche mince, c'était probablement parce que sa mère lui avait appris à réagir de la sorte et qu'il se rappelait à présent ses premiers « exercices scolaires ».

L'ours descendit de l'arbre la croupe la première et très rapidement. En quelques secondes, il retrouva la terre ferme.

De nouveau à quatre pattes, il resta un instant immobile, puis lâcha un rugissement furieux, un cri énorme, sonore et effrayant qui parut résonner à travers toute la forêt et fit crier de frayeur des geais bleus. Le rugissement faillit faire dégringoler Bob de son arbre : au dernier moment, alors qu'il allait tomber à la renverse, il réussit à se rattraper solidement au tronc ! Le cri produisit un effet différent sur Mike. Celui-ci réussit à se hisser de nouveau sur sa branche et courut rapidement vers le tronc de l'arbre. Dès qu'il l'eut rejoint, il grimpa jusqu'au sommet où il se retint à de petites branches. Il était maintenant si haut que l'ours n'aurait pu l'atteindre, car les branches les plus hautes n'avaient que quelques centimètres d'épaisseur.

Pendant ce temps, le gros ours, après avoir informé le monde de la forêt de sa colère, cessa de rugir. Il préféra grogner et se mit à gratter le sol d'une de ses énormes pattes. À chaque coup de patte, il soulevait la terre et de petites plantes qu'il envoyait voler au loin. Après quoi, il leva les yeux vers Bob. Il l'observa intensément pendant quelques secondes, puis se dirigea vers l'arbre gringalet alors même que le garçon venait de pousser un soupir de soulagement en voyant que l'ourson était à l'abri de toute attaque.

Bob regarda la bête. Il était très effrayé. Apparemment, c'était lui que l'ours prenait à présent pour cible !

Juste avant que l'ours fût parvenu au pied de son arbre, le garçon monta plus haut. L'épicéa tangua périlleusement d'avant en arrière, mais Bob continua à grimper. Quand il fut au niveau des plus hautes branches et qu'il sentit que le fragile sommet de l'arbre casserait s'il continuait à monter, il s'arrêta. À présent, dressé au pied de l'épicéa, l'ours reniflait bruyamment, les yeux levés.

Le garçon remarqua soudain l'odeur de l'animal. C'était une odeur forte assez semblable à celle que dégagent les cochons. Il entendit aussi sa respiration puissante. L'animal émettait des sons assez semblables à ceux de Mike, mais plus bruyants.

Bob s'agrippa à son arbre sans quitter le sol des yeux. Il vit l'ours tourner la tête, ouvrir la gueule et montrer d'énormes crocs jaunes avant de se mettre à mordre le tronc à grands coups de dents qui arrachèrent l'écorce de l'épicéa et secouèrent si violemment l'arbre que Bob faillit être de nouveau déstabilisé.

Pour Bob Hanson, cette aventure ressemblait à un effroyable cauchemar. Il était désormais persuadé que l'ours allait le tuer. Le tronc du petit arbre ne pouvait certainement pas résister aux énormes crocs de l'ours.

À ce moment-là, l'ours cessa de mâcher le tronc. La gueule ouverte dégoulinante de salive, il leva les yeux vers Bob. Mais au bout de quelques secondes, il se remit à attaquer l'arbre. Ses dents arrachaient l'écorce et des lambeaux de bois blanc. L'épicéa recommençait à s'agiter quand son assaillant lâcha de nouveau prise.

Toujours dressé, l'ours furieux s'écarta de l'arbre en relevant la tête, retomba sur ses quatre pattes, tourna les talons et disparut bientôt au trot dans les profondeurs de la forêt.

«WOUAWW! Il est parti!» hurla Bob, grandement soulagé. «Hé, Mike, on a réussi! On l'a bien eu, ce vieux balourd!»

L'ourson regarda Bob mais il ne bougea pas. Égratigné par les branches, les joues en feu, en nage et bourré de piqûres de moustiques, Bob était dans une position absolument inconfortable en haut de son arbre, mais il décida de rester où il se trouvait jusqu'à ce que l'ours qui les avait attaqués se soit bel et bien éloigné.

Une heure s'écoula. Bob commençait à avoir des crampes dans les jambes. Les moustiques le piquaient sur tout le corps, même à travers sa chemise. Pourtant il attendit. Mike, qui était plus petit, plus agile et qui, évidemment, se sentait presque chez lui dans les arbres, avait somnolé un moment. À présent, il descendait du peuplier. Lorsqu'il eut atteint le sol, il se dirigea vers l'épicéa de Bob et leva les yeux, dressé sur ses pattes de derrière, tout comme le grand ours l'avait fait. Il gémit, vraisemblablement pour demander à Bob de descendre. Mais le garçon n'était pas encore prêt à risquer sa vie sur la terre ferme. L'ours pouvait tout aussi bien se cacher dans les parages et attendre une occasion de bondir sur lui ou sur l'ourson. Comme il avait constaté que Mike était tout à fait capable de prendre soin de lui-même et d'escalader un arbre à peu près dix fois plus vite qu'il n'en était capable lui, Bob ne bougea pas.

Mike retomba sur ses pattes et se mit à fureter autour de l'épicéa. Il flaira les empreintes de l'ours pendant un moment, puis inspecta les creux que le gros animal avait faits dans la terre quand il l'avait grattée.

Une nouvelle demi-heure passa. Il fallait bien que Bob descende. Il se laissa glisser en se faisant de nouvelles égratignures qui lui causèrent une sensation très désagréable et toucha enfin la terre ferme. Il regarda autour de lui, à demi convaincu qu'il allait voir l'ours sortir à la charge des sous-bois. Au bout d'une minute environ, comme rien ne se produisait, il s'assit, de peur que ses jambes engourdies ne se dérobent s'il essayait de marcher.

Mike s'approcha et lui lécha le visage. On aurait dit que l'ourson s'était remis bien plus vite de ses émotions que son compagnon qu'il tentait à présent de réconforter.

Dès que le sang recommença à circuler normalement dans ses jambes, Bob se leva et partit vers la maison d'un pas vif en s'arrêtant fréquemment pour vérifier que l'ours ne les suivait pas. Toutefois, le trajet du retour se déroula paisiblement. Une heure plus tard, les deux compagnons arrivaient chez eux.

*
* *

Six jours s'étaient écoulés depuis que le gros ours avait chargé Bob et Mike. Accroupi derrière le grillage d'un vaste chenil clôturé, Bob observait les cabrioles de sept jeunes chiens de traîneau. Pressés contre la barrière, ils se bousculaient, impatients de lui lécher les doigts à travers les mailles du grillage, et ils avaient tous l'air tellement fantastiques que, pendant quelques minutes, il fut incapable de décider lequel des sept il préférait. Il remarqua bientôt que le plus grand était plus vif que les autres. C'était un mâle de belle allure aux grands yeux intelligents. Une raie de fourrure lui barrait le dessus de la tête d'une oreille à l'autre et se terminait en épi sur le côté du nez. Il planta ses yeux dans ceux de Bob et sourit. Immédiatement, Bob sentit que c'était celui qu'il choisirait.

Ce chien de six mois était grand, même pour un malamute, race de chiens de traîneau que les populations de l'Alaska créèrent il y a des siècles en accouplant leurs chiens de plus petite taille avec des loups. Solides, assez proches des loups dans l'apparence, mais doux et aimants avec les humains si on les traite avec gentillesse, les malamutes peuvent peser jusqu'à cinquante kilos quand ils ont achevé leur croissance. Avant la multiplication des motoneiges, ils constituaient le seul moyen de transport utilisé en Alaska. Le plus souvent, en hiver, on s'en servait pour tracter les traîneaux très chargés ; mais on les employait également comme chiens de meute du printemps à l'été. Les malamutes ont hérité les yeux jaune ambré de leurs ancêtres les loups, de même que nombre des qualités de ces derniers. Loyaux, ils forment des meutes conduites par un chien maître qui court généralement à la tête d'un équipage de traîneau, et ils sont extrêmement résistants. Pour toutes ces raisons, le docteur Hanson avait décidé d'acheter un malamute à Bob, décision à laquelle Mary Hanson et lui-même étaient parvenus le jour où leur fils était rentré en leur racontant sa mésaventure avec le gros ours.

Par le passé, alors qu'il étudiait la vie sauvage dans les Territoires du Nord-Ouest, le docteur Hanson avait eu un équipage de malamutes. Il était devenu un grand admirateur de cette race, et il savait que si un chien comme celui-là s'était trouvé auprès de son fils et de Mike au cours de l'épreuve qu'ils avaient vécue dans la forêt, il aurait rapidement mis l'assaillant en fuite. Les ours noirs attaquent rarement les humains, mais il arrive effectivement que les mâles de grande taille, lorsqu'ils sont de mauvaise humeur, tuent des oursons si leur mère n'est pas là pour les défendre. Comme Mike pouvait de nouveau attirer l'attention indésirable d'un gros ours, le docteur Hanson et sa femme se faisaient beaucoup de souci et s'étaient mis à craindre pour la sécurité de leur fils. Aussi, le matin qui suivit l'incident, la famille avait-elle discuté du problème au petit déjeuner.

Au milieu de la discussion, John Hanson se tourna vers son fils.

«Bob, le 21, dans six jours, c'est ton anniversaire. Que dirais-tu d'un chien comme cadeau pour tes quinze ans?»

«Génial, Papa! Je veux un malamute!»

Ainsi en fut-il décidé. Afin d'augmenter les chances qu'une amitié naisse entre l'ours et le nouveau venu, le docteur Hanson jugea qu'il serait nécessaire de choisir un jeune chien.

«Je pense que le mieux serait un chiot de six mois. Il, ou elle, aurait à peu près le même âge que Mike, et je crois qu'ils deviendraient vite des compagnons fidèles», expliqua le biologiste.

Mary Hanson fit alors une objection.

«C'est trop jeune, John! Un chien de six mois n'aura pas l'assurance nécessaire pour chasser un ours. Je pense que nous devrions prendre un mâle adulte, et un grand!»

«Tu te trompes à double titre, Mary. Tout d'abord, les jeunes malamutes sont grands, et ils n'hésiteraient pas à pourchasser un ours. Peut-être pas avec la même agressivité qu'un chien adulte, mais avec suffisamment de détermination pour chasser un ours en haut de l'arbre le plus proche. Je le sais. Je les ai vus faire. En second lieu, un malamute parvenu à l'âge adulte n'acceptera pas Mike. Au contraire, c'est lui qu'il pourchassera, tout comme il pourchasserait n'importe quel autre ours.»

Réalisant que son mari avait plus d'expérience qu'elle en la matière, Mme Hanson acquiesça. Cinq jours plus tard, la famille se rendit dans un élevage canin qui se trouvait à quatre-vingts kilomètres de la maison. Sur place, après qu'ils eurent parlé avec l'éleveur, on les conduisit à l'enclos où les sept jeunes chiens étaient enfermés. Dès que Bob eut pris sa décision, on fit sortir le chien de l'enclos pour l'amener au garçon qui s'accroupit en ouvrant les bras. Le malamute, remuant sa queue touffue et gémissant, s'approcha de Bob en trottinant et se mit à lui lécher le visage tandis que son nouvel ami le serrait dans ses bras.

Quand le docteur Hanson eut payé le chien et acheté un collier et une laisse, Bob amena le malamute à la voiture familiale et ouvrit le hayon. Sans qu'on lui ait rien dit, le chien grimpa à l'intérieur. Bob le suivit et s'assit par terre, le dos contre la banquette. Le malamute se coucha aussitôt à côté du garçon et se mit à lui lécher les mains.

«Bob», lui dit son père en s'installant au volant. «Il faut que tu montes sur le siège arrière et que tu boucles ta ceinture. Tu n'es pas en sécurité si tu voyages dans le coffre de la voiture.»

Le garçon obéit, mais il fut aussitôt suivi par le chien, qui sauta tout simplement au-dessus du dossier et s'installa contre Bob, la tête appuyée sur les genoux du garçon tandis que son arrière-train occupait le reste de la banquette.

Mary Hanson se retourna et passa un bras par-dessus le dossier de son siège pour caresser la tête du chien.

«Il faudra que tu lui trouves un nom, Bob», dit-elle.

Avant que son fils ait pu parler, John Hanson répondit.

«J'ai un nom absolument parfait pour lui. Yukon. Vous vous souvenez que je vous ai parlé de mon chien de traîneau, Yukon? Vous savez, pendant ces années que j'ai passées dans l'Arctique?»

Mme Hanson et son fils eurent tous deux un sourire. John Hanson parlait souvent de Yukon, un chien magnifique qui était en réalité à moitié loup et qui avait sauvé la vie du biologiste le jour où celui-ci avait été pris dans un blizzard avec son équipe. John Hanson s'était perdu, mais Yukon, en dépit de l'obscurité, de la neige qui soufflait avec rage et d'une température de quarante-cinq degrés au-dessous de zéro, l'avait guidé jusqu'à la cabane du camp de base.

«Oui, Papa. Je me souviens que tu nous as parlé de Yukon. Pas mal de fois!» répliqua Bob avec un grand sourire. «Mais c'est d'accord. C'est bien comme nom. Salut, Yukon!»

Le chien, comme s'il avait immédiatement su son nom, remua la queue qui se mit à battre à grands coups contre le siège, et il leva la tête pour lécher le visage de Bob.

Avant de quitter la maison ce matin-là, le docteur Hanson avait dit à Bob d'enfermer Mike dans la grange afin qu'il ne coure pas en liberté lorsque le chien arriverait.

«Il est important que leur rencontre se passe bien, Bob. Quand nous rentrerons, je tiendrai le chien en laisse et tu iras chercher Mike dans la grange. Il faudra que tu le tiennes bien. Tu pourrais peut-être l'empêcher de bouger en le caressant pendant que j'amènerai le chien près de lui. De cette façon, ils auront l'occasion de reconnaître leurs odeurs respectives avant d'être trop près l'un de l'autre. Si nous sommes tous là, je ne crois pas que Mike sera effrayé.

Quant au chien, comme c'est un chiot, il aura probablement plus de curiosité à l'égard de l'ours que de frayeur ou d'agressivité.»

Bob était d'accord avec son père, mais il était néanmoins soucieux. Il espérait réellement que Mike et Yukon allaient s'accepter, et c'est pour cette raison, cette fois encore sur le conseil de son père, qu'il avait mis ses vieux vêtements, un jean relativement usé et une chemise de travail qu'il avait gardés trois jours de suite et qui portaient donc l'odeur de l'ours. Cela permettrait au chien de reconnaître l'ours quand il le rencontrerait, et il fallait espérer qu'il associerait cette odeur à Bob et serait de ce fait moins tenté de se comporter bizarrement lors de la rencontre.

Néanmoins, lorsque la familiale entra dans la cour des Hanson, Bob se rendit compte qu'il était très nerveux. Ses parents, le connaîssant bien, décelèrent son inquiétude et lui dirent de se détendre en lui expliquant que les animaux sentent vite la peur ou la tension chez les humains. Un instant plus tard, Yukon sauta de la voiture et partit en courant dans l'intention évidente d'explorer la propriété.

Le chien, impatient, se précipita tout d'abord à la porte de la maison, il flaira les alentours puis entra sous la véranda fermée, d'où il sortit au galop quelques minutes plus tard pour courir vers Bob qui l'avait appelé par son prénom et l'attendait, accroupi près de la voiture. Yukon se jeta dans les bras que lui tendait le garçon et lui lécha le visage. Pendant ce temps, le docteur Hanson attacha la laisse au collier, puis se tourna vers son fils.

«C'est bon, Bob. Va à la maison chercher des cookies au beurre de cacahuètes pour Mike. En revenant, ouvre le paquet de biscuits pour chien qu'on a acheté à l'éleveur et mets-en deux dans ta poche. Après, va dans la grange et donne deux cookies à Mike. Quand il les aura mangés, fais-le sortir, mais reste vraiment près de lui. Tu devrais peut-être garder des cookies dans la main, comme ça, il aura envie de les prendre. Ça le fera sans doute rester à côté de toi. Après, tu t'arrêtes. Tu lui donnes un cookie, tu t'accroupis, et tu le prends par le cou. J'amènerai Yukon. »

Bob suivit les instructions de son père, mais dès que Mike émergea de la grange, il partit au galop en direction du chien. Yukon, la queue frétillante, fit un brusque mouvement en avant et dégagea la laisse de la main du docteur Hanson. Les deux animaux se retrouvèrent à mi-chemin entre la grange et la voiture avant qu'aucun des spectateurs humains n'ait pu réagir. À la surprise générale, l'ours et le chien se mirent aussitôt à jouer !

Tout d'abord, ils se frôlèrent du bout du nez pour flairer leurs odeurs, puis, lorsque Mike essaya d'attraper Yukon, celui-ci se déroba, partit à toute allure, s'arrêta et revint vers l'ours. Après quoi, il se mit à courir autour de Mike qui tentait toujours de l'attraper. Bientôt, Yukon s'arrêta à soixante centimètres environ de Mike. L'ours fit un pas et lécha la tête du chien, puis il bondit sur Yukon et ils roulèrent sur le sol. Tantôt l'ours était sur le chien, tantôt Yukon se retrouvait à califourchon sur Mike. Il ne fit aucun doute aux yeux des observateurs que les deux animaux s'étaient spontanément liés d'amitié. Comme l'avenir allait le montrer, Mike et Yukon étaient destinés à rester amis, même à l'âge adulte.

Comme Mike et Yukon continuaient de jouer, John Hanson, le visage souriant, se tourna vers son fils.

« Tu te rappelles ? Je t'avais expliqué que la connaissance

que nous pensons avoir des animaux importe peu et qu'ils nous surprennent immanquablement par un comportement insoupçonné. Eh bien, tu viens d'en avoir une bonne démonstration, Bob. Finalement, on n'avait pas à s'inquiéter, non ?»

Chapitre 6

Le lendemain de l'arrivée de Yukon chez les Hanson, de bonne heure, alors qu'il se dirigeait vers la grange, Bob ne remarqua pas le grand sconse qui longeait lentement la lisière de la forêt à quelque soixante-quinze mètres de la maison. Lorsqu'il était sorti, impatient de voir comment s'était passée la première nuit commune de Mike et Yukon dans la remise, il avait accordé peu d'intérêt au monde extérieur, ce qui n'était pas dans ses habitudes. En règle générale, le matin, dès qu'il sortait, il était toujours à l'affût des nouveaux arrivants qui pouvaient se trouver dans le voisinage de la propriété.

Arrivé à la grange, Bob ouvrit la porte et fut immédiatement assailli par l'ours et le chien. Ils étaient très contents de le voir. Mike agrippa la jambe du garçon et essaya de monter sur lui; Yukon bondit et posa ses grandes pattes sur les épaules de Bob afin de lui lécher le visage. Entravé par le poids de Mike d'un côté, déséquilibré par les pattes de Yukon de l'autre, Bob recula en titubant et trébucha avant de s'affaler par terre de tout son long. Le chien et l'ours lui sautèrent dessus. Mike s'assit sur les jambes de Bob, et ses pattes avant, aussi agiles que des mains, se mirent à chercher la poche qu'il savait toujours pleine de cacahuètes dont il raffolait. Pendant ce temps, Yukon posa ses pattes de devant sur le torse du garçon et continua à passer sa longue langue humide sur la figure de son nouvel ami. Bob se débattait mais riait de plaisir, et il finit par rouler sur le côté et à se dégager de Mike. Enfin, il réussit à se redresser en poussant Yukon des deux mains.

À présent, il s'attendait à passer quelques minutes à se bagarrer avec les deux animaux, mais ils lui tournèrent le dos en même temps et se mirent à courir vers la forêt. Le chien, plus rapide et plus leste, ouvrait la marche. Bob se leva et tourna les yeux vers les arbres. Il vit le sconse. L'animal noir et blanc se déplaçait lentement à découvert, à dix mètres environ de la lisière des bois. Il ne s'était pas encore rendu compte qu'un ours et un chien couraient dans sa direction. Bob cria pour tenter de faire revenir Mike et Yukon. Ce fut peine perdue. Les deux jeunes animaux, impatients de chasser, étaient déterminés à atteindre leur cible. Heureusement, le cri du garçon avait alerté le sconse. Celui-ci tourna la tête, vit l'ours et le chien et courut se mettre à l'abri dans la forêt, Mike et Yukon sur les talons. Bob eut beau courir à toute vitesse, il resta en arrière.

Le sconse fut le premier à atteindre la forêt et il disparut entre les arbres. Quelques secondes plus tard, le chien et l'ours disparurent à leur tour. Bob, à l'idée qu'il devrait bientôt nettoyer deux animaux très malodorants, piqua une pointe dans l'espoir qu'il trouverait un moyen d'empêcher ses protégés de se frotter au sconse. Il pénétra dans la forêt au moment même où Yukon et Mike arrivaient devant un éboulis de grands rochers. Il n'y avait aucune trace du sconse, mais les prétendus chasseurs étaient déterminés à le trouver.

À bout de souffle, Bob huma l'air, sans parvenir cependant à détecter l'odeur du «jus» du sconse, comme il appelait le liquide épais et huileux que ces animaux portent dans deux glandes situées sous leur queue. Un instant plus tard, il atteignit les rochers et s'arrêta pour regarder Mike et Yukon qui flairaient les recoins de l'endroit. Ils percevaient bien le fumet du sconse, mais ils n'arrivaient pas à trouver sa cachette.

Bob avait pris la laisse de Yukon. Il décida de l'attacher au collier du chien, persuadé que s'il emmenait Yukon à la maison, Mike les suivrait.

Le garçon gravissait un gros rocher arrondi et se préparait à approcher Yukon, quand il fut soudain submergé par l'odeur du sconse. L'animal se cachait de toute évidence dans une petite cavité qui se trouvait presque aux pieds de Bob; lorsqu'il avait senti la présence du garçon, il avait laissé échapper son fumet. Heureusement, la plus grande partie du liquide toucha les rochers, mais Bob fut néanmoins douché par un nuage de pluie malodorante et très fine. Les gouttelettes musquées adhérèrent à ses vêtements. L'odeur forte lui souleva le cœur.

Yukon et Mike échappèrent au jet, mais leurs nez sensibles en détectèrent l'odeur. Ils ne l'apprécièrent pas du tout! En un clin d'œil, ils tournèrent les talons et coururent à la maison.

Bob tourna aussi les talons et sortit de la forêt au pas de course en essayant de ne pas respirer trop profondément. Lorsqu'il arriva à découvert, il accéléra, impatient de rentrer chez lui afin de se changer et de prendre une douche. Quand il fut à cinq mètres de la maison, Mary Hanson sortit sous la véranda. Elle avait entendu les cris de son fils et était sortie voir ce qui se passait. Elle était sur le point de s'approcher de lui lorsqu'elle s'arrêta en fronçant les narines de dégoût. Son fils empestait l'odeur du sconse!

Bob continua à avancer vers la maison, mais il pensa qu'il devait raconter son aventure à sa mère.

«Maman, je crois que j'ai été arrosé par un sconse. Mike et Yukon l'ont vu...»

Sa mère s'empressa de l'interrompre.

«Arrête-toi exactement là où tu es!» ordonna-t-elle. «Je sais que tu as été arrosé. Je n'ai qu'à te sentir! Il n'est pas question que tu entres dans la maison avec cette odeur, mon garçon!»

«Mais, Maman!» protesta Bob. «Il faut que je me change!»

«Évidemment! Mais tu peux te déshabiller dehors. Tu ne vas pas empester la maison, jeune homme. Quand tu auras retiré tous tes vêtements, tu pourras entrer prendre une douche.»

Alors qu'elle lui parlait, Mary Hanson s'était éloignée de son fils.

«Maman! Je ne peux pas me déshabiller en public! Et si quelqu'un me voit en passant?»

«Il n'y a pas de danger que quelqu'un passe, Bob! Et sinon, qu'est-ce que ça peut faire? Les gens ont déjà vu des garçons tout nus. Tu fais ce que je te dis, tu entends? Quand tu auras tout enlevé, laisse tes vêtements par terre. Tu pourras t'en occuper plus tard. Maintenant, au travail. Tu empestes!»

Embarrassé, mais convaincu que sa mère parlait sérieusement, Bob commença à se dévêtir. Il ôta tout d'abord sa chemise, puis ses baskets et ses chaussettes. Ensuite, les yeux rivés à la barrière et à la route, il fit lentement tomber son jean. Quand il se retrouva en caleçon, Mike et Yukon accoururent et se mirent à le renifler en parcourant sa chair de leurs nez froids et humides. Tout en se tortillant, Bob dit aux deux fouineurs de s'en aller et enleva ses sous-vêtements à contrecœur en essayant d'empêcher l'ours et le chien de s'approcher de lui. Au moment précis où, complètement nu, il s'apprêtait à courir vers la maison, une voiture s'arrêta dans l'allée. Deux femmes se trouvaient à son bord, des connaissances mais non de réelles amies de Mme Hanson.

Rouge écarlate, Bob s'élança vers la véranda, poursuivi par Mike et Yukon, qui crurent qu'il s'agissait d'un jeu fantastique. Le chien rattrapa le garçon et lui fit un croche-pied. Bob tomba sous les yeux des femmes qui, toujours assises dans la voiture, paraissaient ne pas en croire leurs yeux.

Bob ne voulait pas perdre de temps à se relever et se mit donc à ramper à quatre pattes vers la porte d'entrée.

Les visiteuses échangèrent un regard. Mme Michaels, la plus âgée des deux, secoua la tête.

«C'est stupéfiant, tu ne trouves pas, Kathryn?» demanda-t-elle à sa compagne.

Kathryn Schafer était la présidente de la nouvelle société artistique. Les deux femmes étaient venues demander à Mary Hanson de se joindre à leur groupe. Avant de répondre à son amie, Mme Schafer fronça les sourcils en voyant les fesses nues de Bob disparaître sous la véranda.

«Nous ferions mieux de partir, Grâce», dit-elle. «Je ne pense vraiment pas que le moment soit bien choisi pour parler à Mary. Au nom du ciel, qu'est-ce que ce garçon va fabriquer maintenant, à ton avis? En tout cas, je ne sortirai pas de cette voiture tant que ces animaux n'auront pas disparu! Quel démon a bien pu prendre les Hanson de permettre à leur fils de garder un ours? Tu sais, ce n'est peut-être pas une si bonne idée de demander à Mary d'entrer dans notre groupe. On ne sait jamais à quoi s'attendre avec cette famille!»

Mme Michaels acquiesça. Elle passa la marche arrière pour remonter l'allée, faire demi-tour sur la route et quitter la propriété des Hanson.

Bob entra dans la maison. Sa mère était en haut, mais elle l'appela.

« Va directement dans la salle de bains et lave-toi entièrement. Et ne reviens pas avant d'avoir de nouveau l'odeur d'un garçon normal ! J'ai laissé la fenêtre de la salle de bains ouverte pour que ta puanteur s'en aille, mais il faudra désodoriser la pièce malgré tout. »

Bob était trop gêné pour discuter. Il courut dans la salle de bains et se dépêcha d'ouvrir la douche à fond, puis il se mit sous l'eau chaude et se savonna. Il dut se savonner et se rincer trois fois avant de ne plus sentir aucune odeur sur son corps. Lorsqu'il eut terminé, il se sécha et enfila le peignoir que sa mère avait pendu à un crochet derrière la porte. Sa nudité dissimulée, il quitta la salle de bains et alla passer des vêtements propres dans sa chambre sans cesser de rougir chaque fois qu'il se souvenait des deux femmes curieuses qui l'avaient vu nu et qui, il en était sûr, allaient raconter partout en ville qu'elles l'avaient vu ramper dans la véranda.

« Si Harry me dit un seul mot à la rentrée, je vais vraiment lui casser la figure ! » se jura Bob en se glissant dans un jean.

Plus tard, Mary Hanson rit de l'embarras de son fils.

« Je ne vois pas pourquoi tu es aussi contrarié, Bob. Regarde le côté drôle des choses ! Quant à ces dames, eh bien, tout ce qu'elles pourraient bien dire ne te fera aucun tort. Au fait, je pense que je devrais t'être reconnaissante, car je n'avais pas vraiment envie d'aller dans leur société artistique. Maintenant, telles que je les connais, je suis sûre qu'elles ne me le demanderont pas. »

Finalement, lorsque la rentrée arriva en septembre, tout le monde avait oublié l'incident. À cette époque, Mike et Yukon avaient presque huit mois. Ils avaient tous deux beaucoup grandi. Mike pesait à présent cinquante-cinq kilos, et il était si lourd que Bob fut incapable de le porter lorsque son père et lui se préparèrent à le peser. Ce fut John Hanson qui le porta à sa place mais non sans difficulté. Après avoir reposé Mike par terre, le souffle court, le biologiste déclara :

« Eh bien, fiston, je crois que c'est la dernière fois que nous pesons Mike. Vu le rythme auquel il grandit, d'ici une semaine je serai incapable de le soulever. »

L'ours, comme tous ses semblables, avait mangé énormément et accumulé beaucoup de graisse afin de se préparer pour sa longue hibernation.

En revanche, si Yukon avait grandi et pesait trente-cinq kilos, il avait très peu de graisse, car son corps trapu était essentiellement constitué d'os et de muscles fermes. C'était un chien très actif, porté à vagabonder dans la nature avec Mike ou, souvent, complètement seul, sans rentrer pendant deux ou trois jours de suite. Comme cette habitude lui avait fait craindre que le chien ne s'attire des ennuis auprès des fermiers voisins ou qu'il ne se mette à traquer les daims, John Hanson décida de construire un enclos pour Yukon. Afin que le chien ait beaucoup d'espace pour courir et bondir, le docteur Hanson fit le plan d'un enclos carré de vingt-trois mètres de côté.

La première chose à faire dès que le fil barbelé et les piquets furent achetés fut de creuser une tranchée d'un demi-mètre de profondeur et de quinze centimètres de largeur sur tout le périmètre afin d'y fixer un grillage à mailles fines pour empêcher le chien de s'enfuir en creusant la terre. Ce travail à lui seul occupa le père et son fils tout un week-end, du lever du jour jusqu'au moment où il fit trop sombre pour travailler. Lorsque ce travail fut effectué, ils plantèrent solidement les gros piquets de fer. Puis le grillage à mailles losangées fut enterré et fixé à chaque piquet à l'aide d'attaches spéciales. L'enclos fut achevé à la fin du mois d'août. Yukon avait désormais sa propre cour entourée d'une palissade de deux mètres et demi fermée dans un coin par une barrière. À l'intérieur, Bob et son père construisirent un chenil spacieux et correctement isolé afin que le chien soit au chaud et au sec pendant les mois de grand froid.

Vers la mi-septembre, Bob était rentré en classe depuis près de deux semaines, lorsque ses parents lui rappelèrent qu'il avait promis d'emmener l'ours hiberner dans la nature à la fin de l'automne.

«Il est encore trop tôt pour que Mike ait envie de s'endormir pour l'hiver, Bob, mais tu devrais commencer à l'emmener faire des marches assez longues pendant les week-ends pour essayer de le faire rester dans la forêt», dit le docteur Hanson.

Bob avait redouté ce moment. Il savait qu'il devait tenir la promesse qu'il avait faite à ses parents, mais il était très attaché à Mike et détestait l'idée de le perdre.

«Est-ce que je ne pourrais pas attendre encore un peu, Papa ?» supplia-t-il.

Son père secoua la tête.

«Je ne suis pas en train de dire que tu devrais te débarrasser de Mike tout de suite, mon garçon. Mais tu dois commencer à l'entraîner à être indépendant dès maintenant, de sorte que plus tard, quand le temps viendra pour lui de dormir, il connaisse la région et qu'il ait pu trouver une tanière sûre et confortable quelque part. Tu dois l'entraîner à être indépendant.»

«Ouais, d'accord, Papa. Mais comment est-ce que je peux entraîner Mike à ne pas rentrer ?»

«Eh bien, ce sera probablement le plus difficile de toute l'affaire. Je pense que tu devrais commencer par emmener Mike tous les week-ends et t'enfoncer chaque fois de plus en plus loin dans la nature. Le mieux est de prendre un relèvement au compas, plein nord, je dirais, et d'avancer dans cette direction. De cette façon, tu arriveras toujours à retrouver ton chemin à partir du moment où tu te dirigeras droit vers le sud au retour», expliqua son père.

«Il faudrait que j'aille jusqu'où le premier jour ?» demanda Bob.

«Eh bien, admettons que tu commences samedi prochain et que tu marches pendant trois heures avant de revenir à la maison. En allant sans te presser en forêt, tu devrais atteindre la moyenne de deux kilomètres heure sans trop de peine. Donc, le premier jour, tu pourrais emmener Mike à six kilomètres de la maison. Ensuite, le dimanche, tu devrais faire une marche de trois heures et demie, de sorte que tu couvrirais sept kilomètres environ.»

Mary Hanson avait écouté son mari sans l'interrompre, mais elle prit alors la parole.

«Attends une minute, John. Est-ce que tu veux dire que Bob devrait marcher dans un sens pendant une heure et demie, puis faire une marche de même durée pour rentrer ?» demanda Mary Hanson à son mari.

«Non, Mary, je veux dire qu'il devrait marcher vers le nord pendant trois heures, ce qui fait qu'ensuite, bien entendu, il devra marcher vers le sud pendant trois heures.

Mais il s'agit du premier jour, pour l'habituer en quelque sorte», répondit le biologiste.

«Ce que tu dis, c'est que Bob va devoir marcher six heures le samedi et sept heures le dimanche et qu'il devra parcourir vingt-six kilomètres en deux jours!» dit Mary Hanson en fronçant les sourcils.

Son mari eut un sourire. Puis il ajouta:

«Évidemment, c'est ça. Mais à la fin du mois d'octobre, ce qui correspond à peu près, j'imagine, au temps qu'il faudra pour que Mike s'habitue à l'idée d'être un ours sauvage, Bob sera capable de marcher quatre heures d'affilée à chaque sortie. Cela signifie qu'il emmènera Mike à huit kilomètres de la maison à chaque randonnée et qu'il l'introduira dans une zone présentant les meilleures caractéristiques naturelles. C'est le début du territoire des ours, en fait. Bien sûr, il devra partir de bonne heure. Au lever du soleil, je dirais, s'il veut rentrer avant la nuit», expliqua John Hanson.

En écoutant son père, Bob commençait à aimer l'idée de s'enfoncer dans la nature. Il s'apprêtait à dire qu'il pouvait dormir dehors le samedi soir, ce qui lui permettrait d'emmener Mike plus au nord le lendemain, lorsque Mary Hanson s'adressa à son mari sur un ton cassant.

«John! Tu n'es pas réellement en train de dire que ce garçon devrait aller aussi loin chaque week-end? Et dans le territoire des ours, en plus? Je ne le permettrai pas!»

Avant que son père ait pu répondre, Bob s'approcha de sa mère, passa les bras autour d'elle, l'embrassa sur la joue et se recula en souriant.

«Maman», dit-il fermement. «Tu sais, depuis que j'ai trouvé Mike, chaque fois que je suis allé dans la brousse, j'ai parcouru au moins autant de kilomètres que ce que Papa a proposé, quelquefois plus. Et avant, depuis que je sors tout seul en fait, je crois que j'ai marché autant à chaque fois, parfois plus. Je peux y arriver facilement, Maman.»

Mary Hanson regarda son fils. Jusqu'à ce moment, elle n'avait pas réalisé qu'il grandissait vite. À présent, avec son mètre soixante-quinze, Bob était plus grand qu'elle. Et, elle le savait, il pesait soixante-quatre kilos. Il était fort et bien musclé. Alors qu'elle l'examinait en silence avant de lui répondre, elle dut s'avouer que son fils n'était plus le bébé qu'elle avait bercé et protégé pendant tant d'années. En juillet prochain, il aurait seize ans, et au cours des derniers mois, il était devenu de plus en plus indépendant. Elle soupira, assez triste à l'idée que Bob soit déjà aussi mûr, mais pourtant fière qu'il en soit ainsi. Mary Hanson approcha les mains du visage de son fils et l'attira vers lui pour l'embrasser.

«Tu sais, Bobby, jusqu'à maintenant, je t'ai toujours considéré comme mon bébé. J'avais sans doute tort. Tu es un jeune homme, tu es raisonnable, alors j'imagine que tu es apte à veiller sur toi-même. D'accord, suis la proposition de ton père, si tu penses que c'est ce qui te plairait.»

Bob et son père se mirent à sourire avant même que Mary Hanson ait fini de parler. John Hanson, conscient que c'était à son fils de répondre aux propos de sa mère, resta silencieux. Bob, maintenant sérieux, dit:

«Merci, Maman. Ces derniers temps, la façon dont tu me traitais m'a un peu inquiété, tu sais... Comme si j'étais un petit enfant. Mais ne te tracasse pas. Je connais la brousse, et je fais toujours attention. Si on emmène Yukon avec nous, Mike et moi on n'a pas à s'en faire pour les ours. Tout ira bien... tu sais?»

«Ce garçon sera à la hauteur, Mary», dit-il. «Au fil des

années, je lui ai enseigné tout ce que je sais sur les randonnées dans la nature, et il a beaucoup appris par lui-même. Tu as raison, le temps est venu de considérer ton fils comme un jeune homme. »

Bob sentit que c'était le moment de suggérer qu'il dorme avec Yukon et Mike dans la nature le samedi soir pour emmener l'ours plus loin le dimanche matin avant de rentrer à la maison. Sa mère faillit oublier ce qu'elle venait de lui dire et elle allait protester, mais la mémoire lui revint à temps et elle acquiesça d'un hochement de tête. Elle ne put pourtant résister à la tentation de lui dire d'être prudent. Bob promit de faire attention.

Le samedi suivant, Bob se leva à cinq heures du matin. Il faisait encore nuit. Il n'y avait pas même un soupçon de lever de soleil à l'horizon. Le garçon enfila un jean doublé, de grosses chaussettes de laine, un maillot de corps en coton à manches longues et une chemise de flanelle. Il choisit ces vêtements chauds parce qu'il savait que les matinées et les nuits de septembre peuvent être froides au Canada, même dans le sud.

Le soir précédent, il avait sorti ses grosses chaussures d'hiver de son placard et préparé son équipement de randonnée. Son matériel de camping comprenait une tente individuelle en nylon, un sac de couchage en duvet, un gros couteau dont le manche renfermait une fourchette, une cuillère, un ouvre-boîte et une scie de petite taille mais assez acérée de trente centimètres de long. Il y avait aussi une hache de ceinture, un petit réchaud à un feu, un bidon plat qui contenait un litre d'essence pour alimenter le réchaud, une trousse de premiers secours, plusieurs boîtes d'allumettes enduites de cire qui s'allumeraient même si elles étaient humides et une scie à métaux que son père lui avait offerte pour Noël deux ans plus tôt – un outil des plus utiles. C'était une copie de celle dont les chirurgiens se servent pour découper les os. Sa forme était simple : le fil d'acier inoxydable était couvert de petites dents pointues soudées sur toute sa longueur. Un anneau de métal solide était fixé à chacune des extrémités du fil d'acier. Pour utiliser la scie, il suffisait de placer le fil sous un rondin, de mettre deux doigts de chaque main dans les anneaux et de commencer à scier d'avant en arrière. En quelques secondes, les minuscules dents traversaient une bûche de quinze centimètres de diamètre. Avec de la pratique, peu de temps après la première fois où il s'en était servi, Bob avait réussi à couper une bonne provision de bois en une demi-heure après avoir installé son campement pour la nuit. L'autre avantage de la scie tenait à ce que, lorsqu'on ne l'utilisait pas, on pouvait l'enrouler en un cercle assez petit pour loger dans la poche d'une chemise.

Tandis qu'il empaquetait la nourriture que sa mère avait préparée la veille pour Yukon, Mike et lui, Bob fut reconnaissant envers Mary Hanson d'avoir étiqueté le papier sulfurisé qui emballait les vivres, non seulement parce que la nourriture restait fraîche, mais parce qu'il lui serait plus facile de reconnaître à qui appartenait tel ou tel paquet. Quand il était arrivé que Bob prépare lui-même la nourriture de Mike et la sienne, il n'avait pas marqué les emballages. Résultat, il avait dû les ouvrir au hasard en se faisant bousculer par Mike qui, impatient et affamé, s'était emparé des sandwiches et lui avait laissé la nourriture prévue pour l'ours !

Bob quitta doucement sa chambre afin de ne pas réveiller ses parents et descendit à la cuisine où il enfila ses bottes. Après quoi il prépara son petit déjeuner.

Il remplit une petite casserole d'eau froide dans laquelle il plongea deux œufs qu'il mit à bouillir sur la gazinière ; il mit ensuite deux tranches de pain complet dans le grille-pain, mais il ne le mit pas en marche avant que les œufs soient durs, car il n'aimait pas les œufs mous et trop liquides. Pendant ce temps, il but un petit verre de jus d'orange puis s'attabla devant un bol de corn flakes qu'il sucra avec du miel.

Bob avait toujours bon appétit, mais il n'avait pas pour règle de manger autant, ce qu'il fit ce matin-là parce qu'il savait qu'il est important de bien se nourrir quand on s'apprête à se lancer dans une activité physique intense, d'autant plus lorsque le temps est froid et que les besoins énergétiques du corps sont plus importants. Néanmoins, comme il était impatient de commencer son excursion, il mangea assez rapidement. Vingt minutes plus tard, il empila les bols vides sur l'égouttoir de l'évier et ferma son sac à dos. Puis il quitta la maison.

Dehors, tandis qu'il se dirigeait vers l'enclos de Yukon, les premiers rayons roses annonçant toujours le soleil qui se lève lentement apparaissaient à peine à l'est. Il n'y avait pas un nuage dans le ciel rempli d'étoiles vertes scintillantes. Quelque part au loin dans la forêt, un grand duc cria et sa voix grave résonna dans la nature : hou, houhou, hou, hou. Les cinq notes se répétèrent sept ou huit fois à courts intervalles, puis la forêt retrouva son calme.

Lorsque le garçon ouvrit la barrière de l'enclos, Yukon bondit de joie. Le chien sortit en trombe, sauta sur Bob, et celui-ci faillit tomber à la renverse à cause du fardeau qu'il portait. Après quoi, le malamute recula, il remua la queue et laissa échapper un grognement sourd, semblable à celui d'un loup, en guise de bienvenue. Puis il courut vers la grange, mais avant qu'il ait pu passer la porte ouverte, Mike sortait d'un pas pesant. Les deux amis se saluèrent. L'ours, dressé sur ses pattes de derrière, donna de petites claques au chien qui sautillait et dansait en léchant le museau de Mike de temps en temps. Un instant plus tard, ils coururent rejoindre Bob. Mike se redressa pour lécher le visage du garçon. Pour ne pas être en reste, Yukon fit de même.

« Bon, ça suffit ! » ordonna Bob. « On va marcher ! »

Les deux animaux connaissaient ce dernier mot. À peine fut-il prononcé, qu'ils tournèrent les talons pour se diriger vers la forêt, mais, selon leur habitude à présent chaque fois qu'ils sortaient avec Bob, ils s'arrêtaient sans cesse pour attendre qu'il les ait rattrapés. Alors, ils repartaient à toute vitesse.

Comme tous les jeunes ours qui restent généralement près de leur mère, Mike ne s'était jamais aventuré loin de Bob au cours de leurs expéditions. De temps en temps, il disparaissait dans la forêt, mais si le garçon continuait à avancer, l'ours le rejoignait peu après en se repérant infailliblement à l'odeur de ses empreintes, car les animaux sauvages et la plupart des chiens arrivent à percevoir l'odeur humaine même lorsque quelqu'un porte des chaussures ou des bottes.

Bob savait que les animaux sont capables de détecter des odeurs trop faibles pour l'odorat humain. Il était aussi conscient que l'odeur est très importante pour la survie de tous les animaux sauvages, car elle les aide à éviter le danger, à trouver leur nourriture et à se reconnaître entre eux à de grandes distances. Mike, comme le garçon le savait, pouvait percevoir son odeur à un kilomètre à la ronde, même s'il avait pris une douche et s'était mis du déodorant auparavant ! D'autre part, le père de Bob lui avait dit que les loups peuvent faire encore mieux que les ours, car ils sont capables de détecter des odeurs à au moins deux kilomètres.

« Bien sûr », avait expliqué le docteur Hanson, « les animaux traqués peuvent sentir les loups à des distances similaires. En fait, la nature a depuis longtemps doté tous les animaux d'un odorat très efficace. Dans le même temps, la nature a aussi disséminé des glandes odoriférantes sur leurs corps. Ces glandes sécrètent en permanence des odeurs à la surface de la peau, en particulier sous la plante des pieds, qui comptent plus de glandes qu'aucune autre partie du corps, même chez les humains. Pour cette raison, lorsqu'une personne a porté des chaussures ou des bottes ne serait-ce que quelques jours, son odeur particulière traverse les semelles, et les animaux peuvent sentir les traces que celles-ci laissent sur le sol. »

En tant que biologiste, le docteur Hanson avait étudié l'odorat des animaux sauvages et avait bien sûr compris l'importance des glandes odoriférantes. Plusieurs années avant que Bob ne trouve Mike, son père lui avait expliqué certaines de ses recherches. Le garçon avait manifesté un grand intérêt pour ce sujet et posé beaucoup de questions. Il avait eu particulièrement envie de savoir comment un animal pouvait reconnaître l'odeur de ses parents ou de ses frères et sœurs.

« Est-ce que tous les animaux n'ont pas la même odeur ? » avait demandé Bob.

« Non, fiston. C'est ce qui rend la question de l'odeur tellement intéressante. Chaque espèce de mammifère – et, tu sais, bien sûr, que les humains sont également des mammifères, n'est-ce pas ? – a son odeur propre. Les loups sont peut-être le meilleur exemple. Ils vivent en meutes, ce qui revient à dire en réalité qu'ils vivent comme des familles, un peu comme nous vivons nous-mêmes.

« Eh bien, lorsqu'un jeune mâle quitte sa meute pour aller à la recherche de ce que l'on pourrait appeler une petite amie, et qu'au cours de ses excursions il rencontre une jeune louve qui cherche un petit ami, ils se prennent pour partenaires et ils ont toute chance de rester ensemble pour former une nouvelle meute ou, si tu préfères, pour fonder leur propre famille. »

« Tu veux dire que les loups se marient, comme les hommes ? » lui demanda son fils.

Le docteur Hanson sourit en hochant la tête.

« Eh bien, d'une certaine manière, oui. Je veux dire que les loups ne se marient pas exactement de la même façon que les hommes, avec les cérémonies, les églises et autres choses de ce genre, pas plus que les autres animaux, mais lorsque les loups nouent cette sorte de relation maritale, cela ressemble à un mariage qui durera probablement jusqu'à la mort de l'un ou l'autre des partenaires », expliqua le biologiste.

« Mais comment se fait-il que les animaux de la même espèce n'aient pas tous la même odeur ? » demanda de nouveau Bob.

« Eh bien, j'allais t'en parler, mais tu m'as interrogé sur le mariage des loups », répondit son père. « Alors, maintenant, écoute-moi tu veux ? Voilà comment fonctionne l'odeur. Chaque loup adulte porte sa propre odeur, et les jeunes loups qui naissent deux par deux arrivent dans leur univers naturel avec leur odeur congénitale, héritée en partie de leur mère et en partie de leur père. La combinaison de ces deux odeurs produit ce que nous pouvons appeler l'odeur de la famille. En dehors de ça, pourtant, chaque jeune loup porte dans ses glandes une odeur spécifique. De sorte que tu pourrais dire que chaque louveteau a trois sortes d'odeurs mélangées. Le nez humain est incapable de séparer chacune des trois odeurs; en fait, nous ne parvenons même pas à détecter les odeurs combinées. Mais l'animal a un si bon odorat qu'il parvient aisément à différencier chacune des trois odeurs.»

Bob réfléchit un moment.

«Est-ce que tu veux dire que je sens un peu comme toi, un peu comme maman et un peu comme moi-même?»

«Oui, c'est exactement ce que je veux dire», répliqua son père. «Notre maison, en revanche, a la même odeur que nous trois parce que nous y laissons tous notre odeur. C'est l'odeur de notre famille», ajouta-t-il.

«Mais, Papa, pourquoi est-ce que je ne sens pas notre odeur quand je rentre dans la maison?» demanda Bob.

«Eh bien, en réalité, tu en es capable. Simplement, tu ne sais pas vraiment ce que tu sens. Chaque maison, chaque édifice a une odeur spécifique. Tu sais que ta salle de classe ne sent pas comme la maison, n'est-ce pas?»

Bob sourit et hocha la tête.

«C'est vrai... Ouais! Et puis il y a autre chose! Toutes les classes ont une odeur différente. Hé! C'est vraiment bien fichu!» s'exclama Bob.

Puis, avant que son père puisse reprendre la parole, il ajouta:

«Mais comment ça se fait que certaines odeurs sont vraiment immondes alors que d'autres sont agréables?»

«Bonne question, Bob. Tu vois, la vérité, c'est que les animaux s'intéressent à toutes les odeurs. Pour eux, il n'y a pas de bonnes ou de mauvaises odeurs. Il n'y a que des odeurs. Et chaque odeur, parmi les milliers de celles qu'on trouve dans la nature à chaque instant de la journée, porte son propre message», dit le docteur Hanson.

«Mais Papa, si toutes les odeurs ont un sens spécial pourquoi les gens n'aiment pas sentir les odeurs désagréables?» demanda Bob.

«Les humains sont différents», répliqua son père. «Il y a longtemps de cela – et je ne sais pas quand – les humains ont décidé de séparer ce qu'ils appellent les mauvaises odeurs de ce qu'ils considèrent comme de bonnes odeurs. Je pense qu'ils l'ont fait parce qu'ils n'étaient plus obligés de survivre dans le monde sauvage sans abris solides pour les protéger et, aussi, parce qu'ils avaient appris à produire leur nourriture et à fabriquer des armes qui leur permettaient de tuer des animaux pour se nourrir et se défendre. Ainsi, ils ont en quelque sorte oublié que toutes les odeurs avaient de l'importance, pour n'accorder leur attention qu'à celles qui avaient une signification spéciale pour eux. Comme l'odeur des aliments ou des fleurs. Plus tard, l'homme a inventé le parfum, et aujourd'hui nous utilisons tous des déodorants; les hommes se mettent une lotion sur le visage après s'être rasés et les femmes se parfument. Nous faisons cela parce que nous voulons éviter de dégager ce que nous jugeons à présent comme de mauvaises odeurs.»

Bob resta silencieux quelques instants pour méditer ce que son père venait de dire. Au bout d'un moment, il posa une nouvelle question:

«Est-ce que tous les gens sentent mauvais?»

John Hanson éclata de rire et secoua la tête.

«Personnellement, je ne le pense pas. Au moins pour ce qui concerne la plupart d'entre eux. J'imagine que quelques rares personnes très sales empestent littéralement. La plupart des gens font attention à leur propreté, et même s'il leur arrive de transpirer, en particulier l'été, l'odeur de transpiration n'est pas désagréable. C'est simplement que nous pensons qu'elle l'est. »

« Les animaux ne prennent pas de bain, de douche ou de trucs de ce genre. Est-ce qu'ils sentent mauvais, eux ? » demanda Bob.

« Non fiston. En réalité, les animaux sont propres, en tout cas les animaux sauvages le sont, de même que la plupart des animaux domestiques, si on les laisse faire. Pour se laver, les animaux se lèchent, ils s'ébrouent, ils se roulent dans la terre meuble ou dans le sable et, parfois, ils traversent des rivières ou des lacs à la nage, ce qui revient à prendre une sorte de bain. »

En grandissant, Bob devait souvent se rappeler ce que son père lui avait dit ce jour-là. Lorsque Mike était arrivé, par exemple, Bob avait remarqué qu'à partir du moment où on l'avait lavé pour faire disparaître l'odeur de charogne dont il s'était imprégné en se pressant contre le cadavre de sa mère, l'ours n'avait plus jamais dégagé d'odeur agressive – excepté peut-être les jours où il avait mauvaise haleine. En fait, Mike aimait prendre un « bain » dans les rivières ou les lacs, et il se roulait souvent dans la terre ou le sable. Il lui arrivait même parfois de se baigner dans des flaques de boue, d'où son pelage noir sortait marron sous la terre gluante. Mais quand son pelage était sec et que la boue séchait en plaques sur son corps, l'ours s'ébrouait, comme sa mère l'avait fait avant sa naissance, et il faisait voler un nuage de poussière mêlée de morceaux de boue sèche. Ensuite, le garçon était toujours étonné de voir que le pelage de l'ours était propre et brillant.

Le matin où Bob partit avec Mike et Yukon pour entamer ses trois heures de marche dans la nature, il fit des efforts pour sentir toutes les odeurs de la forêt et, même s'il réussit à en reconnaître quelques-unes, telles celles des aiguilles de pin, de la terre humide et des champignons, il dut admettre que l'odorat de Mike et de Yukon était beaucoup plus sûr que le sien. Mike, par exemple, reconnaissait toujours l'odeur de Bob; par ailleurs, il reconnaissait aussi de loin l'odeur des autres ours. Conscient qu'un mâle de sa propre espèce le tuerait s'il en avait la possibilité, son nez très sensible l'avertissait immédiatement dès qu'un grand ours était dans le voisinage. Lorsqu'il décelait une telle odeur, il restait absolument immobile, la tête relevée, et il reniflait, les narines frémissantes. Au bout de quelques secondes, il décampait dans la direction opposée à celle où se trouvait celui qu'il avait flairé.

Bob se rendit bientôt compte que lorsque l'ours agissait de cette manière, c'était qu'il avait perçu une odeur incommodante. Bien sûr, le garçon ne savait pas ce que son ami avait senti, mais il apprit que lorsque Mike se comportait de cette façon, celui-ci signalait un danger éventuel. Attentif à cette mise en garde, Bob avait toujours la sagesse de suivre Mike quand ce dernier tournait le dos à la source de l'odeur qu'il venait de percevoir.

Lorsque le docteur Hanson avait acheté une laisse et un collier au propriétaire du chenil, il s'était aussi procuré un sifflet spécial qui n'émettait que des notes ultrasoniques. Bob n'avait jamais vu d'instrument semblable auparavant, mais son père lui expliqua que tout son est le résultat des vibrations de l'air.

«Lorsque tu fais un bruit quelconque, l'air est perturbé», dit le docteur Hanson à son fils. «Les sons graves et retentissants, comme les battements de tambour, se déplacent lentement, mais les bruits plus aigus se déplacent, ou plutôt vibrent, à toute vitesse. Lorsque l'air est perturbé par les vibrations d'un bruit, cela donne un son. Les humains sont capables d'entendre les sons qui se déplacent à une vitesse allant jusqu'à vingt mille vibrations par seconde. Nous ne pouvons pas entendre tout ce qui est plus rapide. Mais les animaux sont capables d'entendre les sons produits par des vibrations beaucoup plus aiguës, dont on dit qu'elles donnent un son supersonique ou ultrasonique. Donc, ce sifflet émet des ultrasons. Nous ne pouvons les entendre, mais les chiens et les autres animaux le peuvent, même à des distances assez grandes. Quand Yukon aura appris qu'à chaque fois que tu siffles, il est censé revenir vers toi, il obéira sur-le-champ. Peut-être même que Mike apprendra à répondre à tes coups de sifflet.»

Chaque fois qu'ils répondaient aux sons du sifflet, les animaux recevaient une friandise, et Yukon et Mike apprirent bientôt à revenir au pied de Bob dès que celui-ci sifflait. En fait, au bout d'une semaine, le garçon se rendit compte qu'il n'avait besoin que d'un bref coup de sifflet pour rappeler chaque animal, même s'il arrivait que Yukon, trop occupé à examiner un trou de marmotte ou à flairer une odeur très intéressante, ait besoin d'être rappelé à l'ordre deux ou trois fois avant de revenir au galop près de Bob. Mike, quant à lui, répondait toujours au premier coup de sifflet.

C'est ce que Bob avait en tête lorsqu'il arriva à l'orée de la forêt et qu'il s'engagea sous les arbres, suivi de Mike et de Yukon. Le soleil, qui pointait à l'horizon, rougissait le ciel et baignait la nature d'une douce lumière rosée. Les mésanges à tête noire, les sittelles et les geais gris se mirent à jacasser, tandis que chaque espèce d'oiseau cherchait sa nourriture.

Les mésanges et les sittelles effrontées voletaient le long des troncs et des branches à la recherche des petits insectes qui se cachaient sous l'écorce et sous certaines feuilles, mais les gros geais noir, gris et blanc cherchaient les restes des animaux tués au cours de la nuit par des prédateurs.

Bob n'avait pas l'intention de laisser Yukon en liberté avant qu'ils se soient suffisamment éloignés de la maison, et il l'avait gardé en laisse au cas où le chien se serait mis en tête de retourner à la propriété des Hanson. Mike, qui, bien que libre d'aller où bon lui semblait, restait tout près de ses compagnons, traînait parfois pour retourner un rondin pourri ou renverser une pierre afin de chercher des fourmis. Quand il en trouvait beaucoup, il s'arrêtait pour les gober avec sa longue langue, et il se délectait de leur goût acide en oubliant les jours où une fourmi lui avait mordu les lèvres ou la langue avec ses mâchoires aussi coupantes que des pinces. Quand il les avait mangées jusqu'à la dernière, ainsi que les œufs et les larves qui se trouvaient toujours dans le nid, il tournait les talons et rejoignait Bob et Yukon au trot.

Une heure après avoir quitté la maison, et à l'instant où Bob s'apprêtait à détacher la laisse, Yukon s'écarta du sentier qu'ils suivaient et partit brusquement vers le nord-est en entraînant le garçon. Curieux, celui-ci laissa le chien l'emmener dans un bosquet de gros cèdres dont les branches épaisses et le feuillage vert projetaient des ombres profondes sur le tapis de la forêt. Pour cette raison, peu de plantes poussaient sous les arbres, et la terre était douce et faisait une espèce de tapis marron couvert d'un lit de brindilles qui étouffait le bruit des pas.

Ils avaient parcouru environ trois cents mètres en silence dans ce périmètre, lorsque soudain Yukon s'arrêta, les oreilles tendues, la tête dressée et les narines en alerte. Mike, qui marchait à l'arrière, s'arrêta également et imita le chien. Les yeux rivés dans la même direction, il écouta et flaira l'atmosphère. Bob avait des jumelles accrochées à une lanière passée autour de son cou. Il maintint fermement la laisse de Yukon dans sa main gauche et, de la droite, plaça les jumelles devant ses yeux. Il scruta la forêt de cèdres lentement et patiemment, et au bout d'un moment, il perçut un léger mouvement à soixante-quinze mètres de là. Il ne fit qu'entrevoir une forme brune, puis l'animal disparut.

Indécis, Bob hésita tout d'abord entre tourner les talons et rejoindre le sentier, ou avancer lentement et tranquillement afin de tenter d'identifier l'animal qui s'abritait sous les arbres. Mais avant qu'il ait pu se décider, Yukon tira un grand coup sur la laisse, ce qui força bel et bien Bob à avancer malgré lui d'un pas. Il se pencha immédiatement en arrière pour contrecarrer la force du chien et continua à marcher aussi lentement et silencieusement que possible. Mike, bien moins audacieux que son ami canin, resta derrière Bob. Ils avançaient tous les trois à pas de loup et le chien, persuadé à présent qu'il était en train de traquer une proie, allait se cacher d'arbre en arbre.

Trois ou quatre minutes plus tard, Bob vit de nouveau quelque chose bouger, sans avoir besoin de ses jumelles cette fois. Il s'arrêta en retenant Yukon. Mike s'arrêta également.

Soudain, avec un grand hurlement qui fit sursauter le garçon et ses deux compagnons, un gros lynx s'éloigna de l'arbre sous lequel il se cachait. Il lança un regard de défi aux intrus, montra les dents en grondant et partit d'un bond avant de disparaître rapidement dans la forêt.

Évidemment, Yukon eut envie d'aller à sa poursuite, mais Mike ne perdit pas de temps pour grimper dans le cèdre le plus proche. Bob s'agrippa à la laisse du chien et lui parla tranquillement pour le calmer. Yukon n'aurait pas demandé mieux que de poursuivre le félin, mais quand les cris du fuyard s'estompèrent, il cessa de tirer sur sa laisse. Bob laissa alors Yukon l'emmener vers l'arbre, curieux de savoir ce que le lynx y faisait. Mais, alors que le chien était impatient d'avancer, Mike résistait, et son comportement laissait deviner qu'il avait peur d'approcher du cèdre.

Bob se demandait encore quelles raisons l'ours pouvait avoir d'être nerveux alors que le lynx était parti, quand Yukon arriva près de l'arbre. Il contourna le tronc et sa tête et ses épaules disparurent du champ de vision de Bob. Au bout de deux secondes à peine, le chien poussa un glapissement perçant et recula d'un bond en se frottant le nez avec une de ses pattes antérieures.

Bob tira sur la laisse pour faire revenir le chien à côté de lui, et il remarqua immédiatement les deux longs piquants de porc-épic qui s'étaient fichés dans son museau. Yukon essayait toujours de se débarrasser du barbillon avec sa patte, mais il s'immobilisa quand le garçon approcha sa main pour attraper le premier piquant qui s'enleva assez facilement. Bob retira le second barbillon de la même façon, et malgré les deux minuscules gouttes de sang qui sortirent des blessures de son museau noir, Yukon cessa de s'agiter. Il s'éloigna pourtant du cèdre lorsque Bob s'en approcha pour jeter un coup d'œil. Ce dernier avait déjà deviné que le lynx avait dû tuer un porc-épic qu'il dévorait quand il avait été dérangé.

Étendue tout près du fût de l'arbre, la dépouille hérissée de l'animal était encore ensanglantée. Elle ressemblait à un sac plein de poils et de barbillons d'où suintait une bouillie rouge. En l'examinant de plus près, Bob put déterminer que le lynx avait retourné le porc-épic sur le dos et lui avait déchiré le ventre avant de manger consciencieusement les intestins et la plus grande partie de la chair de l'animal. La queue criblée de piquants, toujours attachée au corps, était juste en face de la partie de l'arbre que Yukon avait contournée quand il était allé voir ce qui se passait. De toute évidence, le chien avait baissé le museau pour flairer la dépouille et il avait heurté deux des piquants.

Bob comprenait à présent pourquoi Mike avait rechigné à avancer. L'ours, qui s'était souvenu de sa rencontre douloureuse avec un porc-épic, avait reconnu l'odeur de l'animal et avait sagement refusé de s'approcher de celui-ci, dont il ignorait, bien sûr, qu'il était mort. Il était tout à fait clair que Mike n'approcherait plus jamais un de ces animaux hérissés. Mais Yukon avait-il lui aussi retenu la leçon? Pour le vérifier, Bob poussa Yukon devant lui. En tout cas, il essaya de le pousser. Le chien s'assit, se raidit sur ses pattes et enfonça ses énormes pieds dans le sol. Il refusa tout bonnement d'avancer d'un seul pas.

«C'est bien, Yukon! Toi aussi tu as retenu la leçon!» dit Bob en caressant la tête du chien.

Durant le restant de la matinée et la plus grande partie de l'après-midi, Bob laissa Yukon et Mike vagabonder selon leur plaisir, et il ne sifflait que lorsqu'il avait l'impression qu'ils s'étaient aventurés trop loin. Les animaux, intelligents et bien élevés, obéissaient toujours à son appel et revenaient au trot se faire caresser.

Des deux, Mike était le moins enclin à s'attirer des

ennuis. L'ours furetait un peu partout, il flairait les plantes et les rondins sous lesquels il trouvait parfois des fourmis et d'autres insectes qu'il mangeait, mais il manifestait peu d'intérêt pour les oiseaux, les écureuils et les souris qui abondaient dans la nature. Yukon, pour sa part, était un véritable chasseur, toujours prompt à essayer d'attraper l'un de ces petits animaux tentants, ou même un oiseau, dès qu'il en flairait ou en voyait un. Bob n'aimait pas que son chien chasse, mais il comprenait que Yukon ne puisse s'en empêcher. Cependant, le garçon réalisa bientôt que le chien était trop jeune et inexpérimenté pour parvenir à attraper tout ce qui bougeait plus vite qu'une fourmi!

Vers quatre heures de l'après-midi, Bob jugea qu'il était l'heure d'installer le campement. Il se trouvait alors dans une région où la forêt était souvent coupée par des crêtes rocheuses basses couvertes d'une végétation arbustive mais qui n'offraient pas suffisamment de terre pour que les arbres y plongent leurs racines. C'est là que le garçon décida de passer la nuit, à l'abri de grosses plaques de granit. Tandis qu'il s'affairait aux préparatifs, il se demanda ce que sa mère dirait si elle savait que ses deux amis et lui avaient marché près de dix heures en forêt, même s'ils n'avaient pas essayé d'aller vite et s'étaient arrêtés souvent pour se reposer. Malgré cela, le garçon dut admettre qu'il était assez fatigué; mais lorsqu'il calcula qu'il avait parcouru environ neuf kilomètres au lieu des six préconisés par son père, il éprouva une certaine fierté.

Tandis que Mike et Yukon exploraient les environs, Bob installa sa tente. Après quoi, il entreprit de ramasser des pierres afin de construire le foyer du feu de camp, tâche à laquelle l'ours trouva un grand intérêt, car à chaque fois que Bob se penchait pour ramasser une pierre assez large, Mike venait l'aider à la retourner, avide d'y découvrir des fourmis, des asticots ou des scarabées. Pendant ce temps, Yukon les observait et se demandait sans doute pourquoi ils paraissaient tellement s'intéresser aux pierres ! Le chien, bien sûr, était plus intéressé par les multiples odeurs que quantité d'animaux avaient laissées dans le voisinage du campement.

Quand il eut construit son foyer, Bob rassembla du bois mort qu'il traîna jusqu'au campement morceau par morceau. Ce fut Yukon qui décida de l'aider cette fois, mais cette aide se révéla au contraire une entrave, car lorsque le garçon soulevait l'extrémité d'un grand tronc d'arbre déraciné pesant au moins trente kilos, Yukon se précipitait sur l'autre extrémité qui rebondissait par terre et la prenait entre ses mâchoires en la tirant dans tous les sens, ce qui obligeait souvent Bob à lâcher le bout qu'il portait.

Pendant un moment, le garçon et le chien se prirent au jeu, tandis que l'ours furetait dans son coin, mais Bob finit par se rendre compte que s'il ne se dépêchait pas d'entasser sa provision de bois près du foyer de pierres, il ferait noir avant qu'il ait ramassé suffisamment de combustible. Aussi, à la grande déception de Yukon, Bob attacha celui-ci à un arbre le temps de terminer son travail. Après quoi, tandis qu'il coupait le bois en petites bûches, Yukon eut de nouveau le droit de circuler librement, et il se précipita dans la forêt pour se lancer dans une expédition dont il ne revint que lorsque Bob le siffla une heure plus tard.

Pendant ce temps, Mike avait trouvé un petit surplomb en forme de grotte au milieu des rochers, et il s'était installé pour la sieste.

Au crépuscule, tandis qu'un joli feu bien chaud brûlait à trois mètres de la tente, Bob, Mike et Yukon s'assirent pour dîner. Plus tard, quand la nuit sauvage laissa les étoiles remplir le ciel bleu-noir, ils s'assirent près du feu, en paix avec eux-mêmes et avec le monde de la forêt.

Des huards se mirent à crier, et leurs jacasseries et leurs gloussements résonnèrent dans la nature. Quelques instants plus tard, sans aucun doute encouragés par la gaieté des huards, les loups élevèrent leurs voix et saluèrent le monde sauvage de leurs hurlements ancestraux.

Bob pensa que les loups se trouvaient à deux kilomètres de là, car leurs cris graves et interminables n'étaient pas très forts.

Yukon s'assit immédiatement sur son arrière-train pour leur répondre et fit résonner son chant sauvage dans la nuit. Aussitôt, Mike se rapprocha de Bob à pas feutrés et s'allongea près de lui. À toutes ces chansons s'en ajouta une autre, lorsqu'un coyote se mit à hurler d'une voix plus aiguë que celles de Yukon et des loups.

Bob s'installa confortablement au chaud devant son feu, auprès de ses deux compagnons. Il était très content et pas le moins du monde effrayé par la nuit ni par le monde sauvage et ses habitants. Au bout d'un certain temps, fatigué par une longue journée d'air pur et d'exercice, il rampa sous sa tente et se coucha. Yukon se lova devant l'entrée. Mike retourna s'allonger à l'intérieur de son abri dans les rochers.

Chapitre 7

À deux heures du matin, Bob fut réveillé par ce qu'il prit tout d'abord pour une violente tempête qui avait dû abattre un arbre, lequel en tombant sur sa tente avait aplati le léger abri et s'était écroulé sur ses jambes. Affolé, il essaya de s'asseoir, mais la tente entrava ses mouvements. Il réalisa alors qu'une autre masse pesait sur son torse.

Il était sur le point de se débattre violemment pour tenter de faire bouger ce qui le plaquait ainsi au sol, quand il se rendit compte que les deux masses bougeaient. C'est alors qu'il entendit un des aboiements espiègles de Yukon. Le son résonna tout près de son oreille gauche ! Alors, il comprit ! En jouant, Mike et Yukon avaient bondi sur la tente et l'avaient fait s'écrouler. Grandement soulagé et, en fait, amusé par l'événement, Bob finit par se libérer et sortit de la tente en rampant. Dehors, il vit qu'un croissant de lune brillait sur la nature, mais il n'eut guère le temps de remarquer autre chose avant que Mike et Yukon ne se jettent sur lui et le fassent trébucher et tomber.

Les deux animaux se vautraient à présent de tout leur poids sur Bob. Yukon lui lécha le visage ; Mike, d'humeur très joueuse, attrapa le fond du survêtement que le garçon avait mis comme pyjama, et dès qu'il se mit à tirer, ses dents pointues lacérèrent rapidement le tissu assez fin.

L'ours tira si fort que, lorsque le tissu céda, il tomba à la renverse et atterrit sur le dos. Yukon délaissa immédiatement Bob pour se jeter sur l'ours. Ils se mirent à se bagarrer en roulant sans fin et s'éloignèrent peu à peu du garçon.

Bob se leva. Comme il avait froid, il se faufila sous la tente pour prendre ses vêtements. Il s'habilla rapidement, ranima les braises qui restaient dans le feu et ajouta du petit bois qui relança bientôt une bonne flambée. Mike et Yukon revinrent d'un pas tranquille s'asseoir près de leur ami, apparemment très satisfaits.

Bob regarda les deux espiègles et leur parla en souriant.

«Eh bien, vous deux! Vous pouvez dire que vous m'avez fait tomber du lit! Je devrais vous en vouloir, mais vous ne vouliez sans doute pas me faire de mal. Alors, je vais me faire un bol de soupe instantanée, et vous allez avoir un casse-croûte. Après, on retourne se coucher!»

Bob ne redressa pas la tente. Il préféra l'utiliser comme un tapis de sol et posa son sac de couchage sur la toile de nylon. Yukon et Mike pelotonnés contre lui, il dormit à poings fermés jusqu'au matin. Quand il se réveilla, le soleil était déjà haut dans le ciel, et Mike et Yukon étaient toujours lovés contre lui, l'un à gauche, l'autre à droite. Il se redressa en s'étirant paresseusement et salua ses compagnons.

«Eh bien, vous pouvez dire que vous m'avez tenu chaud. Je pense qu'à partir de maintenant je laisserai la tente à la maison. À la place, je prendrai juste un sac de couchage et une bâche pour me couvrir s'il pleut.»

Quand ils eurent pris leur petit déjeuner, Bob décida que, puisqu'ils avaient parcouru un si long chemin la veille, ils allaient rentrer tranquillement plutôt que d'aller plus au nord. Aussi, quand il eut rangé tout son équipement, il s'orienta sur le sud avec sa boussole et emmena Yukon et Mike dans la forêt. Il s'aperçut très vite qu'il n'avait pas besoin de boussole, car les deux animaux retrouvèrent leur chemin sans aucun problème. En fait, il remarqua qu'ils se dirigeaient vers le sud en suivant un itinéraire pratiquement identique à celui qu'ils avaient emprunté pour aller vers le nord.

Le trio arriva à la maison le dimanche après-midi vers trois heures, au grand soulagement de Mary Hanson. La mère de Bob avait passé une nuit blanche à s'inquiéter pour son fils, mais lorsqu'il lui raconta son excursion et en particulier comment il avait dormi avec Yukon et Mike quand sa tente s'était écroulée, Mme Hanson fut grandement soulagée. Il lui semblait évident qu'avec des compagnons aussi raisonnables et habiles, aucun mal ne pouvait advenir à son fils. Néanmoins, elle ne fut pas très enchantée lorsque Bob lui déclara qu'il dormirait désormais à la belle étoile.

« Penses-tu que ce soit sûr, Bob ? » demanda-t-elle.

Le garçon sourit.

« Bien sûr, Maman ! Hé... Tu sais... Si un animal avait envie de m'attaquer, cette petite tente ne l'arrêterait pas, tu sais ? Mais, Maman, tu sais que les animaux sauvages n'embêtent pas les gens. De toute façon, tant que Yukon est dans les parages, même si Mike file se réfugier dans un arbre, je ne pense pas que qui que ce soit oserait seulement approcher de notre camp. »

Mary Hanson ne fut pas absolument convaincue par les propos de son fils, mais lorsqu'elle en parla avec son mari ce soir-là, il prit le parti de Bob.

« Écoute, Mary... je sais qu'en tant que mère tu ne peux t'empêcher de te faire du souci pour Bob, mais tu ne devrais pas lui montrer que tu es inquiète. C'est un garçon compétent, et il connaît la nature presque aussi bien que moi. Il a grandi ici. Tu devrais te rappeler les nombreuses fois où il est parti seul, même quand il était encore très jeune.»

«Tu as sans doute raison, John. Mais je serai quand même inquiète. Il m'a dit que les loups hurlaient hier soir. Que se passerait-il si une meute décidait d'attaquer Yukon ou l'ours?»

«C'est très improbable», répliqua son mari. «Pour commencer, les loups évitent généralement l'odeur humaine. Et n'oublie pas que le sac de couchage de Bob porte son odeur autant que la tienne et la mienne. En tout cas, je suis sûr que Yukon ferait un grand remue-ménage bien avant qu'une meute soit assez proche pour leur faire du mal. C'est pour ça que j'ai tenu à ce qu'on achète un malamute.»

«Bon, je me sentirais mieux si tu laissais Bob emporter ta carabine, juste au cas où...» dit Mme Hanson.

Le biologiste secoua vigoureusement la tête.

«Pas question, Mary! Tu sais ce que je pense des carabines dans la nature. Elles rendent les gens imprudents parce qu'ils pensent être protégés par leur arme. J'ai vu pas mal de gens tomber et se blesser pour cette raison. Et je connais trois cas distincts où des ours gris ont déchiqueté les hommes qui les avaient touchés sans les tuer. Un homme a été tué sur le Territoire du Yukon et deux autres sérieusement blessés en Colombie britannique.»

Pendant quelques instants, les Hanson restèrent silencieux et réfléchirent à ce qu'ils s'étaient dit. Puis le biologiste reprit la parole.

«Pas de carabine! Point final. Je n'ai pas envie que Bob grandisse uniquement pour se reposer sur une arme à feu. Tu sais très bien que la seule raison qui m'ait jamais poussé à prendre la Winchester, c'est lorsqu'il fallait achever un animal blessé. Pendant toutes les années que j'ai passées à étudier les animaux dans la nature, je n'ai jamais été attaqué par un animal plus gros qu'un taon, et j'ai pourtant dû mettre sous tranquillisants des ours polaires et des ours gris, des loups, des couguars et un tas d'autres animaux. »

Mme Hanson eut l'honnêteté de reconnaître que ce que son mari disait était tout à fait sensé. Mais, en tant que mère, elle savait qu'elle serait toujours inquiète quand Bob serait dans la nature avec Mike et Yukon ; néanmoins, elle décida de garder ses inquiétudes pour elle.

*
* *

Tous les week-ends du mois d'octobre, Bob, Mike et Yukon explorèrent la vaste région qui s'étendait au nord de la propriété des Hanson. C'était un paysage dominé par les épicéas, les pins et les cèdres à feuilles persistantes, mais il comportait pourtant des arbres à feuilles caduques tels que des érables, des bouleaux, des hêtres et de nombreuses autres espèces. Dans les endroits plus aérés, des bosquets de grands peupliers couronnés d'une multitude de feuilles en forme de cœur projetaient leurs ombres sur le sol de la forêt du printemps à l'été. Plus tard, au cours de l'automne, juste avant de tomber, leurs feuilles prenaient une couleur jaune d'or. Il y en avait tellement que, lorsque les dernières étaient tombées, le sol paraissait tapissé de boutons d'or. Contrairement aux forêts, les nombreuses crêtes granitiques de la région attiraient les arbustes, l'herbe et les fleurs sauvages du printemps à l'été, mais pendant l'hiver, elles se couvraient de neige.

En raison de cette grande variété de plantes, et également à cause de la quantité de lacs, d'étangs et de torrents qui fournissaient de l'eau en abondance, même au cours des saisons les plus sèches, un grand nombre d'animaux et d'oiseaux trouvaient leur nourriture et leur gîte dans cette partie spécifique de la nature. Certains des habitants naturels, comme les oiseaux migrateurs, arrivaient à chaque printemps, élevaient leurs petits, puis repartaient vers le sud dans le courant de l'automne, suivant des périodes qui variaient d'août au début du mois de novembre selon les espèces.

Les animaux de la région incluaient des loups et des ours, bien entendu, autant que des élans, des daims, des coyotes, des lynx, des renards, des belettes, des visons, des loutres, des castors, des ratons laveurs, des marmottes, des porcs-épics, des sconses, des écureuils roux, des tamias, et toutes sortes de souris, des campagnols, des musaraignes et des taupes et plusieurs espèces de chauves-souris. Certains d'entre eux, en particulier les ours, les ratons laveurs, les sconses, les chauves-souris et les *chipmunks**, hibernaient, à l'exception des tamias qui survivaient grâce à la graisse que leur corps avait accumulée au cours de l'été précédent. Mais les petits «munks» rayés, comme Bob les appelait, n'engraissent pas durant l'automne. À la place, ils engrangent de grandes quantités de graines dans leurs nids souterrains et, peu après l'arrivée des premières gelées matinales, ils se retirent pour l'hiver et passent le plus clair de leur temps à dormir en ne se réveillant que lorsqu'ils ont faim. Ils mangent alors ni plus ni moins leur lit, car en réalité, ils dorment au sommet de la pile de nourriture qu'ils ont amassée. À la venue du printemps, lorsqu'un chipmunk est prêt à quitter son abri, son matelas a beaucoup diminué et ne se réduit plus qu'à des cosses de graines éparpillées.

* *Chipmunk:* écureuil d'Amérique du Nord.

Lorsqu'ils se familiarisèrent avec la nature, Bob et ses compagnons eurent souvent l'occasion d'apercevoir ses habitants. S'il était en liberté, Yukon ne pouvait jamais résister à la tentation de pourchasser les écureuils ou les chipmunks, mais cela ne se produisait pas souvent, car Bob le tenait généralement en laisse quand ils traversaient des zones susceptibles d'abriter des élans ou plus particulièrement des loups, dont le docteur Hanson pensait que cinq meutes étaient dispersées sur un territoire couvrant probablement plus de trois cents kilomètres carrés.

Les loups avaient pour habitude de parcourir de longues distances ; aussi était-il des plus vraisemblable qu'une meute au moins se trouve à proximité du garçon et de ses compagnons chaque fois qu'ils se promenaient sur les sentiers forestiers. En fait, Bob entendait les loups hurler chaque fois qu'il partait dans la nature. Parfois, leurs cris étaient faibles, mais en d'autres occasions leurs appels étaient si forts qu'ils n'étaient sans doute pas à plus d'un demi-kilomètre de distance. Pourtant, les grands chiens sauvages n'importunèrent jamais Bob, ni Mike ni Yukon.

Au cours du dernier samedi d'octobre, le temps changea. Jusqu'alors, Bob avait bénéficié de week-ends ensoleillés, sinon assez frais, mais lorsqu'il se réveilla ce samedi-là, il pleuvait à flots. Il prit la décision de ne pas passer la nuit dehors même si la pluie cessait, car il savait que le sol et les feuilles seraient détrempés.

Après avoir emballé de la nourriture pour ses compagnons et lui, il enfila des bottes de caoutchouc montantes et passa un ensemble de pluie que ses parents lui avaient offert pour Noël. Il était constitué d'une veste à capuche et d'un pantalon large fendu à la place des poches ; ces fentes lui permettaient d'atteindre les poches de son jean quand il avait besoin d'y prendre quelque chose.

Flanqué de Yukon et de Mike, le garçon partit avec l'intention d'aller au lac de Grandpappy, mais une demi-heure plus tard, alors qu'ils traversaient une forêt touffue, la pluie se mit à tomber si fortement et la foudre s'abattit avec une telle violence, qu'il se demanda s'il devait continuer. L'ours et le chien donnaient des signes de nervosité chaque fois que le grondement terrible du tonnerre suivait un grand éclair. Yukon gémissait et levait les yeux à chaque éclat; Mike courait sans cesse à la recherche d'un arbre, prêt à l'escalader.

Bob ne savait toujours pas s'il allait continuer ou rebrousser chemin, lorsqu'un éclair particulièrement violent frappa un peuplier à quatre ou cinq mètres à peine de là. Au moment même où l'éclair s'évanouissait, un énorme grondement de tonnerre éclata et, dans un craquement retentissant, le sommet du peuplier s'écrasa au sol, et une branche longue et épaisse faillit heurter Mike qui se trouvait à un ou deux mètres de Bob.

L'ours fut terrifié. Il esquiva le projectile et s'élança vers le garçon. Il lui sauta littéralement sur le dos, le plaqua au sol et lui enfonça le visage dans la boue du sentier.

Lorsqu'il parvint à se dégager de Mike, ainsi que de Yukon qui était accouru se joindre à l'ours et s'était assis sur ses jambes, Bob décida qu'il était temps de quitter la forêt. Marchant le plus vite possible, courant de temps en temps le long du sentier, il ramena ses compagnons à la maison où sa mère fut très soulagée de le voir.

Bob avait bien fait de quitter la forêt. La tempête fit rage toute la journée et toute la nuit. La foudre frappa de nombreux arbres et déclencha deux feux de forêt à vingt kilomètres à peine de la propriété des Hanson. La tempête perdit de sa violence le deuxième jour, mais la pluie continua pendant toute une semaine. Après quoi, malgré le soleil qui émergeait pour jouer à chat avec les grands nuages blancs qui voguaient dans le ciel comme d'élégants galions lancés toutes voiles dehors, le sol de la forêt resta humide et spongieux.

Bob, Yukon et Mike restèrent à la maison pendant près de deux semaines à leur grande déconvenue.

***

Un samedi du début de novembre, à l'ouverture de la saison de chasse, le temps s'améliora. Il gelait le matin, mais vers midi la température grimpait à plusieurs degrés au-dessus de zéro. Bob était alors aussi agité que Mike et Yukon.

Quand le garçon eut achevé son petit déjeuner, il alla demander à sa mère s'il pouvait emmener Yukon et Mike en forêt.

«Oui, sans doute...» répondit sa mère. «Mais je veux que tu restes sur le domaine. Les chasseurs sont déjà dehors. J'ai entendu des coups de feu tôt ce matin, juste quand je me suis levée, même s'ils venaient de loin. Alors, je t'en supplie, fais bien attention de rester à l'intérieur des limites de la propriété. Et ne sois pas en retard pour le dîner. À six heures.»

Plusieurs années auparavant, Bob avait aidé son père à couvrir le domaine de pancartes portant la mention «CHASSE INTERDITE», ce qui leur avait demandé deux jours d'un travail assez fatigant, mais avait permis au garçon de connaître les limites de la propriété. Aussi, après avoir promis à sa mère qu'il ne s'aventurerait pas hors du territoire des Hanson, il alla chercher ses deux amis qui furent enchantés de partir en forêt.

Une heure plus tard, alors que Bob buvait un peu d'eau, assis sur un rocher, Mike se mit soudain à grogner bruyamment, puis il se hissa en haut d'un grand peuplier et ne s'arrêta que lorsqu'il fut perché sur les plus hautes branches. Yukon était plus loin, prêt à dévaler une colline rocheuse.

Bob se leva pour appeler le chien, mais alors que Yukon se retournait pour accourir vers lui, il poussa un glapissement à peu près en même temps que la détonation d'un coup de fusil résonnait dans la forêt voisine.

Bob hurla, convaincu qu'un chasseur avait tiré juste de l'autre côté de l'affleurement rocheux.

Pendant ce temps, Yukon descendit en bondissant gauchement et courut vers Bob sur trois pattes. Le garçon aperçut sur la cuisse du chien une traînée de sang qui dégoulinait le long de sa patte.

Bob hurla de plus belle.

« Vous avez blessé mon chien ! Et vous êtes dans une propriété privée interdite aux chasseurs ! » s'écria-t-il.

Au bout de quelques minutes, alors qu'il s'occupait de Yukon, deux chasseurs apparurent au sommet de la crête.

« Hé ! On est désolés, vous savez », dit l'un d'eux, un homme de grande taille vêtu d'une veste orange fluorescente et d'une casquette de même couleur.

L'autre homme portait une veste à damiers rouges et marron. Il avait lui aussi une casquette orange.

Yukon se mit à grogner contre les nouveaux venus. Il essaya de se dégager des bras de Bob dans l'intention évidente d'attaquer les chasseurs. Le garçon réussit à le retenir.

«On a cru que c'était un loup. Tu ne devrais pas laisser un chien comme ça courir en liberté, tu sais, mon garçon?» dit le deuxième homme.

«Nous sommes sur notre propriété. Et il y a des pancartes qui interdisent la chasse. Vous n'avez pas le droit d'être ici», dit Bob avec colère. Puis il ajouta: «Nous ne sommes qu'à six cents mètres de chez nous!»

Alors qu'il leur parlait, Bob ouvrit le couvercle de la petite trousse de premiers soins qu'il transportait dans une bourse accrochée à sa ceinture. Il prit un peu de coton, une petite bouteille d'eau oxygénée, dévissa le bouchon, humecta une feuille de coton avec le désinfectant mousseux et commença à tamponner la blessure de Yukon. Il vit alors que le chien n'avait été qu'effleuré. La balle avait frôlé sa cuisse et avait laissé une coupure superficielle d'environ dix centimètres.

Les hommes le regardaient, imperturbables, le fusil à la main. Tout en s'affairant, Bob s'inquiétait pour Mike. Si l'un de ces homes levait la tête et voyait l'ours, il était certain qu'il le tuerait, car ces deux chasseurs étaient apparemment le genre d'hommes à ne pas respecter les panneaux «Chasse interdite». Bob pria donc muettement pour que Mike reste tranquille et silencieux.

Alors qu'il avait ralenti le saignement de la blessure de Yukon, il entendit le bruit de quelqu'un qui arrivait en courant derrière lui, depuis la clairière des Hanson. Il espéra que c'était son père. C'était lui.

Sa Winchester à la main, le docteur Hanson déboucha de la forêt dans la petite clairière où Bob s'occupait du chien. Le biologiste comprit en un instant ce qui se passait.

Il s'approcha de Bob et, tandis qu'il s'agenouillait pour

examiner la blessure de Yukon, il s'adressa aux chasseurs sans relever la tête.

« Vous allez avoir des ennuis ! Non seulement vous vous trouvez sur une propriété privée, mais vous avez blessé notre chien, et vous auriez tout aussi facilement pu blesser ou tuer mon fils. Quand je suis parti de chez moi, ma femme appelait la police. »

Convaincu que Yukon n'était pas grièvement atteint et que Bob pouvait se charger de soigner sa blessure, le docteur Hanson se leva et commença à monter la colline rocheuse, sa carabine repliée sur son bras droit.

Tout en grimpant, il se mit à parler, les yeux rivés sur les chasseurs.

« Dès maintenant, la loi m'autorise à procéder à une arrestation civile. C'est ce que je vais faire. Vous êtes en état d'arrestation pour vous être introduits dans une propriété privée et avoir inconsidérément vidé une arme dans le voisinage d'une habitation. Vous avez deux possibilités : vous pouvez attendre ici jusqu'à l'arrivée de la police, ou vous pouvez vous enfuir. »

Le docteur Hanson était arrivé au sommet de la colline à présent, et il se trouvait à moins de deux mètres des chasseurs qui échangèrent un regard soucieux.

« Si vous vous enfuyez, vous serez aussi accusés de fuite lors d'une garde à vue légale. »

Lorsqu'il cessa de parler, le plus grand des hommes, celui qui avait tiré sur Yukon, s'apprêta à répondre, mais on entendit un déclic.

Les trois hommes regardèrent dans la direction d'où venait le son.

Bob, qui avait son appareil photo autour du cou, avait photographié les chasseurs.

«Hé!» s'exclama le plus grand. «Tu n'as pas le droit de faire ça!»

Le docteur Hanson, souriant, hocha la tête en signe d'approbation.

«Bien sûr qu'il peut! Maintenant, prenez une décision. Vous attendez la police ou quoi?»

Le plus petit, celui qui portait la veste à carreaux, s'adressa à son compagnon.

«Bon, allez, Jack. Le mieux à faire, c'est de descendre enlever la pellicule de l'appareil du gamin et...»

Il fut interrompu par d'autres bruits de cliquetis métalliques cette fois. Le bruit provenait de la carabine du docteur Hanson. Le biologiste avait mis une cartouche dans le chargeur. Il ne pointa pas son arme sur les hommes, mais il se tenait prêt.

«Bob, prends Yukon et pars en avant», ordonna-t-il à son fils. Puis il se tourna vers les hommes.

«Essayez de toucher à mon fils et vous aurez de sérieux ennuis!»

Le plus gand d'entre eux regarda son compagnon.

«Ne fais pas l'idiot, Bill. Je pense qu'on a suffisamment d'ennuis sans essayer d'attraper l'appareil du gosse.»

Il se tourna vers le docteur Hanson et hocha la tête.

«D'accord. On va attendre les flics. Mais on ne savait pas qu'on était dans une propriété balisée. Et on a pris ce chien pour un loup. À mon avis, vos accusations ne tiendront pas le coup devant le tribunal.»

«On verra ça, d'accord?» répliqua le biologiste.

Dix minutes plus tard, Bob et Yukon rentrèrent au moment où un véhicule de patrouille se garait devant la maison où Mme Hanson les attendait.

Quand elle vit Bob, elle courut le prendre dans ses bras.

Elle était calmée à présent qu'elle constatait qu'il était indemne, mais elle avait eu très peur qu'il lui arrive quelque chose. Après l'avoir serré dans ses bras, elle se tourna vers Yukon.

« Il n'a pas de blessures sérieuses, Maman », lui dit son fils. « Papa est là-bas, il attend la police. J'ai pris une photo des chasseurs, et Papa les a mis en état d'arrestation. »

Le policier sourit.

« Écoute, mon petit. Et si tu laissais ton chien ici pour me conduire auprès de ton père et des chasseurs ? »

Bob ne fut que trop heureux de le satisfaire, car il se faisait du souci pour son père et pour Mike.

Par la suite, les deux chasseurs furent poursuivis et reconnus coupables. Chacun d'eux fut condamné à payer une amende de cinq cents dollars.

Tout le temps qu'avait duré cette agitation, Mike était resté dans son arbre, caché entre les branches.

Chapitre 8

Tant que les chasseurs rôdèrent dans la nature, Bob, Mike et Yukon restèrent à proximité de chez eux. Le garçon trouvait très frustrant de devoir rester à portée de vue ou de voix de la maison, comme ses parents l'avaient commandé, mais l'ours et le chien semblaient comprendre que la forêt était momentanément dangereuse et ne paraissaient pas opposés à ce changement d'habitudes.

La blessure de Yukon fut partiellement guérie juste une semaine après qu'il eut été touché et, bien qu'il boitât encore un peu, il était, sous tous les autres aspects, égal à lui-même et turbulent. Son seul objet de contestation était d'être consigné dans son enclos pendant que Bob était en classe, alors que Mike avait le droit de se promener à volonté.

Le week-end, les trois amis jouaient dans la clairière derrière la grange, ou bien allaient se promener à la lisière des bois qui entouraient la maison des Hanson, bien que Bob eût de loin préféré s'enfoncer plus loin dans la nature. Cependant, il lui suffisait de se rappeler qu'on avait tiré sur Yukon et de savoir que ses parents seraient furieux s'il leur désobéissait, pour essayer de s'arranger au mieux de ce qu'il considérait comme un emprisonnement.

Pourtant, la saison de chasse prit fin. Dès que les fusils meurtriers se turent, les premières neiges hivernales tombèrent un dimanche, dans la nuit. Le lendemain, au début de la troisième semaine de novembre, la nature et la propriété des Hanson accueillirent le soleil du petit matin revêtues d'un manteau brillant d'une blancheur immaculée.

Lorsque Bob se réveilla, à sept heures, et qu'il regarda par la fenêtre de sa chambre, la pelouse et les arbres s'étaient transformés.

« Admirable ! » se dit-il. « Je n'aurai plus besoin de tondre l'herbe avant le mois de mai ! »

Il resta sans bouger pendant un moment à regarder par la fenêtre. Les arbres étaient ornés de sculptures neigeuses qui glissaient parfois des branches et tombaient en cascades dans une pluie de flocons scintillants donnant l'impression qu'on avait lancé en l'air une gigantesque poignée de diamants minuscules. Les toits des dépendances étaient blancs, et une armada de gros nuages gris paraissait se reposer à l'ancre dans l'horizon lointain.

En s'habillant, Bob pensa qu'il neigerait sans doute beaucoup ce jour-là.

« Ça ne me dérangerait pas trop qu'il neige vraiment, vraiment fort avant l'arrivée du car de l'école. Peut-être qu'on aurait un jour de congé. »

Pendant un moment, tandis qu'il prenait son petit déjeuner, il sembla que son vœu serait exaucé, car de gros flocons indolents se mirent à tomber. Mais peu de temps après la neige cessa, bientôt le car arriva et chassa le garçon de chez lui.

Assis près d'une fenêtre, il observa la neige en regrettant de ne pas pouvoir aller marcher en forêt avec Mike et Yukon. Plus tard, installé à sa table dans la classe, et tout au long de la journée, il fut distrait et laissa son esprit vagabonder dans la nature, à tel point que son professeur principal lui demanda s'il était malade.

Bob fut tenté de mentir et de dire au professeur qu'il

ne se sentait pas bien. Mais il était honnête, aussi dit-il la vérité.

«Non, je vais bien. Mais à cause de la chasse, j'ai dû rester à la maison. Je n'arrête pas de penser à la brousse, à la neige et à des trucs comme ça. Désolé.»

«Bien, Bob», répondit son professeur. «Il va falloir te concentrer. Ce n'est que le premier jour de la semaine. Il y aura encore quatre jours avant le week-end. À ce moment-là, tu pourras aller traîner dans les bois.»

En s'entendant rappeler que quatre jours entiers devaient s'écouler avant qu'il soit libre de partir en expédition avec Mike et Yukon, Bob faillit pleurer. Mais il chassa toutes ces pensées de son esprit lorsqu'il réalisa que s'il ne travaillait pas aussi bien que d'habitude, son professeur en parlerait à ses parents. Il serait peut-être alors retenu à la maison le dimanche suivant. C'est pourquoi il décida de s'atteler à son travail.

Il continua à neiger toute la journée et toute la nuit durant. Le matin, vingt-cinq centimètres de neige couvraient le sol, et quand Bob descendit prendre son petit déjeuner, sa mère lui dit que les cars scolaires avaient été supprimés.

«Oh, génial!» répondit-il. «Je peux prendre mes raquettes et emmener Yukon et Mike faire une bonne promenade!»

Le docteur Hanson, qui avait une voiture à quatre roues motrices, terminait son petit déjeuner. Il leva les yeux.

«Non, Bob. Je vais t'emmener à l'école et je te reprendrai plus tard.»

«Papa!» Bob allait protester lorsqu'il vit le sourire de son père.

Au même moment, Mary Hanson éclata de rire et

regarda son fils avec un pétillement malicieux dans les yeux.

«Ne le taquine pas», dit-elle à son mari. «Ne t'inquiète pas, Bob», dit-elle en se tournant vers son fils. «Toutes les écoles sont fermées pour la journée.»

Bob fit un large sourire et se mit à manger rapidement. En remarquant son empressement, sa mère reprit la parole.

«Si tu engloutis ta nourriture de cette façon, tu risques d'avoir une indigestion. Pour que ça n'arrive pas, je crois que tu ferais mieux de rester tranquillement à la maison pendant une petite heure.»

Bob, qui mangeait à toute vitesse, ralentit sur-le-champ. Quand il eut avalé, il se tourna vers sa mère.

«Oh non, Maman! Je vais manger lentement. D'accord?»

«D'accord.»

Une demi-heure plus tard, alors que son père sortait de la cour pour aller à l'université, Bob quitta la maison avec ses raquettes.

La première chose qu'il fit fut de laisser Yukon sortir de son enclos. Après quoi, il passa quelques minutes à lui dire bonjour, ce qui lui valut des coups de langue copieux et sincères. Il alla ensuite sortir l'ours et fut aussitôt plaqué au sol par Mike, qui s'assit sur son ami sans s'arrêter à l'idée que le garçon n'aimait pas qu'on lui enfouisse le visage dans la neige!

Lorsque tout le cérémonial de bienvenue fut achevé et que Bob réussit à se relever et à enlever la neige qu'il avait sur le visage et dans le cou, il attacha ses raquettes, tâche considérablement entravée par deux animaux très curieux, dont ni l'un ni l'autre n'avait jamais vu ni senti une paire de raquettes auparavant. Yukon voulut manger la toile, Mike essaya de mâchonner les lanières de cuir. Mais lorsque Bob se mit en colère en criant, ils s'assagirent. Quelques minutes plus tard, le trio se dirigeait vers la forêt.

Pendant un moment, tout se passa bien, mais peu après qu'ils furent arrivés sous les arbres, Yukon se mit à traîner. Il était intrigué par le bruissement que les extrémités de bois des raquettes faisaient à chaque pas de Bob. Il marchait donc à un mètre ou deux derrière lui et ne cessait de renifler les bouts de bois effilés tout en dressant la tête dans leur direction pour mieux entendre le crissement qu'ils faisaient en glissant sur la neige.

Bob savait que le chien était derrière lui, mais il ne fit guère attention à Yukon jusqu'au moment où le malamute s'élança pour poser une de ses grosses pattes sur l'arrière de sa raquette gauche. Le poids du chien bloqua sa foulée. Bob perdit l'équilibre et tomba.

Se remettre sur pieds lorsqu'on porte des raquettes et que l'on est tombé dans la neige épaisse n'est jamais chose facile, mais cette tâche devient réellement ardue lorsqu'un ours et un grand chien s'imaginent qu'il s'agit d'un nouveau jeu !

Bob se retrouva de nouveau le visage enfoui dans la neige, mais cette fois, son corps était pratiquement recouvert de flocons blancs très froids. Entravé par ses raquettes dont Yukon tirait les bouts, alors que Mike s'était assis sur son dos, le garçon crut tout d'abord qu'il allait étouffer. Une fois de plus, furieux et, à la vérité, un peu effrayé, il se souleva et, en se dégageant de Mike, cogna accidentellement le nez de Yukon avec le cadre d'une de ses raquettes.

Le chien, qui n'avait pas l'habitude des coups, aboya et

recula d'un bond. L'ours, qui était tombé la tête la première dans la neige, se releva en soufflant et envoya de la neige de tous côtés. En entendant le chien aboyer, il crut aussitôt que la bande se faisait attaquer, et il fit ce qu'il faisait toujours face à une situation critique. Il partit d'un bond et grimpa en haut d'un arbre.

Soulagé, Bob se releva, secoua la neige des palmures de ses raquettes et appela Yukon. Le chien bondit vers lui, tout sourire, la gueule ouverte d'où pendait sa grande langue qui ressemblait à une tranche de jambon rose et humide, tandis que sa queue frétillait frénétiquement dans tous les sens.

Bob caressa son ami tout en lui parlant.

«Je ne voulais pas te faire mal, Yukon. Mais il va falloir que tu apprennes à te tenir à l'écart de mes raquettes.»

Mike, constatant que tout allait bien, descendit de son arbre et vint rejoindre Bob au galop. Il se dressa sur ses pattes arrière et lui grogna au visage en collant son énorme gueule à quelques centimètres à peine de son nez.

«Bon sang, Mike!» s'écria Bob en se penchant en arrière pour éloigner son visage de l'haleine de l'ours. «Mais tu ne t'es pas lavé les dents aujourd'hui, dis-moi? Tu as une haleine pourrie!»

Mike tendit la langue et lécha la figure de Bob avant de retomber à quatre pattes pour s'éloigner à toute vitesse et disparaître rapidement entre les arbres, suivi de près par Yukon.

À la maison, ce soir-là, le docteur Hanson rappela à Bob que Mike aurait dû être en train de dormir dans une tanière de son choix.

«Tous les ours sont endormis à présent. Sauf Mike. Parce qu'il a perdu sa mère quand il était très jeune, il n'a pas appris à hiberner, et je pense donc que tu aurais mieux fait de lui apprendre.»

«Mais Papa, comment lui apprendre?»

«D'abord, tu devrais lui construire une tanière. Tu peux te servir des ballots de foin qui sont empilés dans le grenier de la grange. Quand ce sera fait, il faudra que tu l'incites à y entrer et à s'endormir. Comme il y a classe demain, je crois que tu ferais mieux d'aller dans la grange maintenant pour construire la tanière.»

Deux heures plus tard, Bob avait fabriqué un nid douillet pour Mike. Les murs avaient deux ballots d'épaisseur et le toit en faisait trois. La chambre de nidification faisait un mètre cinquante de côté, et on y accédait par un tunnel – assez semblable à ceux que les Esquimaux utilisent pour entrer dans leurs igloos – qui avait soixante centimètres de haut et autant de large. Le sol de la tanière était recouvert d'une épaisse couche de foin et, près de la bouche du tunnel, Bob en avait placé un tas qu'il prévoyait d'utiliser, dès que Mike serait endormi, pour boucher l'entrée, en ne laissant qu'une petite ouverture en hauteur en guise de trou d'aération.

Tout le temps de cette construction, Mike l'avait observé avec intérêt. Étendu de tout son long sur une poutrelle qui traversait la grange à deux mètres du sol, l'ours regardait son ami en se demandant sans aucun doute ce qu'il faisait. Plus tard, lorsque Bob l'appela, il descendit de son perchoir en lançant tout simplement son arrière-train dans le vide. Il se laissa glisser et freina sa course à l'aide de ses pattes pour atterrir en douceur sur le sol avec des mouvements si rapides que le garçon fut incapable de les suivre.

Mike s'approcha de Bob et de la tanière. Mais, s'il passa

bien le museau dans l'entrée, il ne parut pas comprendre le but de l'édifice. Bob essaya de l'encourager à entrer en se baissant et en tapotant le sol du tunnel d'une main. Mike l'observa mais sans réaction.

À la fin, Bob conclut que le mieux était de lui montrer le chemin. À plat ventre, il enfonça la tête et les épaules dans l'ouverture, ce qui bloqua la lumière qui provenait de l'ampoule électrique. Il était dans une obscurité totale. Il se mit alors à avancer en glissant.

Lorsque sa tête pénétra dans la chambre de nidification, il sentit et entendit Mike qui le suivait.

À l'intérieur de l'étrange chambre basse, Bob fut obligé de se mettre en boule pour pouvoir laisser de la place à Mike. Est-ce que l'ours comprendrait ? Au bout d'un moment, sa question muette trouva une réponse lorsqu'il sentit la masse odorante de l'ours se blottir tout contre lui.

« Bien », pensa Bob. « Il comprend. »

Afin que l'ours se sente à l'aise, Bob avait rempli l'une des poches de sa parka de « marshmallows » et l'autre d'un sandwich au beurre de cacahuètes qu'il avait découpé en carrés de cinq centimètres de côté. Dans l'obscurité du nid, il donna ces friandises à son protégé. Mike accepta chacune d'elles et se hâta de les avaler, mais lorsque les poches de Bob furent complètement vides, l'ours ne montra aucun signe d'assoupissement. Au lieu de s'endormir, il s'approchait de temps en temps et léchait le visage de Bob en lui envoyant des bouffées d'une haleine fétide chargée d'un arrière-goût de marshmallows et de beurre de cacahuètes.

« Mike, tu as vraiment une haleine immonde ! » marmonna Bob.

Feignant de dormir, le garçon essaya de s'enrouler davantage sur lui-même. Cela parut avoir un effet sur Mike qui se recroquevilla encore plus. À la longue, Bob remarqua que la respiration de Mike était lourde et lente. Dormait-il ? Il venait de décider d'attendre une heure, quand il se souvint qu'il ne pouvait pas regarder sa montre dans cette obscurité. Malgré tout, il attendit.

Après ce qui lui parut être une heure, durée pendant laquelle l'ours n'avait pas remué et avait continué à respirer comme s'il dormait, Bob décida de s'en aller. Il avait des crampes, les brindilles de foin qu'il avait ramassées en entrant dans la tanière le démangeaient, et l'odeur de l'ours était devenue trop forte !

Très lentement, il commença à bouger. Mais à peine s'était-il déplié que Mike s'éveilla. L'ours lui lécha la figure. Pour la première fois, Bob se demanda comment il se faisait que dans cette obscurité totale Mike puisse approcher sa langue et trouver son visage avec autant de précision.

Réfléchissant à cette question, il sortit de la tanière en rampant, suivi par Mike qui ne manifestait aucun désir de dormir. Bob laissa l'ours dans la grange et alla voir son père dans son bureau. Le docteur Hanson était assis à sa table et lisait le devoir de sciences d'un de ses étudiants de licence. Quand son fils entra, il leva les yeux.

« Tu as fini ? »

« Oui, j'ai emmené Mike à l'intérieur et j'ai fait semblant de dormir. Il s'est mis en boule et il respirait vraiment lourdement, comme s'il dormait. J'ai attendu un peu, puis j'ai essayé de m'en aller, mais Mike s'est réveillé aussitôt et il m'a suivi. Je l'ai enfermé dans la grange. »

« Bien, il va falloir qu'il s'y habitue. Peut-être qu'il y retournera plus tard dans la nuit, ou demain, pendant que tu seras à l'école », répondit le docteur Hanson.

Bob resta silencieux un moment, puis il questionna son père sur la capacité que Mike avait de «voir» dans le noir.

«Ce n'est pas de vision qu'il s'agit, Bob», dit son père. «C'est d'odorat. Comme tu le sais, tous les animaux ont un très bon odorat. En fait, ils dépendent plus de leur odorat que de leurs yeux, même en plein jour.»

«Comment ça se fait?» demanda le garçon.

Le docteur Hanson se leva de son fauteuil, contourna son bureau et s'avança vers la porte.

«Allons dans le salon. Je vais t'expliquer. Il est temps que tu comprennes comment les animaux trouvent leur chemin dans la nuit de la forêt et, en fait, en quoi leurs sens diffèrent des nôtres.»

Mary Hanson lisait devant la cheminée. Un agréable arôme flottait dans la vaste pièce, un mélange du parfum des rondins d'érable secs et de la légère odeur de fumée qui émanait d'un feu ardent. Bob connaissait cette pièce depuis toujours, et il avait tendance à considérer qu'elle faisait partie du décor, mais ce soir-là, il réalisa pour la première fois que c'était en hiver qu'il préférait le salon. Il était chaud et confortable, comme une tanière. En outre, le feu l'attirait toujours, ses flammes captaient son regard et lui faisaient voir d'étranges formes psychédéliques qui semblaient se changer en même temps qu'il les observait. C'était un peu, pensait-il, comme être dehors par une nuit d'hiver; regarder le ciel et voir les millions et les millions d'étoiles clignotantes et les faisceaux en mouvement constant de l'aurore boréale. Assis sur un tabouret devant le feu, Bob se perdit peu à peu dans ses pensées, et il n'entendit la voix de son père que lorsque le docteur Hanson l'appela pour la seconde fois.

«Hé, Bob! Tu dors?»

«Pardon, Papa. Je regardais les flammes...»

Mme Hanson leva les yeux et sourit. «Il est comme moi», pensa-t-elle. «Le feu m'attire toujours comme ça.»

«Bien, tu m'as posé une question, alors fais attention quand je te réponds...»

Le biologiste commença tout d'abord par expliquer la différence entre la vision de la plupart des mammifères et celle des humains, des oiseaux et de quelques autres animaux.

«Tu vois, Bob, derrière chacun de nos yeux, de même que derrière les yeux de Mike et de Yukon, il y a une sorte de petit rideau qu'on appelle la rétine et qui retient les images reçues et les transmet au cerveau. Un peu comme la lentille et le film d'un appareil photo s'associent pour capturer la vision d'un objet: la lentille reçoit les images et les projette sur le film.»

Bob écoutait très attentivement, mais il était quelque peu perplexe.

«Ouais, Papa, mais un appareil photo ne peut pas prendre de photos dans le noir. Alors, comment se fait-il que les yeux peuvent voir dans le noir?»

«Sois patient, Bob!» répondit son père en souriant. «D'abord, tu dois comprendre comment fonctionne la vision, puis nous pourrons parler de ce que tu appelles voir dans le noir, d'accord? De toute façon, la première chose qu'il faut que tu comprennes, c'est que la plupart des mammifères ont une vision frontale médiocre. C'est-à-dire qu'ils sont incapables de voir clairement à des distances supérieures à trente mètres un objet qui se trouve en face d'eux. Mais, pourtant, ils peuvent détecter immédiatement le mouvement le plus faible soit-il. Par exemple, les mouvements d'une mouche qui se pose sur une fleur à dix ou quinze mètres d'un ours ou d'un loup seront repérés immédiatement, même si l'animal est incapable de reconnaître ce qui a attiré son attention. »

Bob interrompit de nouveau son père.

« Mais, Papa, si les animaux voient le mouvement, mais s'ils sont incapables de reconnaître la chose qui en est responsable, à quoi ça sert ? Je veux dire, pourquoi est-ce que je peux reconnaître un truc qui est devant moi, mais pas Mike ni Yukon ? »

Le docteur Hanson sourit et leva une main.

« Laisse-moi t'expliquer. Les humains, les oiseaux et certains mammifères ont une bonne vision frontale, parce que leur rétine est légèrement différente de celle de Mike et de Yukon, dirons-nous. Notre rétine a un petit trou, une sorte de fossette, située juste derrière l'œil. Les rayons de lumière sont concentrés dans ce trou, tout comme ils le sont sur le film de l'appareil photo. Cette combinaison nous donne une bonne vue frontale – il y a plus que cela, bien entendu, mais nous pourrons reparler des détails plus tard, quand tu étudieras la vision en cours de biologie. Le plus important est que la rétine de la plupart des autres mammifères n'a pas de trou, de sorte que les images qu'elle reçoit ne sont pas aussi pointues quand ils regardent des objets éloignés. »

« Tu veux dire, comme quand je ne fais pas bien le point de mes jumelles et que je vois les choses un peu floues ? »

« Oui, Bob. C'est exactement cela. »

« D'accord, alors comment ça se fait qu'ils peuvent reconnaître des trucs de loin et... Papa, comment ils peuvent circuler la nuit dans la forêt s'ils ne voient pas bien ? »

« Je n'ai pas dit qu'ils ne voient pas bien. Ils voient très bien pour leurs besoins, mais ils ne peuvent pas reconnaître des objets qui sont à plus de trente ou quarante mètres d'eux. Je crois que tu n'écoutais pas. Si tu veux apprendre, tu dois être attentif!»

Le docteur Hanson avait parlé à son fils de la même manière qu'à ses étudiants.

Bob rougit.

«Généralement, les yeux des animaux perçoivent davantage la lumière que les yeux humains, parce qu'ils ont des cellules spéciales, appelées photorécepteurs, qui accentuent la lumière, comme ces lunettes et ces télescopes de nuit dont l'usage s'est répandu. Nous avons également certaines de ces cellules, mais elles ne sont apparemment pas aussi efficaces que les photorécepteurs des animaux. Peut-être nous sommes-nous tellement accoutumés au fait de vivre dans un monde éclairé que nos yeux ont changé. Certains animaux, bien sûr, comme les chats et d'autres créatures nocturnes, ont des yeux particulièrement conformés pour la vision de nuit; ils peuvent voir dans une obscurité presque totale. Mais la plupart des autres animaux voient suffisamment bien la nuit pour éviter de se cogner à des obstacles.

«Ce qu'il faut que tu comprennes, cependant, c'est qu'aucun animal ne se repose sur un seul de ses sens. Mike et Yukon ont une ouïe précise et, comme je te l'ai déjà expliqué il y a pas mal de temps, ils ont un odorat capable de détecter de loin l'odeur la plus faible, de sorte qu'ils sont guidés par leur odorat autant que par leurs yeux. Ce n'était pas un problème pour Mike de trouver ton visage dans le noir absolu de la chambre de nidification. Il a tout simplement senti ton haleine et l'odeur de ta peau.»

«Mais Papa! Mon haleine n'a pas d'odeur, ma peau non plus!»

Le docteur Hanson rit bruyamment.

«Tu te trompes complètement, mon garçon! Tu sais, nous avons déjà eu la même conversation, il y a plusieurs années, si je me souviens bien», dit le biologiste. «Mais je vais t'expliquer encore une fois. Les humains et tous les animaux dégagent une odeur en permanence. Chacun de nous a sa propre odeur caractéristique, même si notre propre nez a perdu son efficacité et est incapable de détecter les odeurs que les hormones exhalent lentement. Les hormones sont diffusées par les pores de la peau. Peu importe le nombre de douches que tu peux prendre, Mike et Yukon arriveront toujours à sentir ton odeur. Et puis, aussi, il y a une autre sorte de substance chimique appelée phéromone, que nous possédons également. Les phéromones sont notre odeur personnelle, un peu comme notre numéro d'identification, ou notre signature.»

Le docteur Hanson fit une pause pour permettre à son fils de réfléchir à l'information qu'il lui avait donnée.

Bob, le front plissé par la concentration, regarda le feu pendant un moment, puis se tourna vers son père.

«D'accord, ces substances chimiques ont une odeur, mais comment une telle odeur parcourt de longues distances?»

«Est-ce que ton professeur de biologie a déjà parlé des molécules?» demanda le docteur Hanson.

«Ouais, un peu.»

«Un peu? Écoute, Bob, ou il l'a fait, ou il ne l'a pas fait. Alors?»

«Euh, Papa... Il a dit que c'était de petites masses, mais il a dit qu'il les expliquerait plus tard.»

«D'accord. Il a raison. Les molécules sont de petites masses, mais nous avons besoin d'en savoir plus à leur sujet.

Premièrement, le terme provient de deux mots latins: *mole,* qui veut dire masse – tu sais, comme, disons... une masse de pain, ou une masse de beurre de cacahuètes. D'accord? Et *cula,* qui veut dire petit. Donc, une molécule est une petite masse, constituée de l'union de deux atomes d'espèces différentes, ou de deux atomes de la même sorte. Les phéromones, par exemple, sont des molécules qui contiennent un atome de l'odeur chimique et un atome de sulfure. Tu as entendu parler des atomes, non?»

Bob hocha la tête.

«Eh bien, les animaux peuvent sentir les hormones et les phéromones. L'odeur des hormones est perceptible sur de courtes distances, disons jusqu'à cinquante mètres. Mais l'odeur des phéromones peut être perçue sur de longues distances parce que l'atome de sulfure, qui est très volatil...»

Bob interrompit son père.

«Je connais ce mot, Papa, mais je ne sais pas vraiment ce que veut dire volatil.»

Le docteur Hanson sourit.

«Pardonne-moi, Bob. Nous, les scientifiques, nous fabriquons beaucoup de mots difficiles, non? D'accord, volatil est le terme qu'on donne à un liquide qui se transforme rapidement en vapeur, ou en gaz, quand il est en contact avec l'air. Ce mot est aussi emprunté au latin *volare* qui signifie voler.»

Bob hocha la tête.

«Ouais, je vois... et le gaz transporte l'odeur chimique avec lui, c'est ça?»

«Exact! Maintenant, tu sais comment Mike a pu te trouver dans l'obscurité totale.»

«Mais, Papa? Est-ce que tu veux dire que chacun

d'entre nous a sa propre odeur chimique ?» demanda Bob.

«Oui, c'est exactement ce que je veux dire. Ça fait un peu rêver de penser que de tous les millions et les millions d'animaux qui vivent dans le monde, il n'y en a pas deux qui sentent exactement de la même façon. On peut appeler tes odeurs chimiques ta signature parfumée, une odeur qui t'est unique – personne d'autre ne l'a.»

«Wouaa !» dit Bob.

«Wouaa ?» reprit son père sur un ton désapprobateur. «Qu'est-ce que c'est censé signifier ? Tu te prends pour un chien ?»

Bob rougit. Il savait que ses parents n'aimaient pas ce genre de vocabulaire, mais il l'oubliait parfois.

«Pardon, Papa. C'est juste que je suis vraiment, vraiment impressionné.» Le docteur Hanson sourit et acquiesça.

«Maintenant, en ce qui concerne Mike», continua le biologiste, «s'il ne s'installe pas dans la tanière de lui-même d'ici à la fin de cette semaine, tu vas devoir lui montrer l'exemple.»

«Mais, Papa, c'est ce que je viens de faire !» dit Bob.

«Oui, je sais. Mais d'ici à vendredi, chaque soir après dîner, il faut que tu passes une petite heure dans la tanière avec Mike. Il devrait se faire à l'idée à la longue. Mais s'il n'en fait rien d'ici à vendredi, alors, mon garçon, tu vas devoir passer une nuit entière avec lui...»

Le docteur Hanson fut interrompu par sa femme.

«John ! Je n'aime pas l'idée que Bob passe toute une nuit coincé dans un endroit pareil.»

«Ça ira, Maman», répondit Bob avant que son père en ait eu le temps. «Je peux très bien respirer à l'intérieur et il fait chaud, tout ça. Ça ne me dérange pas.»

John Hanson hocha la tête.

«Le petit a raison, Mary. Il peut emporter de l'eau au cas où il aurait soif, et une couverture au cas où il aurait froid, bien que je doute que ce soit nécessaire. L'ours va dégager de la chaleur, Bob également, et dans un petit espace comme celui-là, l'atmosphère devrait être bien assez chaude.»

Mme Hanson, bien qu'à contrecœur, finit par accepter, mais elle imposa quelques conditions.

«Il faudra que tu mettes tes vieux vêtements, Bob. Et dès que tu rentreras le lendemain, il faudra que tu les mettes dans le lave-linge pour qu'on les lave à fond, dans le détail. Après, tu prendras un bain. Je mettrai de l'eau de Javel dans la machine, comme ça, si tu ramènes des puces ou des poux, ils seront tués.»

Bob et son père ne purent s'empêcher de sourire pendant que Mme Hanson parlait. Celle-ci, bien sûr, remarqua leur amusement. Lorsqu'elle eut terminé de donner ses instructions à Bob, elle lança un regard noir à son mari.

«Ce n'est pas drôle, John! Je n'ai pas envie d'avoir des puces et des poux dans la maison!»

Le docteur Hanson hocha la tête sans cesser de sourire.

«Mary, tu dramatises. Bob joue avec Mike tous les jours, mais il n'a jamais ramené de vermine à la maison. Tu sais que j'inspecte l'ours et Yukon au moins une fois par semaine. Ils sont propres, Mary, alors ne t'inquiète pas.»

Ainsi l'affaire fut-elle conclue, et ce fut une bonne chose, car, au cours des quatre jours suivants, Mike dédaigna totalement sa supposée chambre de nidification. Comme convenu, Bob se faufila dans la tanière tous les soirs, immédiatement après le repas. Mike le suivait toujours, mais ensuite, chaque fois que Bob essayait de partir seul, l'ours s'en allait aussi.

Pendant la journée, au lieu de dormir comme tous les autres ours à cette époque de l'année, Mike vagabondait dans les parages de la maison et entrait de temps en temps dans la forêt. Mais il revenait toujours juste avant que le car scolaire de Bob ne stoppe à la barrière, car il avait un sens du temps aussi précis qu'étonnant.

Peu après que Mike et Yukon étaient devenus ses compagnons, Bob s'était rendu compte que l'ours et le chien savaient toujours l'heure qu'il était. Intrigué par leurs capacités, il avait demandé une explication à son père. Le docteur Hanson la lui donna effectivement, mais sa réponse fut presque aussi déroutante que la question.

«Nous savons depuis quarante ans environ que les animaux, y compris les humains, renferment dans leur système nerveux ce qu'on ne peut décrire autrement que comme des horloges biologiques. Pour autant qu'on sache actuellement, il existe un grand nombre de ce genre d'horloges. Certaines disent aux animaux ce qu'ils doivent faire à une période précise de l'année. Les oiseaux, par exemple, ont des horloges qui leur indiquent quand il est temps de partir vers le nord au printemps et quand il est temps de retourner dans le sud en automne. D'autres sortes d'horloges permettent aux animaux de se repérer dans la nature ou dans l'océan.»

«Dans l'océan? Comment les poissons et tout le reste peuvent se repérer dans l'océan?»

«Eh bien, je ne sais pas ce qu'il en est pour tous les poissons, mais les requins en sont assurément capables. Et ils peuvent détecter les courants électriques les plus faibles, plus faibles même que les courants émis par les ondes du cerveau humain. Cela leur permet de trouver leur proie et aussi de circuler en suivant le champ magnétique de la Terre. En outre, nous sommes absolument sûrs que les baleines sont capables de la même chose.»

«Comment marchent ces horloges, Papa?»

Le biologiste avait souri en entendant cette question. Il avait secoué la tête.

«Je ne sais pas. Personne ne le sait, même si de nombreux scientifiques discutent en ce moment de théories qui pourraient éventuellement fournir des réponses. Pour autant que je sache, actuellement, une seule véritable horloge biologique a été découverte, et c'était dans un cancrelat.»

Mary Hanson se trouvait justement dans la pièce quand son mari donna cette réponse.

«Un cancrelat... Beurk, John, ne sois pas dégoûtant!»

Son mari et son fils eurent un grand sourire.

«Mary», dit le biologiste, «la recherche scientifique n'a rien de dégoûtant! Ce n'est pas parce que tu as des préjugés contre les insectes qu'ils n'occupent pas une place importante dans le schéma de la vie...»

Mme Hanson l'interrompit.

«Oh, je le sais, mais qu'ils l'occupent en dehors de ma maison, d'accord?»

Sur ces mots, la mère de Bob se leva de son fauteuil et sortit à grands pas de la pièce sous les éclats de rire de son mari et de son fils.

«Entendu», dit le docteur Hanson au bout de quelques minutes. «Il a fallu sept années entières pour qu'une biologiste australienne, le docteur Janet Harker, isole cette horloge dans le cerveau d'un cancrelat. Elle a fait cette découverte dans les années soixante. Elle a prouvé scientifiquement que les cancrelats ont une notion de l'heure et qu'ils règlent leur vie selon un emploi du temps défini. Depuis lors, on a fait beaucoup de recherches sur ce sujet, et de nombreuses expériences ont montré qu'une grande diversité d'animaux ont des horloges biologiques. Le seul problème est que ces chronomètres n'ont pas encore été trouvés.»

«Si on ne les a pas trouvés, alors comment sait-on que ces horloges existent vraiment? Enfin, à part chez les cancrelats...» demanda Bob.

Le docteur Hanson parla à son fils des nombreux tests scientifiques qui avaient été opérés sur des insectes, des oiseaux, des mammifères et des humains et qui avaient montré que la majorité, sinon la totalité des organismes vivants, ont un sens aigu du temps et qu'une telle notion du temps étaye la théorie de l'horloge biologique.

«Mais, si les gens sont censés avoir ces horloges, comment se fait-il qu'on ne puisse pas dire l'heure sans une vraie montre?»

«Parce que, comme notre odorat, et comme notre ouïe qui se sont tous deux affaiblis en comparaison de ceux des animaux, nos horloges se sont déréglées. Mais certaines personnes, en particulier les soi-disant primitifs, comme les Bushmen du désert de Kalahari, ont gardé des horloges en état de marche.» Cette discussion sur les horloges biologiques avait eu lieu plusieurs semaines avant que Bob ne construise la tanière d'hibernation de Mike. Mais lorsqu'en rentrant chez lui, un vendredi, il découvrit que l'ours, au lieu de s'endormir pour l'hiver, l'attendait une fois de plus à la barrière, il se souvint de la notion de temps que tous les animaux étaient censés avoir, et plus tard, lorsque Mike fut dans la grange pendant que ses parents et lui dînaient,

Bob demanda à son père pourquoi Mike devait apprendre à hiberner.

« Si Mike a une horloge biologique, comment se fait-il qu'il ne sache pas quand il doit s'endormir alors que l'hiver a commencé ? » demanda le garçon.

« C'est une autre bonne question », répondit le biologiste. « J'aimerais être capable de te répondre correctement, mais je ne peux que supposer que certaines horloges biologiques doivent être "réglées" la première fois afin de fonctionner correctement. Je crois que, dès qu'un jeune ours, ou un raton laveur, est emmené dans une tanière par sa mère, son horloge interne prend note de la saison et de l'époque de l'année. Après cela, il sait automatiquement quand il est temps de s'endormir. »

« Alors qu'est-ce qui le réveille ? »

Le docteur Hanson et sa femme éclatèrent de rire en même temps.

« Est-ce une autre bonne question, John ? » demanda la mère de Bob.

« Oui ! Je ne me la suis jamais posée auparavant. Encore une fois, je ne peux que supposer, mon garçon. Je pense que les animaux de cette espèce ne se réveillent pas tant suivant une période donnée qu'en raison de la hausse de la température associée à la programmation de leurs horloges. »

Bob resta silencieux un moment. Il finit son dessert, une grosse part de tarte aux pommes chaude décorée d'une boule de glace à la vanille, puis, après s'être essuyé la bouche à sa serviette, il regarda sa mère.

« Bon, Maman, je pense que je ferais mieux de me préparer à aller dormir avec Mike. »

Mme Hanson soupira, une façon pour elle de faire

remarquer que, si elle avait donné son consentement à la proposition de son mari, elle n'en était pas enchantée. Bob, conscient de l'opinion de sa mère, attendit en silence les instructions qu'il était sûr d'entendre. Il n'eut pas longtemps à attendre.

« Très bien, Bob, monte mettre des vieux vêtements. Je vais te préparer une Thermos de chocolat chaud au cas où tu aurais besoin de quelque chose pendant la nuit. Et je vais faire quelques sandwiches au beurre de cacahuètes pour Mike. S'il mange avant de s'installer, peut-être qu'il s'endormira vite. Peut-être même que tu pourrais le laisser dormir seul dans la tanière. »

Bob monta se changer et prit une lampe de poche, son stylo et sa montre. Quinze minutes plus tard, il pénétrait dans la grange, où il trouva une fois de plus Mike en train de se prélasser sur la poutre. Dès qu'il lui parla, l'ourson se laissa glisser de son perchoir et, comme auparavant, galopa en direction de Bob au moment où celui-ci s'agenouillait devant l'entrée de la tanière.

Mike arriva si rapidement qu'il se cogna contre Bob et le fit tomber. L'ours pensa que son ami avait envie de jouer, aussi lui sauta-t-il sur le dos en lui attrapant la tête. Bob hurla. Puis il le réprimanda.

« Lâche-moi, espèce de grosse vieille fripouille ! » Tout en parlant, Bob souleva l'ours. Mais il eut quelques difficultés, car Mike avait pris énormément de poids et était à présent bien plus lourd que le garçon.

Bob se releva, sortit le paquet de sandwiches au beurre de cacahuètes et en donna un à Mike qui le prit comme d'habitude en l'avalant à la hâte, à même la main tendue, prenant toutefois garde de ne pas mordre les doigts. Cette première gâterie fut bientôt engloutie, et

Bob lui donna le deuxième sandwich qui disparut tout aussi vite.

«C'est bon maintenant, Mike, on va se coucher!»

Bob parla avec la sévérité qu'il réservait pour corriger le comportement de l'ours et de Yukon.

Sans attendre que Mike réagisse, il se mit à quatre pattes, la lampe de poche allumée entre les dents, et il commença à se glisser dans le tunnel étroit. Mike le suivit aussitôt et avec une telle précipitation que ses pattes griffues et assez maladroites forcèrent le garçon à accélérer, car elles ne cessaient de lui labourer les muscles.

Lorsqu'il atteignit la tanière, Bob se pressa aussi étroitement que possible contre l'un des murs et regarda sa montre. Il était vingt et une heures. Au moment où il éteignit la lampe, Mike arriva en se dandinant. Mais l'ours ne se montra pas disposé à se mettre en boule pour s'endormir. Il préféra fourrer son nez coulant contre la bouche entrouverte du garçon.

«Oh, c'est immonde!» dit Bob en donnant un bon coup sur la tête de l'ours, ce qui lui fit plus mal qu'à Mike.

L'ours grogna doucement. C'était sa manière de dire au garçon ou qu'il était désolé de ce qu'il avait fait, ou qu'il allait mieux se tenir. Bob n'était jamais vraiment sûr de savoir ce que signifiait ce son.

En tout état de cause, Mike avait apparemment compris le message, car il se mit en boule et se calma.

Après un moment qui parut long, mais qui n'avait probablement pas duré plus de dix minutes, Mike se mit à respirer profondément et lentement, et Bob commença à espérer que cette fois-ci l'ours sombrerait dans un sommeil profond et qu'il pourrait s'en aller sans réveiller l'animal.

Le garçon souffrait déjà de courbatures et de la chaleur.

Selon les instructions de sa mère, il avait emporté une couverture qu'il s'était attachée autour de la taille avec un cordon afin d'avoir les mains libres pour ramper dans le tunnel. La couverture pliée lui donnait chaud. Il se mit à transpirer. Il allait allumer sa lampe afin de délier les nœuds de la ficelle qui maintenait la couverture sur son corps, lorsqu'il réalisa qu'il risquait de réveiller l'ours. La transpiration commençait à perler sur son front et à mouiller sa chemise, mais il tint bon.

Mike se mit à ronfler.

«Génial», pensa Bob. «Je peux me débarrasser de la couverture maintenant. Il doit y avoir plus de trois heures que nous sommes entrés dans la tanière.» Lentement et avec précaution, cachant partiellement la petite lentille de la lampe de son pouce gauche, il commença à s'acharner sur la corde et eut quelques difficultés à délier les nœuds d'une seule main, mais il progressa néanmoins. Quelques minutes plus tard, il réussit à enlever la couverture. Il la roula afin qu'elle lui serve d'oreiller. Puis il regarda sa montre.

La petite aiguille était juste au-dessus du neuf, la grande était sur le quatre, ce qui n'affichait qu'un laps de temps de vingt minutes. Bob ne pouvait en croire ses yeux. Il mit la montre contre son oreille, persuadé qu'elle s'était arrêtée, mais elle faisait le même tic-tac que d'habitude. Il appuya la tête sur le rouleau de couverture et replia ses jambes autant que possible pour se relaxer de son mieux.

La chaleur qui se dégageait du corps de Mike rappela à Bob la notion que les animaux avaient du temps, et il regretta que les humains l'aient apparemment perdue. Il décida de s'entraîner à dire l'heure sans montre ni réveil, car il avait encore peine à croire que seulement vingt minutes s'étaient écoulées depuis qu'il était entré dans la tanière avec Mike. Tout en se demandant dans quelle partie de son système nerveux ses propres horloges biologiques pouvaient se trouver, il s'endormit.

*
* *

Lorsque Bob se réveilla le lendemain matin, il se sentait affreusement mal. Son cou était douloureux, et il avait mal à la tête. Il souffrait de démangeaisons. Il avait la bouche sèche, et une odeur très désagréable assaillit ses narines. Elle provenait en partie de l'haleine de l'ours et de l'atmosphère confinée que les gaz que Mike avait lâchés pendant la nuit avaient rendue plus «confinée» encore.

Encore engourdi de sommeil, le garçon crut tout d'abord qu'il se trouvait dans sa chambre et qu'il était en train de rêver. Mais quand les ronflements de Mike lui parvinrent, il reprit pleinement conscience.

Impatient d'échapper à la prison nauséabonde de la tanière, et tout aussi désireux de le faire sans réveiller Mike – car il n'avait pas l'intention de passer une autre nuit avec l'ours – Bob se redressa le plus possible et commença à se déplier. Ses genoux, qui étaient restés longtemps pliés, lui firent mal lorsqu'il tendit lentement les jambes, mais il tenta d'ignorer la douleur tout en se glissant avec les plus grandes précautions dans le tunnel.

Il lui fallut plusieurs minutes pour atteindre la sortie et se rendre compte qu'il ne pouvait pas y passer la tête la première sans que ses jambes touchent l'ours. Il ne voulait pas le réveiller, aussi passa-t-il plusieurs minutes à se tortiller pour se retourner afin de pouvoir s'asseoir plus ou moins droit en passant les jambes à l'intérieur du tunnel. Il lui fallut alors se tourner, le visage collé contre le foin, et cette manœuvre lui prit encore un peu de temps. Ce faisant, il respira lentement pour tenter d'éviter la mauvaise odeur qui envahissait la chambre de nidification. Finalement, les membres endoloris, dévoré par les démangeaisons, nauséeux, il glissa dans la grange les pieds en avant.

Après s'être relevé péniblement, car sa colonne vertébrale le faisait souffrir à présent, il resta près de l'entrée et tendit l'oreille. Il fut soulagé d'entendre les ronflements de Mike. Enfin, semblait-il, l'ours était entré en hibernation !

Après s'être étiré plusieurs fois pour soulager ses os et ses muscles courbaturés, Bob se pencha et se mit à entasser des brassées de foin dans l'entrée du tunnel. Il ne s'arrêta que lorsqu'elle fut entièrement remplie à l'exception d'un petit trou d'aération. Il regarda alors sa montre. Il était cinq heures trente.

Il quitta la grange et traversa le blizzard qui se déchaînait dehors. Les tourbillons de neige le frappaient de tous côtés. Il pouvait à peine voir la maison, à cent mètres seulement de là. En plus, il était gelé, car il ne portait qu'une chemise, un pantalon et ses baskets. Il réalisa alors qu'il avait laissé la couverture dans la tanière. Impatient d'échapper à ce froid, il traversa la cour en fonçant, atteignit la maison et entra sous la véranda. Lorsqu'il voulut ouvrir la porte, il se rendit compte qu'elle était fermée !

« Super », marmonna-t-il. « Et j'ai laissé ma clé dans ma chambre ! »

Trop frigorifié pour hésiter à déranger ses parents, il posa le doigt sur le bouton de la sonnette et le laissa appuyé, tremblant tellement qu'il claquait des dents et que ses genoux s'entrechoquaient littéralement. Il sonnait toujours lorsque son père ouvrit la porte. Quand il entra, sa mère arrivait.

«Tu as perdu ta clé ?» demanda John Hanson en fermant la porte.

Bob avait trop froid pour répondre. Il se contenta de secouer la tête.

«Monte prendre tout de suite un bain chaud», dit Mary Hanson, oubliant, devant l'état critique de son fils, les puces et les poux qui s'étaient peut-être accrochés aux vêtements de son cher Bob.

Tandis que le garçon montait l'escalier, sa mère se tourna vers le docteur Hanson.

«Pourquoi as-tu fermé la porte, John ?»

«Par réflexe, sans doute.»

«C'était stupide ! Bob aurait pu geler dehors !»

«Eh bien, il aurait dû avoir sa clé dans sa poche. De toute façon, il nous a réveillés avec ces coups de sonnette, alors tout va bien.»

Les parents de Bob se disputaient rarement, mais cette fois-ci, ce fut Mary Hanson qui eut le dernier mot.

«Eh bien, s'il a une pneumonie, ce sera ta faute !» marmonna-t-elle en montant s'habiller.

Une demi-heure plus tard, Bob ne donnait aucun signe de pneumonie ou d'une quelconque maladie, lorsqu'il attaqua une assiette de crêpes noyées sous une couche de sirop d'érable. En fait, quand son père descendit prendre son petit déjeuner, il fit remarquer que le garçon avait l'air «écœurant de bonne santé».

«Papa, en parlant de truc écœurant, tu sais le pire quand on dort avec Mike, c'est qu'il lâche des odeurs vraiment désagréables.»

«Qu'est-ce que tu veux dire, il a lâché des gaz ?»

«John !» s'écria Mary Hanson. «C'est dégoûtant !»

«Dégoûtant ou non, c'est naturel. Tous les mammifères

en font autant, y compris les humains. Je ne sais pas pourquoi les gens tournent les flatulences en plaisanterie, ni pourquoi toi, Mary, tu considères que c'est dégoûtant. C'est toute une partie du métabolisme, de la nature. Et la nature n'est jamais dégoûtante», répliqua le docteur Hanson.

«C'est très simple pour toi de dire ça, John. Tu es biologiste, et ça ne te dérange apparemment pas de savoir avec quelles sortes de trucs douteux tu travailles. Mais tous les gens ne sont pas comme ça. Je dis que ce genre de chose est dégoûtante, en particulier à la table du petit déjeuner», rétorqua Mme Hanson.

«Eh bien, oui, tu as sans doute raison. Nous n'avons pas besoin de parler de tels sujets pendant que nous mangeons, n'est-ce pas, Bob ?» dit le docteur Hanson.

Bob, qui n'avait pas envie de se trouver mêlé à une telle conversation, hocha la tête en signe d'acquiescement et finit son jus d'orange. Après quoi, il demanda la permission de sortir de table. Il avait pensé emmener Yukon pour une promenade en raquettes, mais le blizzard continuait à faire rage et réduisait la visibilité à peu près à néant.

Chapitre 9

Pendant que Mike passait le premier hiver de sa vie à dormir, Bob et Yukon exploraient la nature. Le chien avait appris à suivre le garçon sans marcher sur ses raquettes, mais, de toute façon, il vagabondait en avant la plupart du temps et bondissait infatigablement dans la neige, même dans les congères les plus profondes. Bien sûr, les malamutes sont dressés pour se déplacer ainsi, et le comportement du grand chien n'avait donc rien de surprenant. Néanmoins, le garçon s'émerveillait toujours de voir Yukon s'élancer inlassablement dans la neige qui, par endroits, le dérobait presque aux regards.

Lorsque les vacances de Noël arrivèrent, Bob demanda la permission d'aller faire du camping d'hiver. Le docteur Hanson lui donna volontiers son consentement. Il lui était arrivé de camper en plein hiver quand il faisait de la recherche sur le terrain, et il savait que son fils était capable d'en faire autant. Mme Hanson fut tout d'abord opposée à cette idée.

«Je suis contre», déclara-t-elle. «La température extérieure est déjà de vingt-huit au-dessous de zéro, et d'ici ce soir, elle tombera probablement à moins trente-cinq ou moins quarante. Il fait trop froid, Bob!»

Le visage de Bob trahit sa déception, mais John Hanson prit sa défense.

«Écoute, Mary. Je sais que tu te fais du souci, et à juste titre. Mais Bob a quinze ans, il est venu quantité de fois camper avec moi en hiver, il sait ce qu'il faut faire, et en plus, il ne s'éloignera pas trop de la maison. N'est-ce pas, jeune homme ?»

«Non», s'empressa de répondre Bob. «Et si je campais près de l'endroit où j'ai trouvé Mike ? Tu sais, Papa, là où se trouve le mur de rochers ? Je peux faire un bon feu contre la roche et prendre le petit chauffage et ma tente de toile, celle qui a un trou bordé d'amiante pour laisser passer le tuyau du poêle. Je serai bien.»

«Ça me semble correct», dit son père.

John Hanson se tourna alors vers sa femme.

«Écoute, Mary, je sais que Bob a envie de le faire. Il doit prouver qu'il peut le faire tout seul, c'est ça, fiston ?»

«Ouais. Je sais que j'en suis capable, mais je suppose que Maman et toi vous ne le savez pas. Alors, si je le fais une fois, vous saurez tous les deux que c'est bon.»

À contrecœur, Mary Hanson donna son assentiment. Elle était toujours aussi inquiète, mais elle comprenait pourquoi Bob tenait à aller faire du camping d'hiver.

«D'accord», dit-elle. «Mais seulement deux nuits, entendu ? Et tu emmèneras Yukon avec toi ?»

Bob fit un grand sourire et hocha la tête.

«Je comptais l'emmener de toute façon, Maman. Je l'ai entraîné à tirer le petit traîneau, comme ça il pourra m'aider à transporter le matériel de camping.»

John Hanson s'intéressa à la conversation.

«Eh bien... Pour l'amour de Mike ! Et quand as-tu commencé à l'entraîner ?» demanda-t-il.

«Au début de l'été. Tu te souviens de ce kart que tu m'as aidé à fabriquer il y a des années – pour les courses qu'on fait sur la colline en ville ? J'ai graissé les roues et je m'en suis servi. Et j'ai utilisé l'un des harnais qui te servait pour les chiens de traîneau.»

«Excellent. Tu sais, Bob, je pourrais peut-être me décider à acheter deux ou trois malamutes de plus et un kimatik. Je ne connais pas de meilleur moyen pour se déplacer dans la nature en hiver ! On n'entend que le léger bruit des patins sur la neige et le halètement des chiens...»

«Qu'est-ce que c'est, un kimatik ?» demanda Bob.

«C'est un traîneau esquimau. Il est plus long et plus lourd que les petits traîneaux qu'on utilise pour les courses de chiens esquimaux. En réalité, le nom provient de la langue des Esquimaux du Labrador», répondit le docteur Hanson.

Mary Hanson eut un sourire. La première fois qu'elle avait rencontré John, il rentrait des Territoires du Nord-Ouest, et il avait passé le plus clair de leur premier rendez-vous à lui parler de ses chiens et surtout à lui dire à quel point ils lui manquaient.

«Pourquoi as-tu donné tes chiens à ton ami... Je ne sais plus comment il s'appelle...» demanda Bob à son père.

«Premièrement, mon ami s'appelle Peter McNeil. Deuxièmement, j'avais neuf chiens, et quand j'ai eu mon poste de professeur ici, je n'ai pas pu les emmener. Mais Peter sait bien s'y prendre avec les chiens. Il les traite comme les amis qu'ils sont, et on ne peut pas en dire autant d'un grand nombre de maîtres. Ça fait longtemps, bien sûr, et ils sont sans doute tous morts maintenant. Mais ils me manquent, surtout mon Yukon à moi, mon guide...»

John Hanson s'arrêta de parler lorsqu'il s'aperçut que sa femme et son fils se souriaient d'un air entendu. Ils avaient entendu cette histoire des tonnes et des tonnes de fois.

«D'accord, je sais... Je vous ai déjà raconté ça pas mal de fois. Mais mes chiens me manquent vraiment.»

Après cette conversation avec ses parents, Bob alla dans la sellerie de la grange où il rangeait les harnais du chien et passa une nouvelle couche de graisse sur le collier de Yukon et sur les rênes. Puis, il vérifia le léger traîneau et farta les patins. Lorsqu'il fut convaincu que tout était en ordre, il rassembla plusieurs cordes de chanvre qui serviraient à arrimer le chargement. Elles étaient vieilles, et son père s'en était beaucoup servi, mais elles étaient encore en excellent état.

Après quoi, Bob tira le traîneau à l'entrée de la grange et commença à le charger. Il plaça d'abord la tente à plat sur le socle de bois, puis, à l'aide de courtes longueurs de ficelle, il fixa sa hache et sa scie à châssis d'un mètre de long sur les côtés du véhicule. Cela fait, il chargea son poêle de camping ovale et quatre tuyaux de cheminée galvanisés de soixante centimètres qu'il attacha solidement deux par deux sur les lattes de bois des flancs du traîneau.

«Et voilà», dit le garçon à haute voix. «Demain, de bonne heure, je chargerai mon sac de couchage et de quoi manger pour Yukon et moi. Et après, on partira!»

*
* *

Les Hanson se levèrent à cinq heures et demie. Il faisait encore nuit, mais trois quartiers de lune brillaient dans un ciel rempli d'étoiles dont les clignotements accompagnaient l'aurore boréale éclatante qui dansait majestueusement sur la nature couverte de givre.

Encore en pyjama, Bob admira la nuit pendant quelques minutes. Il avait prévu de quitter la maison de nuit pour se laisser éclairer par la lune. Devant la splendeur du spectacle qui précédait l'aube, il devint impatient de partir avant la venue du jour. Il se glissa dans ses vêtements de plein air les plus chauds et descendit comme une flèche à la cuisine, où sa mère était déjà en train de préparer le petit déjeuner, tandis que son père mettait le couvert.

« Bonjour ! » lança Bob d'une voix qui trahissait son excitation et son enthousiasme.

Ses parents lui répondirent. Puis sa mère lui demanda s'il s'était déjà lavé et brossé les dents, car elle avait remarqué d'un regard ses cheveux emmêlés et la hâte avec laquelle il avait enfilé sa chemise écossaise épaisse et son pantalon en gros lainage. « Euh... non, Maman. Je crois que j'ai oublié », répondit-il.

Son père avait aussi remarqué son allure.

« Une fois que tu te seras lavé et coiffé, tu pourras peut-être mettre ta ceinture dans tous les passants de ton pantalon, mon garçon. »

Bob remonta les escaliers à toute vitesse. Il se lava et se brossa les dents, et si ce fut la toilette la plus rapide qu'il eût jamais faite, il avait du moins l'air plus net lorsqu'il revint dans la cuisine, où son assiette l'attendait à sa place habituelle.

Conscient que, s'il engloutissait sa nourriture, sa mère en profiterait pour lui dire des choses qui ne lui plairaient sûrement pas, il se força à manger lentement. Mais si sa mère ne dit rien, son père avait quelque chose à déclarer.

« Bob, tu es trop énervé. Je sais ce que tu ressens, fiston, mais tu dois te calmer. Les accidents arrivent aux gens par trop impatients et nerveux. Et de plus, Yukon va capter tes vibrations et s'énerver aussi. Tu as besoin que ton chien soit calme si tu veux qu'il fasse correctement son travail. »

Bob reconnut que son père disait vrai. Il hocha la tête et pour se forcer à se calmer, il se mit à mâcher lentement et but son verre de lait à petites gorgées, en s'obligeant à penser à Mike, endormi dans sa tanière de foin dans la grange. Néanmoins, il était d'humeur exubérante lorsque, dix minutes plus tard, il enfila ses bottes, sa grosse parka, une paire de moufles chaudes en cuir et une toque de laine rouge. Il embrassa sa mère, lança un joyeux «au revoir» et alla sortir Yukon de son enclos.

Le malamute, âgé de près d'un an à présent, avait grandi. Il pesait quarante kilos, et son pelage épais et laineux le faisait paraître plus gros qu'il ne l'était en réalité.

Yukon regarda Bob approcher de la barrière avec un air d'expectative. La veille, son nez avait détecté l'odeur du harnais de cuir, puis il avait vu Bob charger le matériel de camping. Ces détails lui avaient fait deviner qu'on allait l'atteler au traîneau, et lorsqu'il vit Bob, il remarqua aussitôt que celui-ci était habillé pour une randonnée dans la nature et comprit qu'il allait bientôt tirer le traîneau sur les traces des raquettes du garçon.

Lorsque Bob ouvrit la barrière, Yukon l'accueillit comme d'habitude en se dressant sur les pattes de derrière pour lui lécher la figure, puis il retomba sur ses quatre pattes et fila droit vers le traîneau en agitant fougueusement sa queue touffue vrillée sur elle-même. Quelques minutes plus tard, il était harnaché. Il donna une timide saccade, mais l'attelage ne bougea pas, ce qui lui confirma qu'il était toujours attaché à l'anneau scellé dans le mur de la grange, précaution que Bob avait prise pour l'empêcher de démarrer avant qu'il ait fixé les lanières de ses raquettes et chargé les vivres.

«Assis, Yukon!» dit Bob avant de détacher le traîneau. Le chien, bien qu'impatient de partir, lui obéit.

Bob détacha le traîneau et se mit devant le chien.

« Allez, Yukon, en avant ! » ordonna Bob en se retournant.

Yukon le suivit. Il aurait préféré que Bob monte sur les patins afin de pouvoir partir au grand galop sur la neige damée de la cour des Hanson, mais il savait que dès qu'il se serait éloigné de la maison, il s'embourberait avec son chargement dans l'épaisse couche de neige si le garçon ne tassait pas le chemin devant lui. Dès que celui-ci aurait bien ouvert le chemin, cependant, le chien courrait à son propre rythme et tirerait le chargement et son maître sans difficulté.

Comme tous ses semblables, le malamute aimait tracter un traîneau. Des générations d'élevage en avaient fait un coureur de fond, un animal auquel ses ancêtres loups avaient donné une force incroyable et un amour inné pour la chasse. Il importait peu à Yukon de ne pas traquer un animal quand il était attelé. Il lui suffisait, comme à tous les chiens de traîneau, de tirer une charge à travers les étendues sauvages hivernales, sur les traces d'un être humain qu'il aimait et qui lui inspirait un amour confiant.

Bob, qui tenait une forme exceptionnelle grâce à la vie qu'il menait en dehors de l'école, parcourut les premiers cinq cents mètres en petites foulées. Ensuite, à peine essoufflé, il marcha pendant les cinq cents mètres suivants, puis se remit à courir et couvrit encore cinq cents mètres au bout desquels il s'arrêta pour examiner les alentours. Il calcula qu'il se trouvait à présent à moins de deux kilomètres de l'endroit où il prévoyait d'installer son campement.

Le garçon s'était arrêté assez brusquement, et le malamute n'eut pas le temps de ralentir. Le chien essaya de contourner les jambes de Bob, mais s'il réussit à éviter la collision, l'arrière du traîneau passa sur le bout de la raquette droite du garçon.

Bob dégringola. Le sac qu'il portait sur le dos le fit s'enfoncer dans le manteau blanc qui avait maintenant un mètre de profondeur. Tout en se débattant pour se débarrasser de son sac afin de se relever, le garçon s'attendait à ce que Yukon lui saute dessus, mais le chien s'était lui aussi enlisé. En essayant d'éviter son ami, le grand malamute avait atterri dans la neige épaisse juste après la collision. Un moment plus tard pourtant, tout s'arrangea. Bob se remit sur pied, il réajusta ses raquettes et délivra Yukon de son harnais pour le laisser se débarrasser de la neige qui recouvrait son pelage. Après avoir tiré le traîneau sur le chemin et remis le harnais de Yukon, Bob reprit la route. Mais cet incident lui avait donné une leçon. Il était responsable de la collision, car le chien n'avait pas reçu l'ordre de stopper avant que le garçon ne s'arrête.

Une heure plus tard, l'expédition arriva sur le site du campement, à l'ouest de l'endroit où Bob avait trouvé Mike. Ici, la crête granitique avait été déchirée par des forces souterraines, surgies des centaines d'années plus tôt, qui avaient provoqué de véritables tremblements de terre et avaient formé une falaise d'escarpement atteignant à présent quatre mètres cinquante de haut sur près de cinq cents mètres de long. Au pied de l'escarpement, le monticule de rochers que les secousses avaient déstabilisés s'était recouvert d'une couche de terre sur laquelle poussaient des arbustes, des arbrisseaux et des herbes pour l'instant dissimulés par la neige.

Bob détacha Yukon et lui donna l'ordre de rester assis lorsque celui-ci s'apprêta à bondir, impatient d'explorer la forêt. Le chien, conscient que le garçon et lui formaient une équipe et respectueux des ordres qui n'étaient jamais donnés sans raison, s'assit et regarda Bob détacher de son sac à dos une pelle pliante avec laquelle il se mit à dégager la neige au pied de la falaise. Il avait à peine entrepris cette tâche que Yukon accourut et commença à creuser lui aussi, absolument convaincu qu'il aidait à construire le site du campement. Le seul inconvénient, cependant, venait de ce que ses grosses pattes envoyaient des paquets de neige en arrière. La neige atterrissait sur le traîneau qu'elle recouvrait peu à peu, ainsi que le matériel de camping.

« Yukon ! Espèce de nouille ! Arrête ça, tu veux ? »

Le chien comprit peut-être ces paroles, mais ce fut plus vraisemblablement l'intonation de Bob qui le fit cesser. En tout cas, il arrêta de creuser et s'amusa à renifler la neige, sans aucun doute pour tenter de flairer les tunnels que les souris et les écureuils creusent afin de se déplacer d'un endroit à un autre tout en se cachant de leurs ennemis, les hiboux, les fouines et les renards.

À l'heure du déjeuner, Bob avait mis le camp en ordre et coupé assez de bois sec pour tenir jusqu'au lendemain. Le poêle de la tente était déjà allumé et dégageait une chaleur accueillante.

« C'est l'heure de manger, Yukon ! » cria Bob au chien qui se trouvait à une vingtaine de mètres de là.

C'était une phrase que le malamute connaissait par cœur.

Il cessa de creuser et de flairer et fila vers la tente où il s'assit, un peu haletant, sa langue rose pendant au coin de sa gueule. Lorsque Bob sortit une grande boîte de viande pour chien, Yukon dressa les oreilles. Il se mit à baver tout en gémissant doucement.

« Ça va, Yukon, ça va », dit Bob en sortant une écuelle

en aluminium et un ouvre-boîte de son sac. « Laisse-moi au moins te préparer à manger, tu veux ? »

Yukon remua la queue, et comme il était assis, celle-ci balaya la neige à droite et à gauche.

Tandis que le chien mangeait, Bob déballa les sandwiches que sa mère lui avait préparés et déjeuna à son tour. Après quoi, il alla se promener avec Yukon dans la nature enneigée et explora tout ce qui les attirait. Maintenant que le traîneau ne l'encombrait plus, le chien bondissait facilement à travers la neige profonde, la queue vrillée sur elle-même, la gueule entrouverte et les yeux brillants de plaisir. S'il se déplaçait plus lentement, Bob progressait lui aussi assez bien, car ses raquettes le maintenaient à la surface de la neige poudreuse et lui permettaient d'aller où bon lui semblait.

Au cours de l'hiver précédent, une de ses tantes lui avait offert une paire de skis de fond pour Noël, et il les avait essayés en forêt, mais il s'était très vite rendu compte qu'il était trop difficile de se déplacer au milieu des arbustes et des arbres quand le sol jonché d'arbres déracinés et de rochers disparaissait sous la neige. Les skis s'enchevêtraient, et il avait dû les retirer plusieurs fois et s'enfoncer dans la neige jusqu'aux genoux. Comme son père l'en avait averti, les skis de fond étaient prévus pour les chemins entretenus. Les raquettes, au contraire, lui donnaient une liberté de mouvement presque totale, et elles lui permettaient par ailleurs d'aller dans des endroits où il ne rencontrerait pas d'autres gens.

Comme son père, Bob Hanson n'aimait pas la compagnie quand il randonnait dans la nature. En fait, chaque fois qu'il partait avec quelqu'un d'autre que le docteur Hanson, la conversation était inévitable et mettait toujours les animaux et les oiseaux de la forêt sur le qui-vive. En outre, les gens qui n'étaient pas habitués à marcher en forêt faisaient du bruit et effrayaient immanquablement la faune.

Quand Bob et son père se promenaient ensemble, les choses se passaient différemment. Ils ne parlaient pas, sauf à voix basse et uniquement en cas d'absolue nécessité, et ils savaient tous les deux se déplacer sans faire trop de bruit.

Lorsque Bob avait commencé à parcourir la nature en compagnie de Yukon et de Mike, il avait remarqué avec étonnement que les autres animaux, apparemment indifférents à leur présence, se montraient souvent et les observaient même quelquefois à distance raisonnable, en dépit du chien qui se lançait parfois à la poursuite des plus petits d'entre eux, et malgré le vacarme que Mike faisait régulièrement en grimpant dans les arbres.

Plus tard, pourtant, après de nombreuses randonnées en compagnie du chien et de l'ours, le garçon réalisa que les bêtes sauvages ont l'habitude d'être traquées par les prédateurs et que les oiseaux et les animaux de petite taille sont accoutumés à la présence des grands comme les élans et les daims, ou même les ours qui, bien qu'il leur arrive de chasser lorsque l'opportunité leur en est offerte, ont une nourriture essentiellement végétale.

Cet après-midi-là, comme il lui était déjà arrivé de le faire, Bob se consacra à l'identification des traces de mammifères et d'oiseaux et, quand il en eut l'occasion, à l'observation des habitants hivernaux d'une forêt nordique. Plus tôt, tandis que Yukon et lui déjeunaient, il avait entendu les pépiements ténus de gélinottes huppées, ces oiseaux robustes au plumage boisé qui survivent aux hivers les plus froids. Ensuite, en se rendant au pied du bouleau dont les gélinottes avaient mangé les bourgeons des plus hautes branches, il remarqua que, bien que les oiseaux soient partis, la neige était couverte de traces de pattes à trois doigts.

Peu après avoir examiné les traces des gélinottes, Bob pénétra dans une zone où de grands épicéas abritaient une grande variété d'animaux des bourrasques et du froid, en particulier des lièvres variables, créatures vigoureuses qui changent de pelage deux fois par an. De la fin du printemps au milieu de l'automne, ils ont une teinte marron-gris qui se confond parfaitement avec la nature, mais en automne, ils deviennent d'un blanc immaculé qui les rend presque invisibles sur le fond de leur univers enneigé.

Les lièvres variables ont de grandes pattes postérieures aux pieds munis de très longs doigts reliés par une palmure de peau souple couverte de fourrure. Lorsqu'ils écartent les doigts, leurs pieds se transforment en raquettes qui surpassent de loin celles que les humains utilisent, car elles permettent à l'animal de faire des sauts d'au moins quatre mètres, sans pour autant s'enfoncer dans la neige lorsqu'il retombe, grâce à ses pieds qui le soutiennent parfaitement. Fort de cette observation, Bob avait essayé de bondir raquettes aux pieds. Il n'avait réussi qu'à franchir un mètre, mais il avait atterri si lourdement qu'il s'était enfoncé dans la neige jusqu'aux genoux en enchevêtrant si bien ses raquettes qu'il était tombé.

Quelle que soit la période de l'année, Yukon adorait traquer les lièvres, mais il ne parvenait jamais à les attraper. En fait, lorsqu'il observait ces poursuites, Bob avait l'impression que tous les lièvres que Yukon poursuivait se livraient au même jeu. Lancée à toute vitesse, la proie décrivait des demi-cercles, sans jamais aller très loin, car elle couvrait rarement plus d'un demi-hectare de forêt. Mais dès qu'elle sortait du champ de vision du chien, elle s'arrêtait brusquement et ne faisait plus aucun mouvement. Yukon passait toujours à côté de sa proie qui était parfois tellement sûre de pouvoir s'échapper, qu'elle s'asseyait, le dos bien droit, et se lavait tranquillement la figure avec les pattes. Pendant ce temps, le chien continuait à filer en tous sens en s'arrêtant fréquemment pour coller le nez sur les traces toutes fraîches que le lièvre avait laissées en quantité derrière lui. Quand il avait passé un moment à courir en rond, Yukon finissait toujours par abandonner et revenait vers Bob en haletant, l'air penaud.

*
* *

Yukon étendu à côté de lui, Bob était assis sur un rondin devant le feu de camp qui ronflait, une couverture sur les épaules pour tenir chaud à la partie de son corps qui n'était pas exposée au feu. Au-dessus de lui, une demi-lune argentée veillait en compagnie d'innombrables étoiles vertes clignotantes qui s'estompaient et brillaient, plus belles au rythme des rayons de l'aurore boréale balayant le ciel bleu-noir.

Bien qu'enchanté par la nuit hivernale, Bob était pourtant un peu triste, parce que Yukon et lui devaient rentrer le lendemain. Le monde sauvage était si différent du monde des humains, pensa-t-il en levant les yeux des flammes pour admirer le ciel.

«C'est tellement paisible ici, hein, Yukon?»

Bob avait parlé doucement pour ne pas troubler la nuit.

Toujours allongé à ses pieds, le chien remua la queue et posa ses yeux jaunes sur son visage.

Tout à coup, Yukon se leva d'un bond et se tourna vers le nord, les oreilles tendues, la queue roulée en tire-bouchon.

Bob se retourna pour regarder dans la même direction, mais il ne distingua évidemment rien d'inhabituel, car la forêt, qui se trouvait à cinquante mètres à peine, était trop dense. Le chien leva alors la tête et hurla. Sa voix lugubre flotta dans la nuit, et Bob sentit ses cheveux se dresser sur sa tête. Au bout d'un moment, le garçon entendit les loups. Le bruit faible venait de loin, pourtant il y avait bien une meute là-bas, quelque part. Yukon avait entendu leurs cris et leur avait répondu. À présent, Bob avait l'impression que la meute s'était rapprochée, car ses oreilles parvenaient à percevoir leurs voix.

Yukon leva de nouveau la tête en hurlant. Mais cette fois, il n'y eut pas de réponse et, après avoir écouté attentivement pendant quelques instants, le chien s'assit et replongea son regard dans le feu. Au comportement du chien, Bob comprit que les loups avaient cessé de hurler.

« Bon, Yukon, c'était bien joli, mais je crois qu'il est l'heure d'aller dormir. »

Ils entrèrent tous les deux sous la tente. Bob ajouta une autre bûche dans le poêle, éteignit sa lampe torche et, après s'être faufilé dans son sac de couchage, observa un moment les dessins rougeoyants que la lueur du feu de camp dessinait sur les parois de la tente. Peu après, il s'endormit, le chien lové à ses côtés.

Quatre heures plus tard, à deux heures du matin, Bob et Yukon furent réveillés par les hurlements tout proches des loups. Le malamute se leva aussitôt d'un bond et alla se planter à l'entrée de la tente dont la fermeture Éclair avait été baissée pour couper le courant d'air froid. Comme il ne pouvait pas sortir, il gratta la toile. Bob était sorti de son sac de couchage. Il attrapa Yukon par le collier et le fit asseoir.

«Ils ne vont pas te faire de mal, Yukon», dit-il doucement en caressant le chien.

Les loups étaient juste à l'extérieur de la tente, et on les entendait hurler de concert de leurs voix fortes et unies. Au bout de quelques minutes, le garçon réalisa que la meute courait autour de son abri, mais jusqu'à présent, aucun des loups n'avait tenté d'entrer dans la tente. Bob était exalté, mais un peu tendu aussi. Il n'avait jamais approché des loups d'aussi près, et bien que son père l'ait sans cesse assuré qu'ils n'attaquent pas les hommes, il éprouvait une appréhension incontestable. Mais, lorsqu'au bout d'un bref instant les loups cessèrent de hurler et qu'il entendit les bruits de pas de la meute qui, de toute évidence, quittait le site du campement, le garçon éprouva une certaine déception.

Il continua à écouter, mais moins d'une minute plus tard, il n'entendit plus aucun bruit. La meute était partie. Yukon, qui pouvait suivre le son à une plus grande distance que le garçon, resta attentif, mais il finit lui aussi par se calmer.

Bob s'habilla, ajouta deux bûches pour alimenter les braises du poêle et, sa lampe torche à la main, se prépara à sortir. Yukon, bien sûr, était impatient d'en faire autant, mais il fut quelque peu déçu lorsque le garçon attacha la laisse de cuir à son collier.

«Je n'ai pas envie que tu ailles poursuivre ces loups, Yukon. Ils te tueraient, aussi gros que tu sois.» En réponse,

Yukon lécha la main du garçon alors qu'ils sortaient de la tente.

Dehors, Bob passa le faisceau de sa lampe sur des douzaines de pistes. Apparemment, six loups au moins étaient venus et avaient tourné interminablement autour de la tente. Le garçon était exalté.

En rentrant sous la tente avec Yukon, il murmura :

« J'aurais rudement bien voulu les voir ! » Yukon était visiblement d'accord, car il remua la queue en gémissant avant de s'allonger.

Chapitre 10

Le 20 mars, à deux heures du matin, deux jours après le premier anniversaire de Yukon, la famille Hanson fut réveillée par des aboiements furieux, des protestations incessantes qui commençaient toutes par un hurlement bref et profond pour se terminer sur un aboiement perçant et brusque, caractéristique du cri d'alarme que le chien avait hérité de ses ancêtres loups.

Bob sauta en bas de son lit et enfila ses chaussons et sa robe de chambre. Il sortit en courant et faillit bousculer son père qui, dans la même tenue et muni d'une puissante lampe torche, venait d'émerger de sa chambre, suivi par Mary Hanson, visiblement inquiète.

La famille s'était réunie en haut de l'escalier quand les cris de Yukon redoublèrent de puissance.

«Tu ne crois pas que tu devrais prendre ta carabine, John ?» demanda Mary Hanson.

«Non. Allons d'abord voir ce qui ne va pas», répondit le biologiste. «Il sera bien temps d'en venir aux armes si une action aussi radicale est nécessaire ! Bob et toi, restez dans la maison le temps que je jette un coup d'œil dehors.»

«Non, Papa, je viens avec toi», dit Bob en se préparant pour la première fois de sa vie à désobéir à son père.

Le docteur Hanson commença à descendre les marches. Sans se retourner, il répondit :

«D'accord. Tu es sans doute assez grand pour prendre tes responsabilités. Mais reste derrière moi.»

Mary Hanson était sur le point de protester, guère disposée à autoriser son fils à courir au-devant du danger, mais elle ne réagit pas assez vite. Bob et son mari s'étaient déjà engouffrés dans l'escalier et se trouvaient hors d'atteinte.

Dans l'entrée, le docteur Hanson alluma les puissantes lampes extérieures, puis quitta la maison en compagnie de Bob.

L'enclos de Yukon jouxtait le mur arrière de la maison, et sa barrière ne se trouvait qu'à cinq mètres de l'entrée des Hanson, ce qui permit à Bob et à son père de le voir clairement. En fait, toute la cour était illuminée par les lampadaires extérieurs. Au-delà de la lumière, cependant, la forêt entourait la maison, sombre et informe. C'était une nuit sans lune, mais le ciel était clair et étoilé.

La neige avait pratiquement disparu, et on ne distinguait plus à présent que quelques plaques blanches éparpillées dans le contrebas de la propriété où les congères s'étaient amoncelées et avaient durci au cours des périodes de dégel et de gel, fréquentes au début du mois de mars. Le printemps était en train de gagner son duel annuel contre l'hiver et réchauffait la terre pendant la journée, mais, si le givre battait en retraite au lever du soleil, il revenait promptement dès que celui-ci s'était couché. Cette nuit-là, aidée par un vent de nord-est, la température était tombée à moins dix-huit degrés.

Bob et son père inspectèrent les parties éclairées de la cour en grelottant malgré leurs peignoirs, mais il ne leur fallut pas longtemps pour conclure qu'il ne se passait rien d'inhabituel dans leur voisinage immédiat. Pourtant, le chien ne cessait de pousser ses cris d'alarme et donnait des coups de pattes dans le grillage de son enclos.

« Du calme, Yukon ! » dit le docteur Hanson d'une voix tranquille mais sévère.

Le chien l'ignora, et le biologiste était sur le point de réitérer son ordre lorsque Bob lui donna une tape sur l'épaule.

« Papa ! » murmura-t-il. « Il y a du bruit dans la grange. Écoute ! »

Bob finissait de parler quand les sons qu'il avait entendus se répétèrent, mais amplifiés cette fois. Puis, distinctement, ils entendirent le grognement reconnaissable d'un ours. Mike s'était réveillé de son long sommeil et réclamait à grands cris qu'on le laisse sortir de sa tanière !

« Papa ! C'est Mike, il est réveillé ! »

« Bon », dit le biologiste. « Pour l'amour de Mike ! »

Il réalisa alors ce qu'il venait de dire et éclata de rire.

« Rentrons passer des vêtements chauds, et ensuite nous pourrons aller voir Mike », dit le docteur Hanson.

À contrecœur, car il était impatient de retrouver son ami hirsute, Bob tourna les talons pour suivre son père.

Dans le vestibule, Mary Hanson les attendait, très inquiète.

« Que se passe-t-il ? » demanda-t-elle en remarquant leurs sourires.

« Ça va, Mary », répondit son mari. « Mike s'est réveillé, et il fait un sacré vacarme dans la grange. C'est ce qui a mis Yukon dans cet état. »

Peu après, chaudement vêtus cette fois, Bob et son père se dirigèrent vers la grange dont Mike s'efforçait de sortir avec de plus en plus d'énergie, à en croire le bruit de ses coups de griffes sur la porte et l'intensité de sa voix rauque dont le vacarme provoquait les hurlements incessants de Yukon qui grattait le grillage de son enclos.

Le docteur Hanson et Bob s'arrêtèrent devant la porte de la grange. Le biologiste se tourna vers son fils.

« Bon, Bob, je pense que tu ferais mieux d'ouvrir cette porte. Mike est plus habitué à toi, et après ces semaines qu'il a passées à dormir, il peut avoir une réaction de peur si je suis la première personne qu'il voit. »

Bob n'eut pas besoin de se le faire dire deux fois ! Impatient, il souleva le loquet et commença à tirer la porte. Elle était à peine entrebâillée que l'ours, impatient de sortir, se jeta de tout son poids contre elle. Sous la poussée de l'animal, Bob recula en titubant. Il trébucha et tomba au moment même où Mike fit irruption.

Le docteur Hanson, inquiet à l'idée que l'ours puisse avoir une réaction inattendue et attaquer Bob, allait se mettre devant son fils pour le protéger, lorsque Mike s'élança vers le garçon, s'assit sur lui et se mit à lui lécher le visage avec des petits grognements semblables à ceux qu'il faisait quand il était petit.

Bob jeta les bras autour de son cou en broussaille, plongea les doigts dans la fourrure et caressa l'ours tout en lui parlant.

« Comment ça s'est passé, Mike ? C'est rudement bien de te revoir, espèce de débraillé. Dis donc, tu es maigre. Mais, Mike, tu as une haleine immonde ! »

À ce moment, Mary Hanson sortit de la maison.

« C'est Mike ? »

Au son de sa voix, l'ours quitta Bob d'un bond et fonça vers Mme Hanson, qu'il avait toujours bien aimée. Quelques secondes plus tard, il l'avait saluée, dressé sur ses pattes de derrière, les pattes de devant sur ses épaules, et lui léchait le visage. Alors que le poids de l'ours la poussait à l'intérieur de la maison, Bob et son père l'entendirent pousser un cri.

« Mike ! Tu as une haleine affreuse ! »

Puis on entendit une chute.

Le docteur Hanson et Mike coururent vers la maison, mais lorsqu'ils arrivèrent dans le vestibule, Mme Hanson, que l'accueil enthousiaste de Mike avait terrassée, était en train de se relever. Pendant ce temps, l'ours était parti à la cuisine, et lorsque les Hanson pénétrèrent dans la pièce, il avait déjà ouvert le placard à provisions.

Avant qu'on ait pu l'arrêter, il fourra une patte dans le placard et balaya le contenu d'une étagère. Une cascade de pots et d'emballages volèrent dans toute la pièce et répandirent ce qu'ils renfermaient sur le lino. Un sachet de sucre glace éclata, et un petit nuage s'éleva autour de l'ours. Un pot de miel perdit son couvercle et celui d'un bocal de sirop d'érable sauta à peu près en même temps.

« Oh, non ! » s'écria Mme Hanson. « Pas ça ! »

Elle s'avança vers l'ours qui était déjà en train de laper le miel à grand bruit.

Comme Mary Hanson s'approchait, celui-ci tourna la tête, les mâchoires dégoulinantes de miel, et grommela.

Le docteur Hanson fit un pas et posa une main sur l'épaule de sa femme pour l'arrêter.

« Recule-toi, Mary. On ferait peut-être aussi bien de le laisser terminer le miel. De toute façon, c'est la catastrophe. Mike peut devenir violent si on essaye de l'arrêter maintenant. »

« C'est parfait, John », répondit sa femme. « Mais est-ce que tu veux que je reste là à le regarder manger toutes mes provisions ? »

Bob et son père sourirent.

« Maman ! Je crois qu'il va manger le miel et qu'après, ça ira. Tu sais, il a dormi longtemps, et j'imagine qu'il est plutôt affamé. »

On laissa donc Mike tranquille, tandis qu'il engloutissait le miel en remuant rapidement sa petite queue touffue, ce qu'aucun des Hanson ne l'avait jamais vu faire auparavant et qui les fit beaucoup rire, car la queue, ridiculement petite pour un si gros animal, tremblait de gauche à droite comme une touffe aux contours imprécis, et semblait suivre la cadence des coups de langue que Mike donnait pour laper la douceur dorée qui avait formé une flaque sur le sol.

«Je dois dire qu'il est comique», dit Mary Hanson avec un sourire.

Mike acheva le miel et se mit en quête d'autres délices, Il renifla le pot de sirop d'érable, en goûta une lampée et entreprit de le laper avec autant d'avidité que le miel. Mme Hanson, dont le sourire avait disparu, voulut de nouveau intervenir, mais son mari la retint.

«Attends, Mary. Nous avons des quantités de sirop d'érable. S'il tente de reprendre de la nourriture quand il aura terminé, alors nous ferons quelque chose. Même si, pour l'instant, je ne sais pas très bien ce que nous pouvons faire. Il a grandi depuis qu'il s'est endormi...»

«Ouais, c'est vrai, Papa. Mais il est maigre. Il a besoin de manger», dit Bob.

«Non, il n'en a pas besoin», répondit son père. «Lorsque les ours se réveillent, au printemps, ils ont encore assez de graisse pour tenir plusieurs semaines. En fait, dans la nature, ils ne mangent pas beaucoup avant que les pousses printanières ne commencent à apparaître. Tu le trouves maigre parce qu'il a perdu beaucoup de graisse depuis la dernière fois que tu l'as vu, mais regarde d'un peu plus près, on ne voit pas ses côtes.»

«Ouais, tu as sans doute raison, Papa. Mais, s'il n'a pas

faim, pourquoi a-t-il envie de manger ce miel ? Et pourquoi mange-t-il le sirop en plus ? » demanda Bob.

« Pour le même genre de raison qui fait que tu as souvent envie de manger de la glace, ou de la tarte, bien que tu n'aies pas vraiment faim – parce qu'il aime ça ! »

Mike termina le sirop et se dressa sur ses pattes de derrière. Il se dirigea alors vers le placard de la cuisine en traînant les pieds, ses énormes pattes de devant levées, prêt à explorer les autres étagères de ses longues griffes luisantes de miel.

Mme Hanson courut vers lui pour essayer de le faire reculer, mais l'ours, déterminé et plus fort que la mère de Bob, ignora ses secousses.

Le docteur Hanson s'avança alors et, le poing fermé, donna un coup bref mais sévère sur le museau de Mike. Celui-ci se cabra, retomba sur ses quatre pattes et courut se cacher dans un coin de la cuisine, puis il changea d'avis et rampa sous la table. Il se mit alors à pleurnicher tout en se frottant le museau avec une de ses grosses pattes.

Mary Hanson se mit en colère.

« Tu n'avais pas besoin d'être aussi brutal, John ! »

Après avoir réprimandé son mari, la mère de Bob se précipita vers l'ours, s'accroupit pour se mettre à genoux et disparut à moitié sous la table. Elle caressa Mike en lui parlant doucement.

Bob et son père échangèrent un sourire. Ils savaient l'un et l'autre que le coup de poing avait davantage blessé l'amour-propre de l'ours que son museau, car le docteur Hanson l'avait frappé légèrement. Ils savaient aussi que Mary Hanson avait le cœur très tendre, aussi ne furent-ils pas le moins du monde surpris de voir que, dès que Mike se mit à pleurnicher, elle cessa de lui en vouloir d'avoir semé la pagaille dans ses provisions et s'empressa de le consoler.

Tandis que sa femme caressait Mike sous la table, le docteur Hanson se tourna vers Bob.

«Il y a un sachet de marshmallows sur l'étagère du haut, Bob», dit le biologiste en montrant le placard du doigt. «Prends-le, ouvre-le et fais-en un chemin de la cuisine jusqu'à la porte d'entrée. Ouvre la porte, laisse-la ouverte et mets d'autres marshmallows sur le sol de la véranda. Ensuite, reviens, et quand ta mère sortira de dessous la table, donne un marshmallow à ton protégé et fais-lui suivre la piste.»

John Hanson haussa le ton de la voix afin que sa femme l'entende. Un instant plus tard, Mary Hanson émergea, suivie de l'ours à présent complètement rétabli, au moment même où Bob revenait.

Le garçon fit bruisser le sachet de plastique en prenant un marshmallow. Le bruit attira immédiatement l'attention de Mike. Bob sortit un bonbon et parla à son ami velu.

«Là, Mike, viens. Il y en a encore plein!»

Mike ne se le fit pas dire deux fois. Il s'élança brusquement et renversa une chaise d'un coup d'épaule, mais il retrouva pourtant toute sa douceur lorsqu'il prit la friandise entre les doigts de Bob. Un instant plus tard, il avait remonté la piste et avalé tous les marshmallows, et il fut bientôt invité à attaquer la réserve que le garçon avait déposée sur le sol de la véranda. Bob ferma la porte d'entrée, mais il resta avec l'ours.

La famille Hanson ne dormit pas beaucoup jusqu'au matin, car Yukon continua à aboyer, montrant par là qu'il avait envie de sortir de son chenil afin de jouer avec Mike.

Le docteur Hanson refusa cependant de laisser le chien aller dans la grange en pleine nuit.

«Il sera bien temps demain matin», dit-il à sa femme quand ils retournèrent se coucher.

«Que fait-on pour Bob? Tu ne crois pas qu'on devrait insister pour qu'il rentre dormir?» demanda Mme Hanson.

Le docteur Hanson sourit en secouant la tête.

«Il est bien dans la grange avec Mike. De toute façon, s'il rentrait, il ne dormirait pas. Et je ne crois pas que nous allons fermer l'œil non plus, grâce à Yukon. C'est une bonne chose qu'on soit samedi demain... Non, aujourd'hui, maintenant... On pourra tous se reposer.»

Les prédictions du docteur Hanson se révélèrent justes. Sa femme et lui se levèrent tard, et Bob, qui était resté avec Mike, revint à la maison, les yeux embrumés de sommeil, pour partager un petit déjeuner tardif avec ses parents. Il avait passé six heures inconfortables dans la grange, même s'il avait effectivement réussi à somnoler à plusieurs reprises lorsque l'ours, encore engourdi par son long sommeil, avait décidé de s'allonger pour faire une petite sieste.

Yukon, quant à lui, était resté éveillé toute la nuit. Et il avait, bien sûr, continué à aboyer par intermittences.

Après avoir bu son café, le docteur Hanson s'appuya sur le dossier de sa chaise et regarda son fils qui finissait ses œufs au bacon.

«Bon, Bob», dit-il. «Dès que tu seras prêt, nous irons tous dehors libérer Yukon, puis tu iras dans la grange faire sortir Mike.»

«Génial!» répondit Bob. «Je parie qu'ils vont vachement s'amuser!»

Peu après, tandis que sa mère les observait depuis la

véranda et que son père retenait le malamute, le garçon ouvrit la porte de la grange.

Mike attendait ce moment. Dès que la porte commença à s'ouvrir, il passa le museau dans l'entrebâillement, poussa et fit irruption en courant. Presque au même moment, Yukon s'échappa des bras du docteur Hanson et s'élança vers l'ours, mais au lieu d'agiter la queue pour manifester sa joie de retrouver son ami, le malamute retroussa les babines et découvrit ses grands crocs en grommelant.

« Yukon, reviens ! » cria le docteur Hanson en réalisant aussitôt que le chien avait l'intention d'attaquer l'ours.

Yukon ignora son ordre et chargea Mike. En se percutant, les deux animaux tombèrent et se mirent à rouler sans fin avec des grognements féroces.

Bob s'immobilisa, en transe, et assista à la bagarre, la bouche ouverte et les yeux ronds. Mary Hanson mit la main devant sa bouche et sortit de la véranda, le visage blême.

À ce moment-là, Mike se déroba, recula, et tandis que le chien se préparait à l'attaquer de nouveau, il le chargea à son tour.

Mike était plus gros et plus lourd que Yukon, et lorsqu'il heurta le torse du chien, le malamute perdit l'équilibre. L'ours, au lieu d'attaquer son adversaire, continua à courir et fila tout droit vers un grand érable qui poussait près de la façade de la maison. C'était un vieil arbre qui avait de nombreuses branches épaisses dont certaines surplombaient le toit de la maison.

Avant que le chien, stupéfait, se soit rétabli, Mike avait atteint l'arbre qu'il se mit à escalader avec l'agilité d'un écureuil, et il ne s'arrêta que lorsqu'il eut atteint une branche qui n'était qu'à un mètre de la toiture. De là, l'ours se laissa tomber sur le toit, enjamba les bardeaux de cèdre et se dirigea vers la grande cheminée qui se dressait juste sous le faîte. Il passa alors derrière le briquetage et l'enfourcha en laissant pendre ses pattes de chaque côté de la cheminée. Puis il s'appuya contre le toit et regarda le chien et ses amis en contrebas.

Malgré la surprise et le choc que l'attaque inattendue de Yukon avait provoqués, les trois humains ne purent s'empêcher de rire de la façon dont l'ours avait évité la bagarre.

Bob courut chercher son appareil photo et se dépêcha de prendre Mike qui les regardait, apparemment très satisfait. En entendant le déclic de l'appareil, l'ours se mit à faire sa toilette et l'on vit sa grande langue rose briller au soleil tandis qu'elle parcourait la fourrure de son torse.

Comme la suite allait le démontrer, la cheminée des Hanson devint l'endroit de repos préféré de Mike, ce qui suscita une remarque de Bob : « On est sans doute les seuls au monde à avoir un ours décoratif ! »

Mais un matin, quand Bob emmena Yukon faire une longue promenade avec son père, il lui fit part de son inquiétude.

« Papa... pourquoi Yukon a attaqué Mike ? Ils étaient vraiment bons amis, non ? »

« Eh bien, Bob, c'est une question difficile. Et je ne peux qu'émettre une supposition. J'ai été tout aussi surpris que ta mère et toi quand Yukon l'a attaqué. Je pensais que, puisqu'on les avait élevés ensemble, le chien se souviendrait encore de l'ours au printemps. Cependant, en tant que scientifique, j'ai à présent la conviction que la différence entre les deux races est si grande que le chien, qui est de nature agressive, considère simplement l'ours comme un ennemi.»

«Mais, Papa, Yukon est souvent allé flairer autour de la tanière de Mike cet hiver. Il me suivait toujours dans la grange quand il n'était pas dans son enclos... Il ne se souviendrait pas de l'odeur de Mike?»

«Je croyais qu'il s'en souviendrait et c'est le cas. Mais il faut que tu comprennes que les chiens sont en réalité des loups domestiqués. La plupart des biologistes croient – comme moi – que les chiens actuels descendent des loups, des coyotes et, probablement, des chacals, selon les espèces. Mais il est difficile aujourd'hui d'attribuer avec précision un ancêtre sauvage à une espèce de chien donnée, parce qu'il y a des centaines d'années que les chiens sont domestiqués et que nous savons très peu de choses sur les débuts de cette domestication.»

Tandis que le père et son fils marchaient dans la forêt et que Yukon courait en avant en furetant partout, le docteur Hanson poursuivit son explication.

«Tu sais, bien sûr, que les loups sont des animaux très sociables. En fait, on peut facilement comparer une meute de loups à une famille humaine, car elle se compose d'un père, d'une mère, peut-être de quelques oncles et tantes, et des petits. Les malamutes, comme tu le sais aussi, sont des chiens de traîneau nordiques. Ceux-ci, et tous les autres chiens esquimaux, sont probablement plus proches des loups que ne le sont aucune des autres races de chiens domestiques.»

«Comment ça se fait?» demanda Bob.

«C'est parce qu'ils ont été accouplés à des loups sauvages pendant de nombreux siècles. En vérité, dans des endroits comme les régions nordiques du Canada et de l'Alaska, les chiens de traîneau et les loups continuent parfois à s'accoupler. Ainsi, l'héritage du loup est encore assez récent chez ces chiens. Cela signifie que, bien qu'ils soient domestiqués, ils présentent néanmoins certaines des caractéristiques des loups. L'une d'elles est qu'ils sont très socialisés et qu'ils ont tendance à former des meutes, comme ils le font dans le Nord.»

«Mais qu'est-ce que tout ça a à voir avec le fait que Yukon ait attaqué Mike ?»

«Eh bien, Yukon a un an à présent, ce qui veut dire qu'il est adulte. Je crois qu'il nous considère – nous, c'est-à-dire, toi, ta mère et moi – comme sa meute, mais il ne reconnaît plus un ami en Mike. Il pense au contraire que Mike constitue une menace pour sa meute, et il veut le chasser.»

«Est-ce que les loups font la même chose, Papa ?»

«Certainement. Les ours tuent parfois des louveteaux, tout comme il arrive que les loups tuent des oursons. C'est un aspect du contrôle que la nature exerce sur la population animale. Il y a toujours un animal pour en manger un autre. Je ne pense pas que les ours tuent beaucoup de louveteaux, parce que la meute est toujours prête à défendre le petit. Et je ne crois pas que les loups tuent beaucoup d'oursons parce que la mère ourse est farouchement protectrice et que, par ailleurs, comme tu le sais bien, les jeunes ours grimpent très vite aux arbres. Mais de temps en temps, des tueries de ce genre surviennent.»

«Qu'est-ce qui arriverait si un chiot vraiment, vraiment très jeune et un ourson vraiment, vraiment très jeune étaient élevés ensemble, par exemple dès leur naissance ?» demanda Bob.

«Eh bien, ils seraient peut-être amis pendant un an ou

deux, mais tôt ou tard, parce que les ours sont des animaux solitaires, cette amitié prendrait fin, quand l'ours partirait de son côté. Après cela, ils se considéreraient comme des étrangers et peut-être même comme des ennemis. Et c'est ce à quoi tu dois t'attendre avec Mike, Bob. Un de ces jours, il va nous quitter et retourner à la nature qui est le monde qui lui convient. Je ne crois pas qu'il te considérera jamais comme un ennemi, mais il ne jouera plus avec toi comme il le fait aujourd'hui. Il ne te permettra probablement même pas de l'approcher de trop près.»

Bob n'aimait pas l'idée d'être séparé de Mike. Il avança aux côtés de son père sans rien dire en pensant au jour où il n'aurait plus l'ours pour compagnon. Il était triste.

Finalement, il pensa à autre chose et se tourna vers son père.

«Papa, à l'école, il y a un garçon de ma classe qui a apporté un vieux livre sur les animaux, et à un moment, le livre dit que la nature a toujours la dent et la griffe rouges. Je suppose que ça veut dire que les animaux se servent de leurs dents et de leurs griffes pour se tuer à longueur de temps. C'est vrai?»

«Non, ce n'est pas vrai!» répondit son père, la voix pleine de colère. «Les animaux tuent pour manger. Cela signifie *tous* les animaux. On pourrait tout aussi bien dire que la nature a la dent et le sabot verts, car les créatures qui mangent des plantes suppriment aussi la vie. L'ennui, c'est que de nombreux hommes pensent que la vie végétale de la planète n'est pas réellement vivante. Pas tant que ça. L'herbe, les arbres, les arbustes et les fleurs sont des choses vivantes...»

«Oui, Papa», intervint Bob. «Mais est-ce que les plantes souffrent quand on les tue?»

«Il n'y a pas de réponse scientifique à cette question, mon garçon. Personnellement, je pense qu'il est possible qu'elles éprouvent quelque chose, bien qu'il soit difficile de dire s'il s'agit de la douleur telle que nous la connaissons. Mais, tu sais, nous avons maintenant la certitude que, lorsque certains arbres sont infestés par des insectes, des virus ou des bactéries, ils produisent des substances chimiques qui rendent leur sève toxique. Nous avons aussi la preuve qu'au moins certaines espèces d'arbres s'avertissent effectivement les uns les autres lorsqu'ils sont attaqués.»

«Dément! Mais comment font-ils?»

«Encore une fois, on ne peut qu'émettre une supposition. Nous savons que, lorsque des arbres sont attaqués et que l'on pratique des tests sur des arbres indemnes du même bosquet, la sève de ceux-ci révèle les mêmes substances chimiques que celles produites par les arbres atteints. Nous pensons que, lorsqu'un arbre se trouve en pareil danger, il produit une hormone d'alarme qui est détectée par les autres arbres. C'est un peu comme les phéromones que les loups peuvent déceler de loin.»

Bob n'avait jamais pensé aux plantes de cette façon. Il était intrigué, mais une autre question lui vint alors à l'esprit.

«Eh bien, je suppose que les prédateurs ont la dent et la griffe rouges quand ils tuent, mais le livre dit que toute la nature est comme ça. Mais les plantes ne tuent pas d'autres plantes, si?»

Le docteur Hanson sourit. Il commençait, il faut en convenir, à être un peu fatigué de répondre à des questions aussi difficiles, mais il était pourtant content de son fils. Bob montrait qu'il avait un esprit de recherche et qu'un jour il ferait un grand scientifique.

«Que la nature ait la dent et la griffe rouges... c'est une

ineptie. C'est une façon de penser démodée qui n'a de réalité que de temps à autre, lorsqu'un animal en tue un autre pour se nourrir. On pourrait tout aussi bien dire que les humains ont la dent et la griffe rouges, parce que nous mangeons la viande d'animaux qui sont tués dans des abattoirs. Nous ne les tuons pas nous-mêmes, mais nous le faisons faire par d'autres. C'est-à-dire que nous tuons par procuration, ce qui signifie que nous laissons les autres agir à notre place.»

Le docteur Hanson resta silencieux un moment pour permettre à Bob de méditer ce qu'il venait de lui dire, mais avant que son fils ait pu lui poser une autre question, le biologiste reprit:

«Mais pour ce qui concerne les plantes... oui, certaines plantes, en effet, tuent d'autres plantes. Il y a des plantes comme les plantes grimpantes ou rampantes. Certaines grimpent le long des arbres et des arbustes et les étranglent lentement; d'autres s'étalent sur le sol, elles étouffent toute croissance végétale et recouvrent le sol d'une couche tellement épaisse que rien ne peut plus pousser. Il y a aussi des plantes similaires aux plantes rampantes qui prennent le territoire des autres parce qu'elles sont grandes et qu'elles peuvent s'entasser. En volant la lumière aux occupants légitimes d'un endroit, elles les font mourir. Ensuite, il y a également des plantes qui poussent littéralement sur les arbres et s'en nourrissent comme les poux se nourrissent du sang des humains et des animaux.»

Le docteur Hanson finissait de parler lorsque Yukon se mit à grogner. Le chien n'était qu'à une trentaine de mètres de là. Bob et son père le voyaient parfaitement, assis au pied d'un grand épicéa, les yeux levés. Lorsqu'ils le rejoignirent, ils virent qu'un porc-épic était assis dans l'arbre, à environ cinq mètres du sol.

«Viens, Yukon», dit Bob. «On rentre à la maison.»

Le chien obéit. Comprenant le mot «maison», il tourna les talons et partit en trottinant le long du chemin qui les avait conduits au cœur de la forêt.

* * *

Le réveil de Mike sembla donner le signal à tous les autres dormeurs qui avaient passé paisiblement l'hiver dans des grottes, des terriers, des troncs creux ou sous des arbres déracinés par la tempête.

Une semaine après que l'ours eut quitté sa tanière de foin, un chipmunk que Bob avait prénommé «le Débraillé» – parce qu'il était visiblement incapable de garder un pelage propre et soigné comme les autres – apparut à la porte de la maison au moment où Bob sortait de la véranda. Le petit visiteur grimpa immédiatement sur son pantalon pour lui demander les noisettes dont il savait, d'expérience, que le garçon en avait toujours sur lui. Lorsqu'il eut réussi à fourrer trois noisettes entières dans ses bajoues, il décampa et fila cacher la nourriture dans sa tanière souterraine.

Le Débraillé n'avait visiblement pas oublié que la maison et son voisinage lui avaient tenu lieu de supermarché avant qu'il s'endorme à l'automne. Les joues vides, il revint à toute vitesse vers Bob pour prendre deux autres noisettes dont l'une était si grosse qu'elle dépassait de sa bouche quand il courut les déposer dans son terrier.

Pour un chipmunk, le Débraillé était vieux. Personne

ne savait exactement quel âge il avait, bien sûr, mais il venait chez les Hanson depuis six ans, et son pelage grisonnant et ébouriffé laissait supposer qu'il avait vécu un bon nombre d'années. Il était également très audacieux, et il risquait même volontiers sa vie pour se précipiter dans l'enclos de Yukon et y ramasser des croquettes pour chien, de petites pépites rondes d'aliments déshydratés que Yukon adorait et qu'il tenait à protéger. Maintes et maintes fois, le grand malamute essaya d'attraper le chipmunk, mais le malfaiteur tigré se dérobait toujours aux mâchoires du chien.

De peur que le malamute ne tue son ami sauvage, Bob demanda à son père s'il pouvait acheter des feuilles de métal galvanisé qu'il voulait fixer au pied de l'enclos du chien pour fabriquer une plaque hermétique de soixante centimètres de haut qui empêcherait le Débraillé de se faufiler sur le territoire de Yukon. Malheureusement, comme le docteur Hanson le fit remarquer, l'idée du garçon n'était pas bonne, car les chipmunks savent creuser. De sorte que le malfaiteur n'aurait aucun mal à passer sous la paroi métallique. De toute façon, ajouta-t-il, il reviendrait trop cher de fixer une plaque métallique tout autour de l'enclos du chien.

« Si je me souviens bien », dit le docteur Hanson, « le Débraillé volait aussi la nourriture de Yukon l'année dernière, il en a même volé à Mike. Pourtant il est toujours en vie. Je ne m'inquiéterais pas pour lui à ta place. Ce chipmunk est visiblement capable de prendre soin de lui. »

Une heure plus tard, alors qu'il regardait le Débraillé faire une nouvelle descente sur l'écuelle du chien tout en évitant celui-ci, Bob dut se ranger à l'avis de son père. Le

Débraillé n'était pas simplement audacieux, il était aussi intelligent et, bien qu'insouciant en apparence, il prenait toujours la précaution de faire coïncider ses descentes avec les moments de distraction de Yukon ou peut-être avec ses siestes.

Chapitre 11

Par une belle matinée ensoleillée d'avril, Mary Hanson demanda à Bob s'il avait envie de l'accompagner à un arbre à abeilles qu'elle avait repéré à l'automne précédent en voyant des abeilles entrer dans un petit trou rond du tronc d'un érable rouge. En inspectant le pied de l'arbre, elle avait trouvé de petits grains de «pain d'abeille». Il ne s'agissait bien entendu pas du tout de pain, mais de petits paquets de pollen aggloméré par les abeilles qui tombent de temps en temps sur le sol lorsqu'une ouvrière rentre à la ruche après être allée butiner les fleurs.

Accompagnés de Yukon, Bob et sa mère se rendirent jusqu'à l'arbre qui poussait à un kilomètre de la maison. Sur place, ils constatèrent que les abeilles étaient déjà au travail et que les unes quittaient la ruche, tandis que les autres rentraient de leurs collectes de pollen et de nectar.

«Il n'y a pas encore tellement de fleurs», dit Mme Hanson.

«J'ai vu tout un massif d'ancolies près du bassin est des castors. Et des soucis d'eau», dit Bob.

«Oh, oui. Il y a bien assez de fleurs épanouies pour que les abeilles puissent tenir pour l'instant, mais pas autant qu'il leur en faudra par la suite. Je mettrai du miel dehors dès demain.»

«Pourquoi, Maman?»

«Eh bien, tu vois, Bob, j'ai décidé d'étudier les abeilles, pour mieux comprendre comment elles trouvent leur chemin pour aller à leurs réserves de nourriture et pour en revenir. Je vais donc mettre des petites assiettes de miel près de la maison et, quand les abeilles viendront, je vais marquer quelques-unes d'entre elles avec du colorant alimentaire. De cette façon, je pourrai savoir quand elles reviennent manger, à quelle heure et combien de voyages elles font pendant la journée. »

« La couleur ne va pas s'effacer ? »

« Elle le ferait si je n'utilisais que du colorant alimentaire, mais j'ai trouvé une laque vraiment parfaite qui ne fera aucun mal aux abeilles et que je vais donc mélanger au colorant. Après, je dessinerai un ou plusieurs points sur leur dos. »

Bob était intrigué par l'expérience que sa mère proposait. Le week-end suivant, il la regarda travailler. Mme Hanson avait d'abord laissé les abeilles s'habituer à trouver chaque jour du miel aux mêmes endroits. Sept jours avaient passé, et elle était prête à leur attribuer des codes de couleur. Elle avait quatre petits pots de peinture : rouge, vert, jaune et bleu. Elle avait pris aussi quatre pinceaux à pointe fine.

Bob, secrètement persuadé que sa mère allait se faire piquer quand elle essaierait de peindre les abeilles, resta un peu à l'écart, très intrigué.

Finalement, sept abeilles vinrent se poser sur l'assiette. Mme Hanson trempa son pinceau dans le pot de rouge et approcha très lentement du miel. Délicatement, elle baissa le pinceau et posa un minuscule point de rouge sur le dos d'une abeille tellement occupée à aspirer le miel qu'elle ne fut pas du tout dérangée. Mme Hanson changea de pinceau et marqua une autre abeille avec du jaune, puis une autre avec du bleu et une autre enfin avec du vert.

Sans interrompre son travail, et comme de nouvelles

abeilles non marquées étaient venues chercher du miel, la mère de Bob avait marqué une douzaine de petites ouvrières velues. Les quatre premières qu'elle avait peintes n'avaient reçu qu'un seul point ; les quatre suivantes en reçurent deux, un rouge et un jaune ; les quatre suivantes furent marquées de trois points. Puis elle consigna ses codes dans un cahier. Les abeilles marquées d'un point furent codées R, V, J et B, chaque lettre représentant une couleur ; le groupe suivant comportait RV, VJ, JB et VR, tandis que le troisième groupe comptait RJV, VJR, RJB et JJR.

Quand il regarda ce qu'elle écrivait, Bob fut tout d'abord médusé.

« À quoi correspondent ces lettres ? » demanda-t-il.

« Enfin, Bob ! Tu n'as pas vu ce que je faisais quand j'ai marqué les abeilles ? Le R signifie rouge, le J, jaune, le V, vert et le B, bleu. Tu vois cette abeille ? » dit Mme Hanson en désignant celle qui était encore en train d'aspirer le miel, quand elle en eut noté le code dans son cahier. « Eh bien, elle a un point rouge, un jaune et un bleu. Je l'ai donc inscrite dans mon cahier sous le code RJB. Tu comprends maintenant ? »

« Ouais, j'ai saisi ! Après tu vas noter combien de fois chaque abeille vient manger, c'est ça ? »

« Exactement. »

« Mais pourquoi tu fais ça ? »

« J'ai promis à ton père que je le ferais, ça l'intéresse aussi. Mais en réalité, je le fais parce que je m'intéresse aux abeilles. J'aimerais évaluer combien de temps chacune de ces ouvrières va vivre cette saison ; et j'ai envie de savoir combien de voyages elles font chaque jour. Imagine que RJB vienne ici quinze fois par jour, d'accord ? Cela signifiera que chaque fois qu'elle vient recueillir du miel et qu'elle retourne à la ruche, elle parcourt en tout trente kilomètres. C'est plutôt beaucoup pour une aussi petite créature. Et je suis sûre que chaque abeille vient plus de quinze fois. Je pense que chacune des ouvrières fait à peu près quarante ou même cinquante voyages, bien que je ne les aie pas comptabilisés. Et puis aussi, j'ai envie de minuter chaque trajet de retour, pour voir en combien de temps une abeille parcourt un kilomètre.»

Bob était impressionné. Il avait toujours su que sa mère s'intéressait à la nature et qu'elle aimait peindre les fleurs, les animaux et même ces insectes auxquels elle ne tenait pas particulièrement, comme les scarabées et les tiques des bois, mais il ne s'était pas rendu compte de l'attention qu'elle y portait ni de l'étendue de ses connaissances en biologie.

«Hé, Maman. Comment se fait-il que tu ne sois pas devenue biologiste?» Mme Hanson venait de rentrer un code dans son cahier. Elle leva les yeux et sourit à son fils avant de lui répondre.

«Ça m'intéressait plus de devenir artiste. Alors je suis allée aux beaux-arts et, histoire d'être sûre d'apprendre la biologie, j'ai épousé un biologiste!»

Bob fut décontenancé par cette réponse.

«Tu veux dire que tu t'es marié avec Papa juste parce qu'il était biologiste? Tu ne l'aimais pas?»

Mary Hanson éclata de rire.

«Bien sûr, je l'aimais, et je l'aime toujours, espèce d'âne! Je plaisantais. C'est vraiment une coïncidence si l'homme que j'ai rencontré et épousé était biologiste, tu vois? Mais ça a très bien marché pour nous tous! Maintenant, plus de questions, j'ai du travail. Et si tu emmenais Mike faire un tour?»

*
* *

En mai, Mike commença à se montrer beaucoup plus indépendant, et quand il allait se promener avec Bob, il disparaissait souvent en forêt au bout de très peu de temps. Parfois, il partait toute la nuit, mais il revenait généralement aux premières lueurs du jour, systématiquement annoncé par Yukon qui aboyait jusqu'à ce que l'ours ait escaladé l'érable et regagné le toit où il allait se reposer, le dos contre la cheminée et les pattes appuyées sur la pente. Une fois endormi, Mike ne bougeait plus avant le début de l'après-midi, mais si Yukon était en liberté, il ne descendait pas accueillir Bob avant que le chien ait rejoint son enclos.

Le week-end, comme Bob était libre tous les matins, Mike continuait à se bagarrer avec son ami ; après quoi, ils partaient faire une randonnée en forêt. Mais à présent, l'ours était trop fort pour le garçon, qui se retrouvait presque toujours sous l'animal, à demi étouffé par son poids et sa fourrure épaisse. Pour cette raison, Bob commença à décourager les combats en usant de corruption.

Quand Mike était à la maison, Bob sortait avec un sac de plastique rempli d'une douzaine de marshmallows et de quelques cookies aux pépites de chocolat. Dès qu'il froissait le sac, Mike émergeait de son abri, où qu'il fût, et accourait comme une grande boule velue vers le garçon qui s'empressait de jeter des marshmallows et un cookie par terre. L'ours mangeait immédiatement les friandises, et le temps qu'il ait terminé, le garçon avait sorti un autre cookie que Mike prenait aussi délicatement que d'habitude du bout des lèvres plutôt qu'avec les dents.

Grâce à de tels subterfuges, Bob réussit à rompre avec

l'habitude de ces bagarres et, grâce à la poignée de noisettes qu'il avait toujours dans une poche, il était sûr de réussir à détourner l'attention de Mike si, comme cela arrivait encore de temps en temps, l'ours manifestait l'envie de chahuter.

Un samedi matin, Bob dut rester à la maison afin de terminer un devoir qu'il devait rendre à son professeur de biologie le lundi suivant. Le docteur Hanson était aussi chez lui et lisait les dissertations que deux de ses étudiants en biologie avaient rédigées, mais Mary Hanson était allée observer le retour des abeilles marquées à la ruche.

La mère de Bob était assise sur un rondin à cinq mètres de l'arbre environ et regardait les allées et venues des abeilles à l'entrée de la ruche. Elle avait déjà rempli une page de notes et venait de la retourner pour entamer une autre page de son bloc, lorsque Mike surgit de la forêt, de l'autre côté de l'arbre.

« Mike, va-t'en d'ici ! » s'écria Mary Hanson.

Mais c'était trop tard. L'ours avait été attiré par l'odeur du miel. Il était déterminé à s'emparer de cette douceur. Il ignora l'ordre qu'on venait de lui donner, bondit sur l'érable et se mit à grimper rapidement.

Mme Hanson se leva et courut vers l'arbre pour essayer de retenir Mike par une patte. Trop tard. La seconde suivante, l'ours avait atteint l'entrée de la ruche et se mettait à la ratisser. Les abeilles, bien sûr, se mirent en colère. Les petites travailleuses pleines de courage sortirent en flots de la ruche, et un nuage d'insectes vengeurs enveloppa Mike et Mary Hanson. Mike les ignora, car les ours sont immunisés contre les piqûres d'abeilles. Mais Mme Hanson hurla de douleur. Elle laissa tomber son bloc-notes et son crayon pour se donner des claques sur les cheveux, le visage et le cou et partit en courant le plus vite possible. Elle fut néanmoins poursuivie par une foule d'abeilles qui s'emprisonnèrent dans ses cheveux et ses vêtements.

Lorsqu'elle arriva en vue de la maison, la mère de Bob était épuisée. Elle essaya d'appeler, mais il ne sortit rien d'autre de sa bouche que des halètements. Chancelante, elle atteignit enfin la porte et entra à l'instant précis où son fils sortait de la cuisine, un verre de jus d'orange à la main. Devant l'état de sa mère, celui-ci prit peur.

« Maman ! Que se passe-t-il ? » s'écria-t-il. Puis il appela son père en hurlant.

Le docteur Hanson, effrayé par l'insistance de la voix de Bob, se précipita hors de son bureau. Lorsqu'il vit sa femme, il fut tellement surpris par son comportement qu'il se figea sur place.

Mary Hanson criait en se frappant les cheveux des deux mains tout en se tortillant comme si elle avait une crise. Ses joues et son front étaient rouges et boursouflés de piqûres enflammées. Elle respirait avec difficulté. Elle essaya de parler, mais elle ne réussit qu'à proférer des gémissements et des geignements.

Le docteur Hanson prit peur. En approchant de sa femme, il vit trois abeilles se dégager de ses cheveux. Elles s'envolèrent vers une fenêtre où elles heurtèrent la vitre. Le biologiste comprit ce qui s'était produit. Il savait que sa femme était allée à l'arbre à abeilles, et il lui fut donc facile de comprendre que quelque chose avait mis les abeilles hors d'elles et les avait poussées à attaquer sa femme.

Finalement, il s'avéra que Mary Hanson n'avait pas de piqûres sérieuses, bien qu'elle eût gardé huit dards. Aidé de Bob, et à l'aide d'un miroir grossissant et d'une pince à épiler, le docteur Hanson les retira soigneusement et passa de la lotion à la calamine sur les boursouflures. Après quoi, il fit asseoir sa femme dans un fauteuil pour s'assurer que ses vêtements ne cachaient pas d'autres abeilles, puis il lui fit avaler une gélule d'antihistaminique afin de résorber les gonflements. La mère de Bob avait alors retrouvé son souffle et son sang-froid. On le comprend, elle était furieuse contre Mike et très inquiète du sort des abeilles.

« C'était l'ours », expliqua-t-elle. Elle se tourna vers Bob comme si elle le tenait pour responsable de ses souffrances et ajouta : « Il est sorti de la forêt et il a escaladé l'arbre avant que j'aie pu l'arrêter. Je lui ai crié de descendre, mais il m'a ignorée et s'est mis à gratter l'entrée du trou. Alors l'essaim d'abeilles est sorti et s'est mis à me piquer. Elles se sont posées sur Mike aussi, mais ça n'a pas eu l'air de l'embêter. »

« Non », dit le docteur Hanson. « Les ours sont immunisés contre les piqûres d'abeilles. »

« En tout cas, John et Bob, je veux que vous alliez tout de suite chasser cet ours loin des abeilles. Il va mettre la ruche en pièces si vous ne l'arrêtez pas, et toute ma recherche sera gâchée ! » Au ton de sa voix, son mari et son fils comprirent qu'elle leur donnait un ordre.

Bob et son père, guère ravis de leur tâche, s'habillèrent néanmoins pour la circonstance. Ils mirent des bottes, attachèrent les jambes de leurs pantalons aux anneaux de cuir de celles-ci, ajustèrent des moustiquaires sur leurs chapeaux de brousse et, enfin, enfilèrent des gants de travail et les refermèrent hermétiquement sur les manches de leurs vestes avec un caoutchouc.

Le père et son fils étaient encore à deux cents mètres environ de l'arbre aux abeilles lorsque le bourdonnement des milliers d'occupantes furieuses de la ruche leur parvint distinctement.

« Wouaw ! Ces abeilles sont vraiment, vraiment folles de rage », dit Bob.

« Ça ne fait aucun doute », répondit son père. « Mais ça devrait aller. Elles ne peuvent pas nous piquer à travers nos vêtements. »

À ce moment, Mike arriva vers eux, bondissant. Alors qu'il approchait, ils remarquèrent que sa fourrure était couverte d'abeilles, mais l'ours semblait à peine s'en préoccuper.

« Bob, tu ferais mieux de le ramener dans la grange. Les abeilles s'en iront de sa fourrure pendant le trajet. Enferme-le, si tu peux. Sinon, sors Yukon. Il le forcera à grimper sur le toit. Je pars en avant examiner la ruche. »

Lorsque le docteur Hanson arriva à l'endroit où poussait l'arbre aux abeilles, il fut soulagé de voir que Mike n'avait pas réussi à déchiqueter l'entrée pour atteindre le miel. À part les coups de griffes de l'ours sur l'écorce de l'érable et quelques éclats de bois blancs près de l'entrée, la ruche était intacte. Les abeilles, à présent, commençaient à se calmer ; aussi le docteur Hanson tourna-t-il les talons pour rentrer chez lui, où il trouva Mike allongé contre la cheminée tandis que Yukon patrouillait dans la cour en lançant de temps à autre des regards impatients vers l'ours.

Au cours de l'après-midi, Mary Hanson, à présent pratiquement remise de sa pénible épreuve, retourna à l'arbre aux abeilles pour continuer à prendre des notes. Auparavant, elle avait été soulagée de voir que toutes les abeilles marquées avaient survécu à l'attaque.

* * *

Au début des vacances scolaires, cette année-là, Bob et Mike s'aventurèrent aux quatre coins de la nature. Le garçon adorait en effet passer son temps au milieu des animaux et des plantes, mais, sur les conseils de son père, il entraînait également l'ours à être indépendant.

À la fin du mois de juillet, le docteur Hanson estima que Mike avait dix-huit mois, ce qui correspondait à l'âge auquel les jeunes ours partent mener leur propre vie. Pour cette raison, Bob emmena Mike au cœur de la nature, en particulier dans une région située à quelque cinq kilomètres au nord de la ferme et où les forêts d'arbres à feuilles persistantes, parsemées de nombreuses crêtes rocheuses, s'étendaient sur des kilomètres dans presque toutes les directions.

Si Mike quittait souvent Bob pour aller sillonner la forêt, il continuait à rentrer presque chaque soir. Mais comme il ne dormait plus dans la grange, il arrivait parfois qu'il parte vagabonder dans la nature à une heure avancée de la nuit et qu'il y reste jusqu'à l'aube. Puis il reprenait le chemin de la maison et, au grand désagrément de Yukon, attendait à l'intérieur de la véranda que Bob sorte lui apporter son petit déjeuner qui consistait en un grand bol rempli d'un mélange d'aliments pour chien, de marshmallows, de cookies aux pépites de chocolat et de noisettes. Après quoi, sûr que son ami l'emmènerait faire une grande promenade quand il aurait lui-même pris son petit déjeuner, Mike attendait.

La même routine continua tout l'été, mais à la fin du mois d'août, quelques jours avant que Bob ne retourne en classe, Mike commença à rester deux ou trois jours de suite en forêt. Après ces escapades, il rentrait généralement en fin d'après-midi, venait prendre son écuelle de nourriture puis repartait à l'aventure. Il dormait parfois dans la grange, d'autres fois sur le toit de la maison, ou bien il se trouvait un perchoir confortable dans un arbre des environs. À cette époque, d'après le docteur Hanson, Mike pesait soixante-dix kilos. Il avait grandi et commençait à présenter les caractéristiques d'un adulte, l'une d'entre elles étant qu'il n'avait plus peur de Yukon, qui tentait néanmoins de le pourchasser dès que l'opportunité s'en présentait.

Cependant, Mike tenait bon, et s'il ne réussit jamais à asséner un formidable coup de patte au chien, il s'en fallut pourtant de peu à plusieurs reprises. Ces combats agressifs décidèrent le docteur Hanson à tenir le chien enfermé dans son enclos, ou dans la maison, dès que l'ours se trouvait dans le voisinage, ce qui indignait Yukon.

Lorsque Bob retourna en classe, Mary Hanson remarqua que Mike restait à l'écart de la maison toute la journée, mais qu'il revenait toujours quelques minutes avant que le car scolaire ne ramène le garçon en fin d'après-midi. À ce moment-là, Mike grimpait sur le toit de la maison et attendait que le car s'arrête et que Bob en descende. Quand le car partait et que Bob approchait de la maison, Mike descendait et galopait à sa rencontre. Il se dressait, reniflait le visage du garçon et lui donnait un bref coup de langue.

Ce comportement intéressait le docteur Hanson, mais il rendait sa femme nerveuse. Sur ses pattes postérieures, l'ours était plus grand que Bob. Il était par ailleurs puissamment bâti et, comme la famille avait eu l'occasion de s'en apercevoir, immensément fort. En effet, vers la mi-août, au cours d'une promenade en compagnie de Bob et de son père, Mike avait montré sa force en s'approchant d'un gros rocher rond qu'il avait fait basculer d'une patte afin de s'emparer des fourmis qui s'abritaient en dessous.

Par la suite, le docteur Hanson et Bob n'avaient pas réussi à eux deux à déplacer le rocher qui, d'après les estimations du biologiste, devait peser près de cent cinquante kilos. Une autre fois, Bob avait vu l'ours approcher d'un gros arbre mort gisant au sol depuis quelque temps, et mettre le tronc creux en pièces, de nouveau poussé à se donner tout ce mal à cause des scarabées et des autres insectes qui nichaient à l'intérieur du bois pourri.

De ce fait, Mary Hanson se faisait du souci pour la sécurité de son fils. Elle savait que l'ours pouvait tuer Bob d'un revers de patte. Le docteur Hanson, quant à lui, avait observé bon nombre d'ours, et il réalisait que Mike considérait davantage Bob comme sa mère que comme un ennemi. Cela intéressait le biologiste pour des raisons purement scientifiques, mais il était encore plus fasciné par la notion du temps dont l'ours était doué. Mike savait toujours revenir à la maison à temps pour rencontrer le car.

Le docteur Hanson connaissait certes l'existence des horloges biologiques, mais il savait aussi qu'aucun scientifique n'avait jusqu'alors apporté de preuves de la capacité d'un animal à savoir l'heure à quelques minutes près. Ce fut pour cette raison qu'il décida que son prochain projet de recherche concernerait l'étude de la notion du temps chez les animaux.

En attendant, occupé par de nombreux autres projets universitaires, il se contenta de prendre des notes se référant à la capacité que Mike avait de savoir quand le car scolaire de Bob allait arriver.

Un samedi de début octobre, Bob emmena une fois de plus Mike en forêt. Il gelait chaque matin à présent. Il serait bientôt temps que l'ours entre en hibernation. Trouverait-il sa propre tanière ou aurait-il envie de dormir dans le nid de foin de la grange ? Tout en y réfléchissant, Bob se dirigea vers une région rocheuse en forçant Mike à rester derrière lui grâce aux noisettes qu'il lui offrait chaque fois que l'ours semblait prêt à partir vagabonder de son côté.

Ils avaient quitté la maison depuis une heure lorsqu'ils arrivèrent près des rochers. Ils commencèrent leur ascension sous les broussailles et les jeunes arbres qui poussaient sur l'extrémité sud de la crête. Bob était maintenant contraint de se déplacer lentement et avec précaution, mais Mike bondissait avec aisance, car son corps souple, en dépit de sa taille, se glissait à travers des espaces trop bas et trop étroits pour que le garçon puisse les emprunter, tandis que ses pattes apparemment maladroites lui permettaient de danser sur les éboulis instables qui s'étendaient au pied de l'escarpement.

Lorsque Bob fut parvenu au sommet d'un bloc de granit assez plat qui se dressait à deux mètres au-dessus du sous-bois, il s'arrêta pour regarder les alentours. Mike l'avait distancé et avait disparu, mais de l'endroit où il se tenait, Bob avait une bonne vue des rochers amassés dans son voisinage immédiat. Il remarqua que la terre qui s'accumulait entre certains blocs de granit avait été remuée en plusieurs endroits. Il vit aussi plusieurs tas de vieux excréments d'ours et de nombreux petits rochers qu'on avait déplacés. Ces détails lui suggérèrent que Mike était venu ici au cours des semaines précédentes.

Bob quitta son promontoire et se mit à grimper plus haut. Il n'avait pas avancé de plus de dix mètres lorsque Mike surgit de derrière un rocher. Celui-ci grogna en voyant son ami puis tourna les talons et partit au trot en suivant une diagonale opposée à l'endroit où Bob se trouvait. Le garçon lui emboîta le pas et remarqua que si Mike se déplaçait trois fois plus vite que lui, il s'arrêtait souvent pour regarder en arrière et s'assurer, selon toute apparence, que Bob le suivait toujours.

Pendant cent cinquante mètres, ils continuèrent de la même façon, mais alors que l'ours faisait preuve de l'agilité d'un bouquetin, le garçon, qui prenait de grandes précautions pour passer la traîtreuse pente, perdait souvent Mike de vue, jusqu'à ce que ce dernier surgisse sur un rocher et l'attende, avec une impatience manifeste à l'égard de sa maladresse.

Lorsque Bob atteignit un endroit où les rochers plus larges étaient moins envahis par les broussailles, il ne trouva aucune trace de Mike. S'était-il égaré en chemin ? À peine Bob s'était-il posé cette question que Mike apparut entre deux énormes plaques rocheuses penchées l'une vers l'autre, dont les bords supérieurs se rejoignaient autour d'un espace ressemblant à un V à l'envers. En descendant vers Mike, il remarqua que les mousses et les lichens qui adhéraient aux rochers avaient été foulés en plusieurs endroits, signes qui lui suggérèrent de nouveau que l'endroit n'était pas étranger à l'ours.

Bob tourna le dos pour descendre en se retenant avec les mains. Lorsqu'il atteignit le fond, une crevasse étroite dans laquelle le garçon pouvait tenir debout, Mike avait disparu. Mais Bob aperçut dans les rochers une entaille qui s'avéra être l'entrée d'une grotte étroite en pente ascendante.

Bob passa la tête et les épaules dans la caverne obscure. Il sentit la forte odeur de l'ours et se souvint immédiatement de la nuit qu'il avait passée dans la tanière de foin avec son compagnon velu. Sa curiosité était au plus fort à présent, mais s'il avait une réelle envie d'entrer dans la caverne et de l'explorer avec Mike – car il était persuadé que l'ours était à l'intérieur – il réprima son impatience. Il n'avait pas de lampe torche, la grotte était trop sombre, et il risquait de tomber ou de rester coincé dans un passage trop étroit. Aussi se retira-t-il raisonnablement de l'entrée de la caverne. Il attendit quelques minutes pour voir si Mike allait apparaître, et comme l'ours ne sortait pas, il rentra chez lui.

Mike ne rentra pas à la propriété des Hanson ce jour-là, pas plus que le soir. Au petit déjeuner, le lendemain, Bob raconta les événements de la journée précédente à son père.

« Je crois que Mike s'est trouvé une tanière cette année », dit le docteur Hanson.

« Tu crois que tout se passera bien si j'y vais ce matin pour voir s'il est endormi ? » demanda Bob.

« Je ne vois pas ce qui t'en empêche. Mike te connaît et, de toute façon, il sera somnolent ; alors il ne devrait pas être effarouché. Ce que tu dois faire, pourtant, c'est lui parler calmement pendant que tu te glisses dans la grotte. »

Mme Hanson s'adressa à son mari.

« Tu ne crois pas que c'est un peu tôt pour que l'ours hiberne, John ? »

« Non. S'ils se sont bien nourris pendant l'été et s'ils ont beaucoup engraissé – ce que Mike a certainement fait – les ours se retirent tôt dès qu'ils trouvent un endroit satisfaisant. »

Une demi-heure plus tard, Bob quitta la maison. C'était un matin frais, et le givre épais de la nuit précédente s'attardait sur l'herbe et les arbustes malgré le grand soleil et le ciel sans nuage. Chaudement vêtu et muni d'une besace contenant une lampe torche et quatre sandwiches au beurre de cacahuètes et au miel au cas où Mike se réveillerait, le garçon partit à vive allure, tant à cause du froid qu'à cause de son impatience à rejoindre la grotte pour vérifier que l'ours s'y trouvait.

Arrivé sur le rocher plat, Bob baissa les yeux et constata qu'on avait ratissé une surface assez grande sous l'entrée de la grotte. La veille, il y avait des tas de fougères sèches, de mousses et de feuilles mortes, mais la végétation avait à présent disparu et laissait apparaître le sol brun mêlé par endroits à de petits morceaux de roche.

En descendant du rocher, il approcha de l'entrée étroite de la grotte. Là, il hésita. Que se passerait-il si un ours inconnu se trouvait à l'intérieur ? Il renifla. L'odeur d'ours était forte. Mais était-ce l'odeur de Mike ? Il se débarrassa de sa besace qu'il posa par terre pour sortir la lampe torche et, le cœur battant un peu plus vite que d'habitude, il rampa à l'intérieur de la grotte.

Il alluma sa lampe. Elle lui révéla que l'entrée n'était pas aussi étroite qu'il l'avait cru. Elle était certainement assez large pour laisser passer l'ours, aussi lui serait-il facile de s'y faufiler. Il prit la lampe entre ses dents et commença à avancer en découvrant qu'il pouvait se déplacer à quatre pattes. L'entrée grimpait en pente douce, puis paraissait tourner à droite. Bob s'arrêta pour se reposer, enleva la torche de sa bouche et s'essuya les lèvres et le menton, car en gardant la bouche ouverte et les dents serrées sur la lampe, il avait beaucoup bavé.

Tandis qu'il reprenait des forces, il tendit l'oreille. Il crut entendre un léger bruit. Était-ce le bruit que Mike faisait en dormant ? Bob ne pouvait en être sûr. Il reprit la lampe dans sa bouche et rampa jusqu'au virage, où il découvrit que le tunnel devenait assez haut pour qu'il puisse se tenir accroupi. Heureux de se retrouver sur ses pieds et de tenir la lampe à la main, il avança de deux ou trois mètres puis remarqua que le passage faisait un nouveau coude. Sur la gauche cette fois. Lorsqu'il atteignit le virage et qu'il le balaya de sa lampe, il aperçut une cavité presque ronde qui faisait probablement deux mètres de diamètre.

Contre la paroi du fond, roulé en boule sur un lit de fougères, d'herbes et de mousses séchées, se tenait un ours. Était-ce Mike ? Bob n'en était pas sûr. Roulé comme il l'était, même avec la lampe, il était impossible de reconnaître l'animal. Le garçon voulait en avoir le cœur net, cependant il avait peur de réveiller l'ours. «Que ferait Papa ?» se demanda-t-il en silence. «Je suppose que soit il partirait, soit il lui parlerait.»

Sa propre réponse réconforta un peu Bob. Il savait qu'il avait deux choix. Il devait réveiller l'ours ou il fallait qu'il quitte la cavité. Il essayait de rassembler assez de courage pour parler au dormeur, lorsque l'ours leva la tête en grommelant. Mais Bob le reconnut.

«Mike ! C'est moi, tu ne me reconnais pas ?»

Mike bâilla, grogna et se roula de nouveau en boule. Un instant plus tard, il se mit à ronfler.

Très heureux, Bob tourna les talons avec un grand sourire et quitta la caverne. Son ours avait trouvé une tanière formidable.

*
* *

L'arrivée de l'hiver sur la propriété des Hanson fut précoce cette année-là. Tout commença par un blizzard qui se mit à souffler un vendredi soir de la mi-novembre et répandit un tapis de neige d'un mètre d'épaisseur sur la nature avant de cesser le samedi au petit matin.

Lorsque Bob regarda par la fenêtre à son réveil, le soleil s'était déjà élevé au-dessus des arbres à l'est, et ses rayons dorés luisaient sur le paysage vert et blanc. Le garçon était ravi. Il adorait faire des promenades en raquettes, et il se promit sur-le-champ que, dès qu'il aurait terminé son petit déjeuner, il irait faire une randonnée en forêt pour aller jeter un coup d'œil à la grotte dans laquelle Mike dormait.

Plus tard, à table, Mme Hanson remarqua que son fils avait l'air énervé. Il mangeait vite et ne cessait de regarder par la fenêtre.

«Que se passe-t-il, Bob?»

«Rien, Maman. Seulement, je n'arrête pas de penser à Mike. Je vais aller jusqu'à la grotte voir ce qui se passe.»

«Tu devrais te rendre compte que Mike ne reviendra peut-être jamais chez nous, Bob», dit son père. «Il aura deux ans en janvier, et cela signifie qu'il sera complètement adulte. Ne t'attends pas à ce qu'il revienne et, s'il le fait, ne sois pas surpris s'il n'est pas aussi amical qu'avant.»

«Ouais, Papa. Je sais. Mais je n'arrête pas de penser à lui, malgré tout.»

Lorsque Bob quitta la maison, il faisait vingt-cinq degrés au-dessous de zéro, mais avec le soleil et l'énergie qu'il devait fournir à cause des raquettes, il se réchauffa en un clin d'œil. En marchant, il remarqua que depuis qu'il avait cessé de neiger, les animaux sauvages avaient laissé des traces sur la neige fraîche. Il reconnut bientôt celles d'un daim et les empreintes délicates d'une gélinotte huppée. Les grands pieds des lièvres variables avaient laissé des centaines de traces à la surface de la neige, tandis que les pistes menues des souris à pattes blanches étaient aisément reconnaissables, car les petits rongeurs laissent toujours traîner leur queue dans la neige lorsqu'ils sautillent de place en place.

Captivé par le spectacle et les bruits de la nature enneigée, Bob fut étonné lorsqu'il atteignit la région rocheuse où était située la tanière de Mike. Il avait l'impression de n'avoir marché que quelques minutes, alors qu'en réalité il randonnait depuis plus d'une heure.

Parvenu au pied du rocher plat, il lui fallut ôter ses raquettes et grimper dans la neige profonde qui, aux endroits où elle s'était amoncelée, lui arrivait jusqu'aux hanches. Lorsque finalement il atteignit le haut du rocher, il vit que l'entrée de la tanière de Mike était bloquée par la neige. Seul un petit trou jaunâtre situé en haut du V inversé signifiait que Mike était encore à l'intérieur et que son haleine tiède s'échappait par cette ouverture.

Bob tourna les talons et reprit le chemin de la maison.

Sur le trajet du retour, il songea à ce que son père lui avait dit au petit déjeuner, mais s'il respectait son opinion, il avait l'impression de mieux connaître Mike que son père. Mike n'était pas un ours sauvage. C'était son ami, et il était persuadé qu'il le reverrait au printemps et qu'ils seraient encore amis, au moins de loin. En attendant, il décida que, jusqu'à la fin de l'hiver, il étudierait la biologie des ours. Plus tard, après le collège, quand il irait à l'université, il décida qu'après avoir obtenu sa licence il ferait de l'étude des ours le sujet de son diplôme de maîtrise.

*
* *

L'hiver relâcha son emprise à la fin du mois de mars. La neige avait fondu, et la nature avait commencé à se réveiller de son long sommeil frileux quand, un samedi matin ensoleillé, Bob se rendit à la grotte dans les rochers.

Il entra et découvrit que Mike n'y était plus. Il rentra à la maison en se demandant si l'ours viendrait bientôt lui rendre visite. Mais les jours passèrent, sans signe de Mike. Lorsque, à la fin avril, le printemps s'installa réellement sans que l'ours lui ait rendu visite, Bob devint vraiment soucieux. Ses parents, quant à eux, étaient soulagés que l'animal soit apparemment retourné à la nature qui était, après tout, son véritable environnement.

Au début du mois de mai, sans en parler à ses parents, Bob partit en forêt à la recherche de Mike et inspecta tous les endroits où Mike, Yukon et lui avaient l'habitude d'aller. Mais au bout d'une journée entière, sans avoir même trouvé une trace de Mike, il rentra, déprimé.

Le lendemain était un dimanche, aussi Bob décida-t-il de prendre Yukon en laisse et d'emmener le chien avec lui, comptant sur l'odorat du malamute pour retrouver Mike. Cette recherche se termina elle aussi par un échec, même si Yukon découvrit des daims, des porcs-épics, des lièvres variables, deux coyotes et un sconse qui les aurait aspergés tous les deux si Bob n'avait pas éloigné le chien rapidement.

À la maison, ce soir-là, Bob parla de ses tentatives infructueuses pour trouver Mike.

«Je crois qu'il est reparti dans la nature», conclut-il.

Ses parents acquiescèrent. Bouleversé, Bob quitta le salon et monta dans sa chambre. Il était trop déprimé pour s'endormir, aussi préféra-t-il s'asseoir dans un fauteuil pour lire un livre consacré aux ours d'Alaska. Captivé par ce sujet, il lisait encore à une heure du matin lorsqu'il entendit les aboiements de Yukon. Il posa son livre, quitta sa chambre et s'engagea dans l'escalier au moment même où son père émergeait de la sienne.

«Tu pourrais tout aussi bien aller jeter un coup d'œil toi-même, Bob», cria son père. «C'est probablement un sconse ou quelque chose comme ça... Il s'est sans doute trop approché de l'enclos du chien.»

Bob alluma les lampes extérieures, ouvrit la porte et sortit. Il se dirigeait vers l'enclos de Yukon, lorsqu'il entendit un léger grognement qui le fit s'arrêter sur-le-champ.

«Mike!» s'écria-t-il. «Hé, où es-tu?»

Le son se répéta, et Bob réalisa alors qu'il provenait d'au-dessus de sa tête. Il s'éloigna de la maison et leva les yeux. Bien que dans l'ombre, Mike était néanmoins visible, allongé contre la cheminée.

Bob se précipita dans la maison et appela son père pour lui apprendre la nouvelle avant d'aller dans la cuisine préparer des sandwichs au beurre de cacahuètes. Il était en train de les faire lorsque Mary Hanson vint l'aider. Elle prit un sachet de marshmallows et une douzaine de cookies aux pépites de chocolat et versa le tout dans l'écuelle de Mike qui était restée vide dans un placard.

«Et voilà, si tu arrives à persuader Mike de descendre du toit, il pourra faire un bon repas», dit Mme Hanson en souriant.

Le docteur Hanson souriait lui aussi. Bob se dit alors que, bien qu'ils aient eu l'air contents lorsqu'ils avaient cru que l'ours ne reviendrait pas, à présent qu'il était revenu, ils étaient tout aussi ravis que lui.

Lorsque les Hanson sortirent de la maison, ils trouvèrent Mike debout dans l'herbe à deux mètres de la véranda. Quand Bob lui tendit l'écuelle, il retomba sur ses pattes et avança. Bob posa la nourriture par terre et se recula. Grognant de plaisir, l'ours nettoya l'écuelle en un temps record. Après quoi, il se dressa de nouveau, regarda les trois humains, émit un nouveau grognement et se remit à quatre pattes pour partir au galop dans la forêt.

À partir de ce moment et jusqu'au milieu de l'été, Mike rendit visite à la propriété des Hanson à intervalles réguliers. Il prenait les friandises qu'on lui offrait toujours et, lorsqu'il avait terminé de manger, repartait vagabonder.

Il avait beaucoup grandi et pesait sans doute cent cinquante kilos maintenant. Au cours de la troisième année de sa vie, il était devenu pleinement indépendant, mais il se souvenait pourtant encore de Bob et de ses parents. De toute évidence, il se souvenait aussi – et se réjouissait – des bonnes choses qu'on lui donnait à manger, mais la nature sauvage le rappelait toujours.

La dernière visite de Mike eut lieu un samedi matin, en août. Il arriva au moment où Bob partait. En le voyant à la lisière de la forêt, Bob retourna dans la cuisine et aida sa mère à préparer sa nourriture. De retour dehors, Bob s'avança vers son ami, lui donna la nourriture et le regarda manger. Quand il eut terminé, Mike tourna le dos et partit en se dandinant dans la forêt. L'avenir allait montrer qu'il ne reviendrait plus.

Le matin de Noël, cette année-là, quand Bob descendit prendre son petit déjeuner, il était d'humeur songeuse. Il s'était endormi en pensant à Mike et s'était réveillé en pensant toujours à lui.

Mary Hanson devina d'un seul regard que son fils était préoccupé.

«Qu'est-ce qui ne va pas, Bob?» demanda-t-elle.

Bob regarda sa mère, puis son père. Il fronça les sourcils, hésita, puis, embarrassé, il leur dit:

«Ça paraît sans doute un peu idiot, mais, vous savez, j'aimais vraiment Mike.»

Mary Hanson se leva et embrassa son fils sur la joue.

«Ce n'est pas le moins du monde idiot, Bob», dit-elle en regagnant sa place. «Nous aimions tous Mike. Et c'est bien que tu sois capable de ce genre de sentiment. Il n'y a vraiment pas assez d'amour dans le monde!»

Le docteur Hanson sourit.

«Tu sais, Bob», dit-il, «je détesterais te dire combien de fois je suis tombé amoureux d'un animal que j'ai dû laisser partir ensuite. C'est difficile à faire, à chaque fois. Mais si tu tiens vraiment à quelque chose, ou à quelqu'un, tu dois être capable de le laisser partir le moment venu.»

Mary Hanson leva les yeux.

«Et n'oublie pas, Bob, que ce que tu as fait était juste. Et tu l'as fait pour l'amour», dit-elle.

«Oui», dit le docteur Hanson. «Et tu l'as bien fait... pour l'amour de Mike!»